和歌の浦の誕生

古典文学と玉津島社

村瀬憲夫
三木雅博
金田圭弘

清文堂

はじめに

「千年の景観の地」とも称される和歌の浦（和歌山市和歌浦）は、長く厚い歴史と深く豊かな文化を有している。しかしその実態を解明しきれているとは言いがたく、謎も多い。このような現状を踏まえて、二〇一一年から二〇一三年の三年間にわたって、和歌の浦の玉津島神社を会場に「玉津島講座」が開かれた。その内容は次のとおりである。

【二〇一一年度】
○第一回講座（四月二十三日）
　講演「和歌の神、衣通姫と玉津島―新発見資料からの検討―」　金田圭弘
○第二回講座（六月十九日）
　講演「神代よりしかぞ尊き玉津島山―万葉の和歌の浦―」　村瀬憲夫
○第三回講座（九月十八日）
　講演「平安貴族と玉津島」　三木雅博
○第四回講座（十一月二十日）

シンポジウム「歌道の聖地としての玉津島」
基調講演「住吉と玉津島」　吉田　豊
討議　パネラー：吉田豊、金田圭弘、三木雅博、村瀬憲夫
コーディネーター：米田頼司

【二〇一二年度】
○第一回講座（九月十六日）
シンポジウム「玉津島の謎にせまる」
基調講演「小野小町と玉津島」　三木雅博
討議　パネラー：三木雅博、金田圭弘、村瀬憲夫
コーディネーター：米田頼司
○第二回講座（十一月十七日）
紀の川筋バスツアー「玉津島の謎にせまる」
玉津島―紀の川―丹生都比売神社―吉野川―吉野・宮滝

【二〇一三年度】
○第一回講座（九月二十一日）
公開研究討論「聖武天皇玉津島行幸をめぐって」
話題提供　金田圭弘、三木雅博、村瀬憲夫、米田頼司

幸い、参加者も多く、シンポジウム、講演の後の質疑応答も活発に行われ、和歌の浦の未来を想わせるのに十分な手応えのあるものとなった。そしてこの成果をしっかりとした形にまとめるべく、米田頼司（元、和歌山大学教授）の提案に応じて、三人が執筆して成ったのが本書である。

和歌の浦はまことに豊穣な世界であるため、文学、歴史学、地理学、考古学、民俗学、社会学、政治学、経済学等々の諸々の分野からの総合的な解明が必要であるが、本書では三人の専攻に応じて、古典文学の和歌の浦に焦点を定めた。

聖武天皇の紀伊国（玉津島）行幸において誕生した万葉の「若の浦」は、その後平安、中世と時代が進むなかで、豊かに多角的に継承され、また独自に展開して、和歌の聖地としての「和歌の浦」に成長していく。その種々相を追った。

米田と三人の執筆者は、和歌の浦への学術的な関心と、和歌の浦（現在は「和歌浦」）の将来〔保全と活性〕への並々ならぬ思いを懐くという共通基盤を有しており、玉津島講座開催の趣旨とその具体化への確認に始まり、本書の執筆にあたっては十分に連絡を取り合い、一書としての統一と調整を図ってきた。もちろん三人の見解に相異のある部分もあるが、たんに三人の文章の寄せ集めではない、一貫した和歌の浦へのまなざしを汲みとっていただければ幸いである。

なお、本書は研究という姿勢を堅持しつつ、文章の展開・構成、表現は読みやすさを旨とした。小見出しを付す、系図、図版、写真を入れる等、読みやすく親しみやすくなるよう工夫をしたが、やはり論文調で堅いところもある。ひとつの見解の主張のためにキリキリと追い込んでいくような緊迫感もお楽しみいただけたらと思う。

ただ、この玉津島講座の立ち上げ、実行、そして本書の出版に向けて、主導的な役割を果たした米田が、体調ままならず、そして二〇一五年七月三日に逝去し、本書の執筆に加わることのできなかったことが誠に心残りである。米田は、和歌の浦の景観保全問題に早くから、しかも地元にしっかりと足をつけて取り組んできた稀有の社会学者である。執筆がかなったなら、古典文学の視角から捉えた本書の和歌の浦の先に、近世、近代、現代へと受け継がれてきた「名所としての和歌の浦」そして「民衆に開放されたパブリックガーデンとしての和歌の浦」さらにその先に「和歌の浦の未来」に説き及んでくれたはずである。

米田執筆の「パブリックガーデンとしての和歌の浦と民衆」（和歌山大学紀州経済史文化史研究所編『和歌の浦　その原像を求めて』清文堂出版、二〇一一年）および大著『和歌祭　風流《ふりゅう》の祭典の社会誌』（帯伊書店、二〇一〇年）をご参照いただければ幸いである。

最後に、この玉津島講座開催のために会場をご提供くださり、種々ご支援を賜った玉津島神社の遠北光彦・喜美代様ご夫妻に、玉津島講座二〇一一年度第四回講座で基調講演を賜った吉田豊氏（現、堺市博物館学芸員）、また講座に積極的に参加してくださった皆さま、そして講座開催のための諸準備、当日の会場整理にご尽力くださった皆さまに厚く御礼申し上げる。

さらに出版事情の厳しい当今にあって、本書の出版を快くお引き受けくださり、良い書物になるよう格別のご配慮を賜った清文堂出版の前田正道氏に深甚の感謝の意を表したい。

二〇一五年七月

共　著　者

和歌の浦の誕生　目次

古典文学と玉津島社

第二部　和歌の浦の誕生――「若の浦」の継承と展開

第一章　古今和歌集の和歌の浦

【凡　例】

一、本書は共著者三名による検討を経て、執筆は以下のように分担した。
村瀬憲夫：第一部第一章、第三章、第四章
三木雅博：第一部第二章、第二部第一章、第二章、第六章
金田圭弘：第二部第三章、第四章、第五章

二、参考（引用）文献は、本文中では執筆者名と論文題目（著者名と書名）を記すのみにとどめ、巻末の【参考文献一覧】に章毎に詳細に記した。

三、掲載した図版（写真を含む）には、通し番号①、②、③……を付し、簡潔にキャプションを付けた。

四、本書における本文の引用は次に拠った。ただし私に改めたところもある。
『万葉集』……『萬葉集釋注』（集英社）
『続日本紀』……新日本古典文学大系（岩波書店）
『古事記』、『日本書紀』、『古今和歌集』、『うつほ物語』、『源氏物語』、『栄花物語』、『俊頼髄脳』……新編日本古典文学全集（小学館）
『国基集』、『いほぬし（増基法師集）』……新編国歌大観（角川書店）

『古今集註』……日本歌学大系（風間書房）
『古今和歌集序聞書三流抄』……『中世古今集注釈書解題』（赤尾照文堂）
『毘沙門堂本古今集註』……未刊國文古註釈大系（帝國教育會出版部）
『為相註』……『古今集註 京都大学蔵』（京都大学国語国文資料叢書）（臨川書店）
『神道集』……神道大系（神道大系編纂会）
『後慈眼院殿御記』……図書寮叢刊（明治書院）
『風葉和歌集』……『王朝秀歌選』（岩波書店）
『宇治関白高野山御参詣記』……『鳳翔学叢』（平等院）
『左大臣頼通歌合』……平安朝歌合大成（同朋舎出版）

五、本書で引用した歌に付した「歌番号」は、『新編国歌大観』（角川書店）に拠った。ただし万葉歌に付した「歌番号」は『国歌大観』に拠り、例えば「⑥九一七」は、万葉集巻六の九一七番の歌であることを示す。

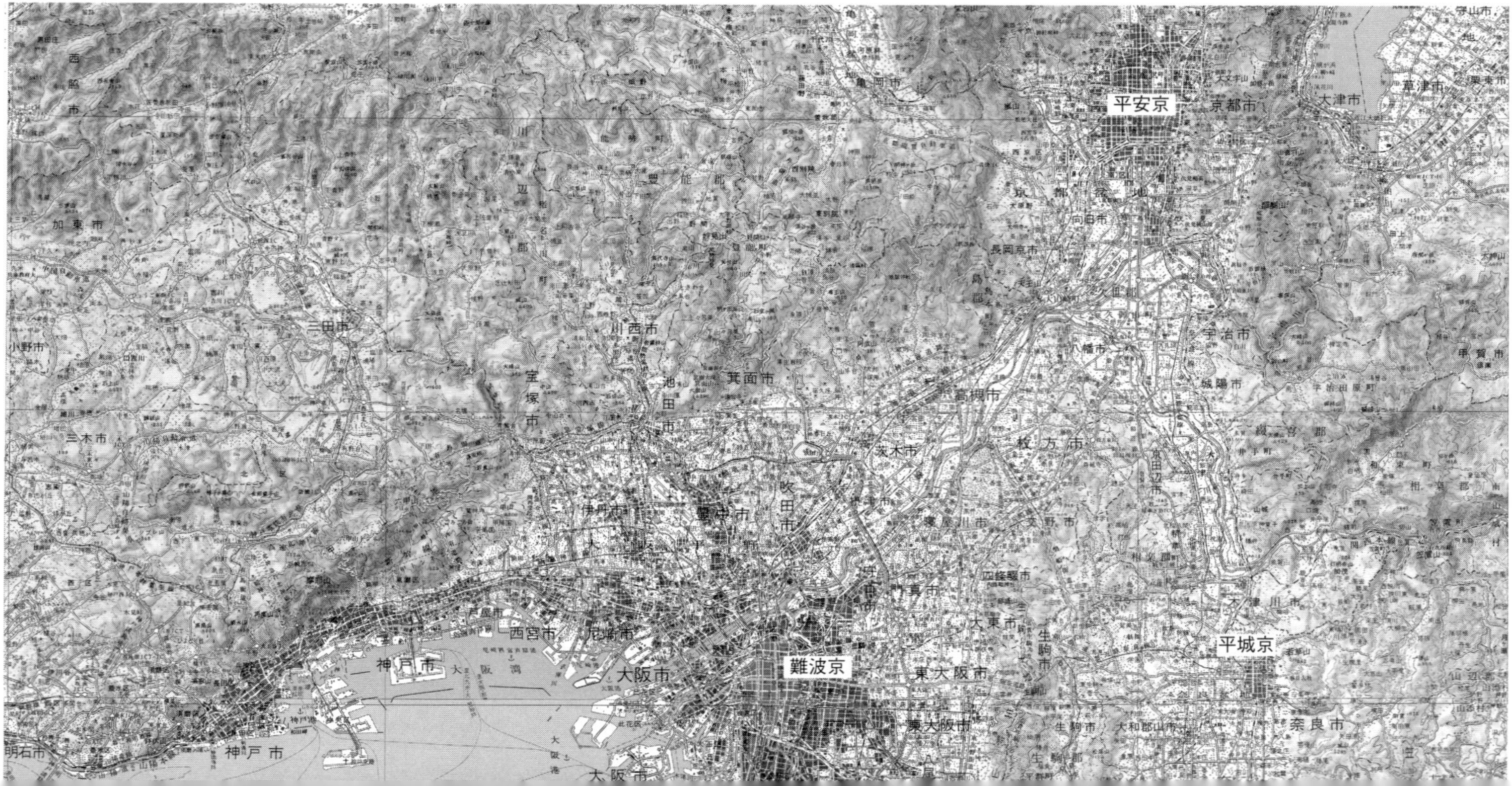

平安京
難波京
平城京
京都市
大津市
神戸市
大阪市
西宮市
尼崎市
三田市
川西市
宝塚市
池田市
箕面市
豊中市
吹田市
伊丹市
茨木市
高槻市
枚方市
宇治市
東大阪市
奈良市
生駒市
長岡京市
向日市
八幡市
城陽市
明石市
三木市
小野市
加東市
西脇市

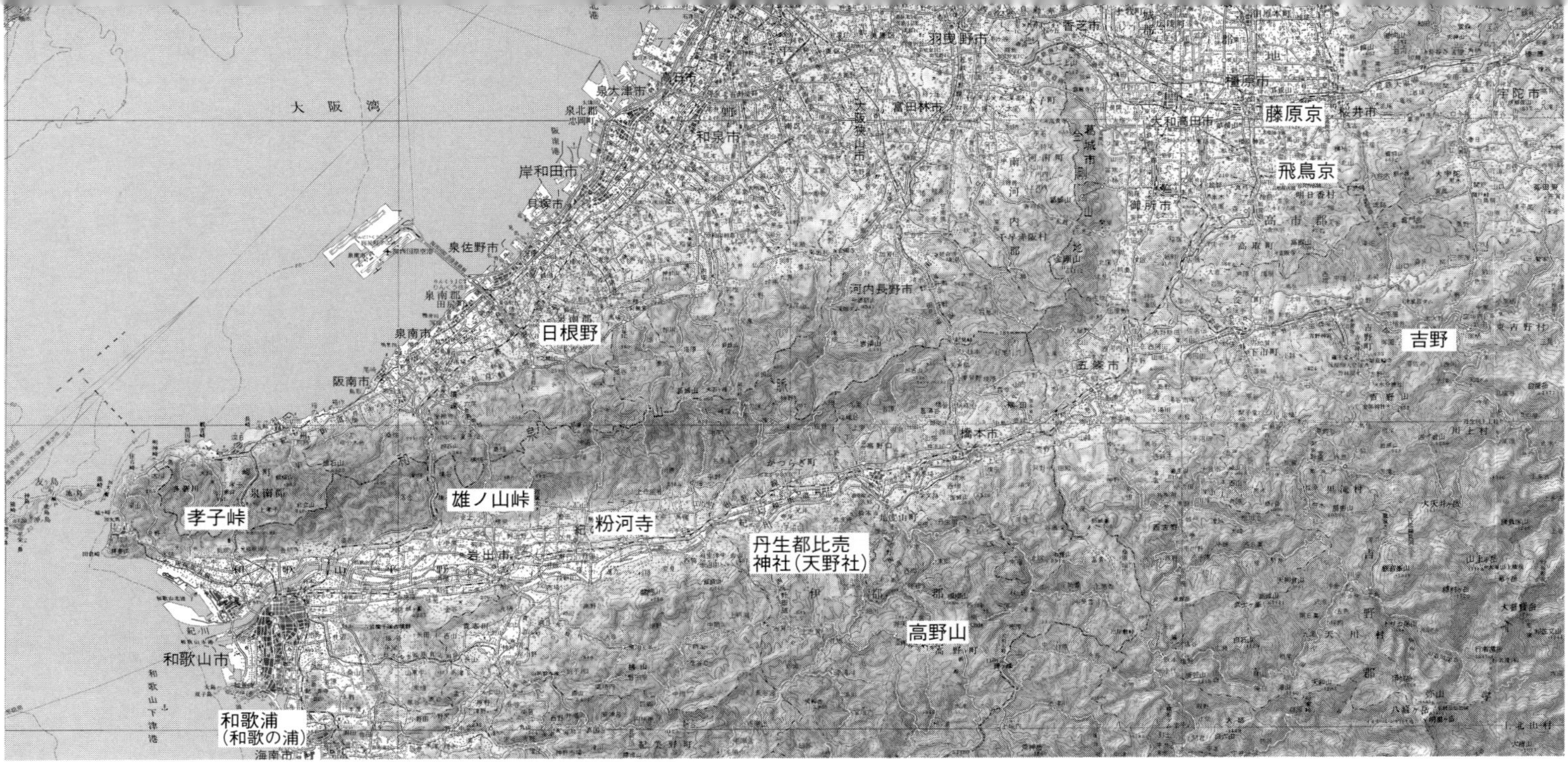
大阪湾
岸和田市
泉大津市
和泉市
羽曳野市
富田林市
河内長野市
泉佐野市
貝塚市
泉南市
阪南市
日根野
孝子峠
雄ノ山峠
粉河寺
丹生都比売
神社（天野社）
高野山
五條市
橋本市
岩出市
和歌山市
和歌浦
（和歌の浦）
海南市
御所市
大和高田市
橿原市
藤原京
飛鳥京
吉野
宇陀市
桜井市
香芝市

地図①　全体図

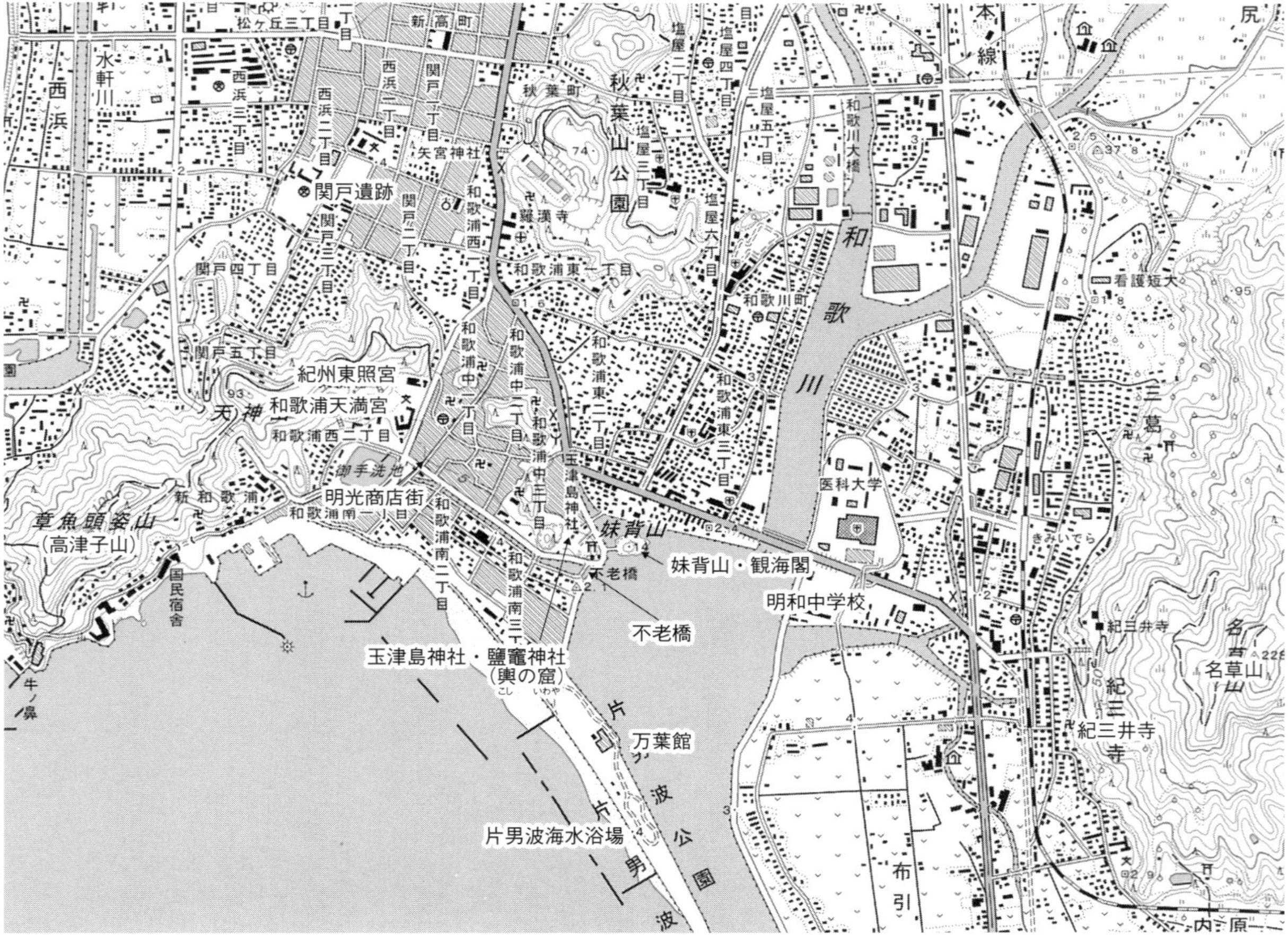
関戸遺跡
紀州東照宮
和歌浦天満宮
明光商店街
章魚頭姿山
(高津子山)
妹背山
妹背山・観海閣
明和中学校
不老橋
玉津島神社・鹽竈神社
(輿《こし》の窟《いわや》)
万葉館
片男波海水浴場
紀三井寺
名草山
和歌川
秋葉山公園
矢宮神社
羅漢寺
医科大学
看護短大
和歌川大橋
国民宿舎
牛ノ鼻
新和歌浦
御手洗池
片男波公園
布引
水軒川
西浜
本線

地図②　和歌の浦図

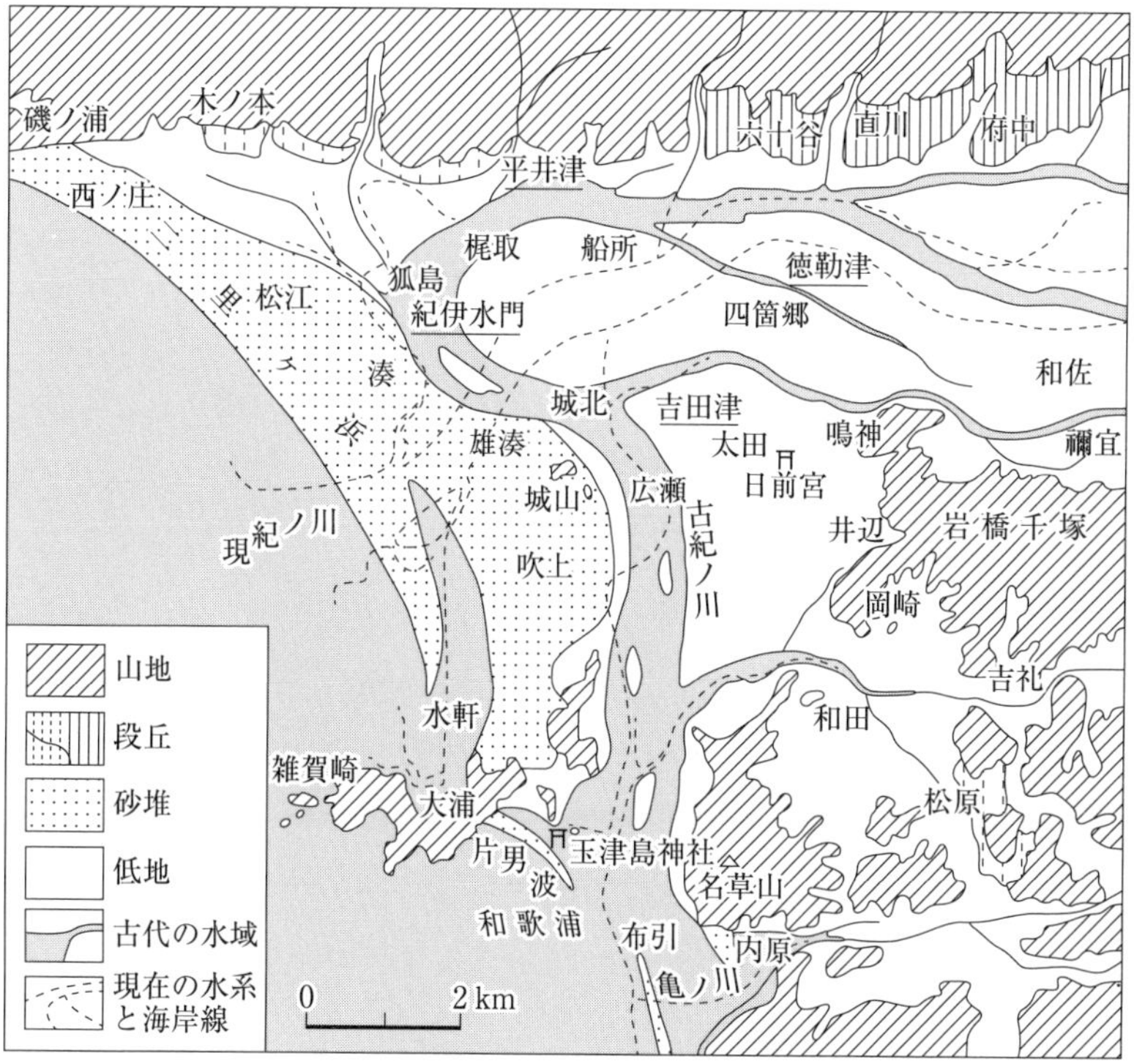

地図③　古代の紀ノ川と水門
（日下雅義著『古代景観の復原』中央公論社、1991年をもとに作成）

第一部

若の浦の誕生——万葉の若の浦

第一章　神代よりしかぞ尊き玉津島山

山部赤人紀伊国行幸歌からのメッセージ　万葉の「若の浦（和歌の浦）」について知ろうとする時、私たちに汲めども尽きせぬほどの様々なことを語ってくれるのが、山部赤人の紀伊国行幸歌である。この章では、この歌と、それに付された題詞が発している、様々なメッセージを読み取ってみよう。

なお「わかのうら」は、万葉集の原文ではすべて「若浦」と表記されていて、「和歌浦」とは表記されていない。したがって本書では、万葉集の「わかのうら」はすべて「若の浦」と記す。「若浦」が「和歌の浦」と表記され、「和歌」という実態を伴うようになるのは、平安朝以降のことである（第二部第一章、参照）。万葉の「若の浦」を原点として、その実態が継承され発展し変貌していくさまを捉えようとする、つまり万葉の「若の浦」の誕生から、平安朝以降の「和歌の浦」の誕生と成長のさまを見通そうとするのが、本書の大きなねらいのひとつである。

一　玉津島の神・明光浦の霊

紀伊国行幸と赤人の歌　神亀元年（七二四）聖武天皇紀伊国行幸時に、おそらく公式的儀礼の場で詠まれたの

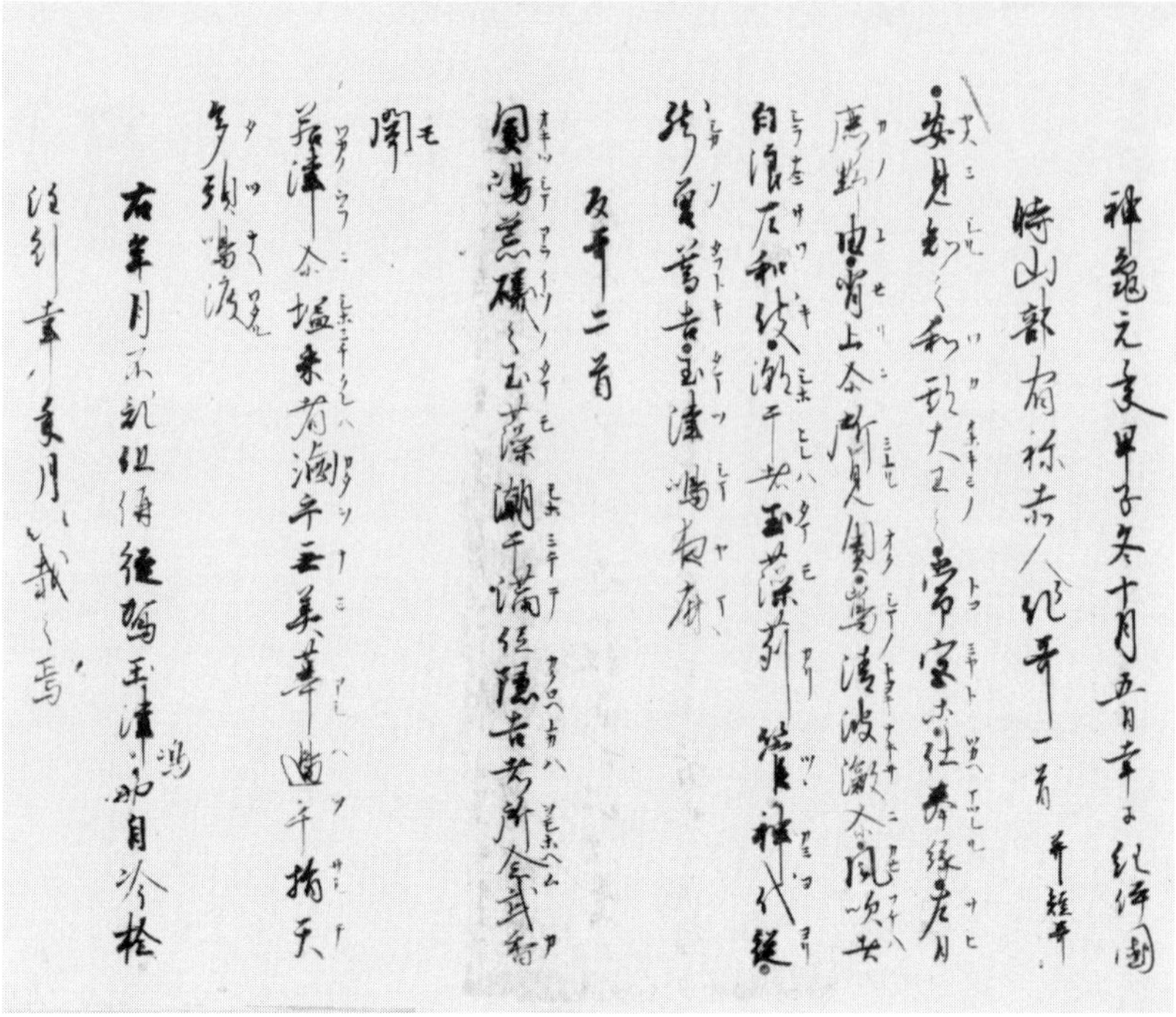

図版①　紀州本萬葉集　（画像は近代デジタルライブラリーより・昭和美術館蔵）

が赤人の次の歌である。聖武天皇はこの年の二月に即位している。

神亀元年甲子《きのえね》の冬十月五日に、紀伊国に幸《いでま》す時に、山部宿禰《やまべのすくね》赤人《あかひと》の作る歌一首　并《あは》せて短歌

やすみしし　我《わ》ご大君《おほきみ》の　常宮《とこみや》と　仕《つか》へ奉《まつ》れる　雑賀野《さひかの》ゆ　そがひに見ゆる　沖つ島　清き渚《なぎさ》に　風吹けば　白波騒き　潮干《しほふ》れば　玉藻《たまも》刈りつつ　神代《かみよ》より　しかぞ尊《たふと》き　玉津島山《たまつしまやま》　（⑥九一七）

反歌二首

沖つ島荒磯《ありそ》の玉藻潮干満《しほひみ》ちい隠《かく》りゆかば思ほえむかも　（⑥九一八）

若の浦に潮満ち来れば潟《かた》をなみ葦辺《あしへ》をさして鶴《たづ》鳴き渡る　（⑥九一九）

右は年月を記《しる》さず。ただし、「玉津島に従駕す」といふ。よりて

今、行幸の年月を検《ただ》し注《しる》して載《の》す。

安見知之　和期大王之　常宮等　仕奉流　左日鹿野由　背匕尓所見　奥嶋　清波瀲尓　風吹者　白浪左和伎
潮干者　玉藻苅管　神代従　然曽尊吉　玉津嶋夜麻

反歌二首

奥嶋　荒礒之玉藻　潮干満　伊隠去者　所念武香聞
若浦尓　塩満来者　滷乎無美　葦邊乎指天　多頭鳴渡

まず題詞が語るのは、神亀元年の冬十月五日に、聖武天皇が紀伊国を訪れたこと、そしてその折に、山部赤人が詠んだのが次の歌であったとの二点である。ただし左注の記すところ（巻六の編者が記したものと思われる）によれば、この歌自体には、詠歌の年月が記されていなかったこと、しかし「玉津島の行幸にお供した」と記されており、（また歌の内容から判断しても）玉津島行幸従駕の折の歌であると察せられるので、行幸記事を調べてここに配列したというのである。

この行幸については、『続日本紀』（神亀元年十月条）に次のように記されている（原文は漢文）。

○辛卯（五日）、天皇紀伊国に幸《みゆき》したまふ。
○癸巳（七日）、行《みゆき》して紀伊国那賀《なが》郡玉垣勾頓宮《たまかきのまがりのかりみや》に至りたまふ。
○甲午（八日）、海部《あま》郡玉津島頓宮《たまつしまのかりみや》に至りて、留まりたまふこと十有余日。
○戊戌（十二日）、離宮《とつみや》を岡の東に造る。是《こ》の日、駕《が》に従へる百寮《ひゃくれう》、六位已下伴部《はんぶ》に至るまで、禄賜《ろくたま》ふこと各《おのおの》差《しな》有り。
○壬寅（十六日）、造離宮司《ざうりくうのつかさ》と紀伊国の国郡司《こくぐんし》と、并《あは》せて行宮《かりみや》の側近の高年七十已上とに禄賜ふこと各差有り。百《はく》姓《せい》の今年の調庸《でうよう》、名草《なくさ》・海部《あま》二郡の田租《でんそ》咸《ことごと》く免《ゆる》す。また罪人の死罪已下を赦《ゆる》す。名草郡の大領外従八位上紀直《きのあたひ》摩祖《まそ》を国造《くにのみやつこ》とし、位三階を進む。少領正八位下大伴櫟津《いちひつ》連子人《こひと》、海部直《あまのあたひ》士形《ひとかた》に二階。自余《そのほか》の五十二人の各兼一階。

また詔《みことのり》して曰《のたま》はく、「山に登り海を望むに、此間《ここ》最も好《よ》し。遠行を労《いたは》らずして、遊覧《いうらむ》するに足《た》れり。故に弱浜の名を改めて、明光浦とす。守戸《しゅこ》を置きて荒穢《くわうわい》せしむること勿《な》かるべし。春秋の二時に、官人を差《さ》し遣《つかは》して、玉津島の神、明光浦の霊《みたま》を奠祭《でんさい》せしめよ」とのたまふ。忍海手人大海《おしぬみのてひとおほあま》ら兄弟六人、手人の名を除《のぞ》きて、外祖父従五位上津守《つもり》連通《とほる》の姓に従はしむ。

○丁未（二十一日）、行《みゆき》、還《かへ》りて和泉国所石頓宮《とろしのかりみや》に至りたまふ。郡司少領已上に位一階を兼《か》ぬ。監《げむ》の正《かみ》已下百姓に至るまで、禄賜ふこと各差有り。

○己酉（二十三日）、車駕《きよが》、紀伊国より至りたまふ。

十月五日に平城京を出立して、二十三日に帰還したこと、行幸の目的地が玉津島であったこと、往路は紀の川筋をとり、帰路は和泉国を経由したこと等々が分かる。なかでも十六日に発せられた詔はとりわけ重要な内容を含んでいる。第二章を中心に、追い追い触れることとする。

赤人の紀伊国行幸歌　さて歌に目を転じよう。まず長歌が「神代よりしかぞ尊き玉津島山」という言葉で統括されていることは注目される。反歌も含めて、赤人の歌全体の最終的眼目は、この言葉に集約されていると見てよい。つまり、玉津島の神代よりの尊さを讃えることにあったのである。

ではその尊さを、どのような表現によってなしているのか。それは、歌を読めば明らかなように、眼前に広がる

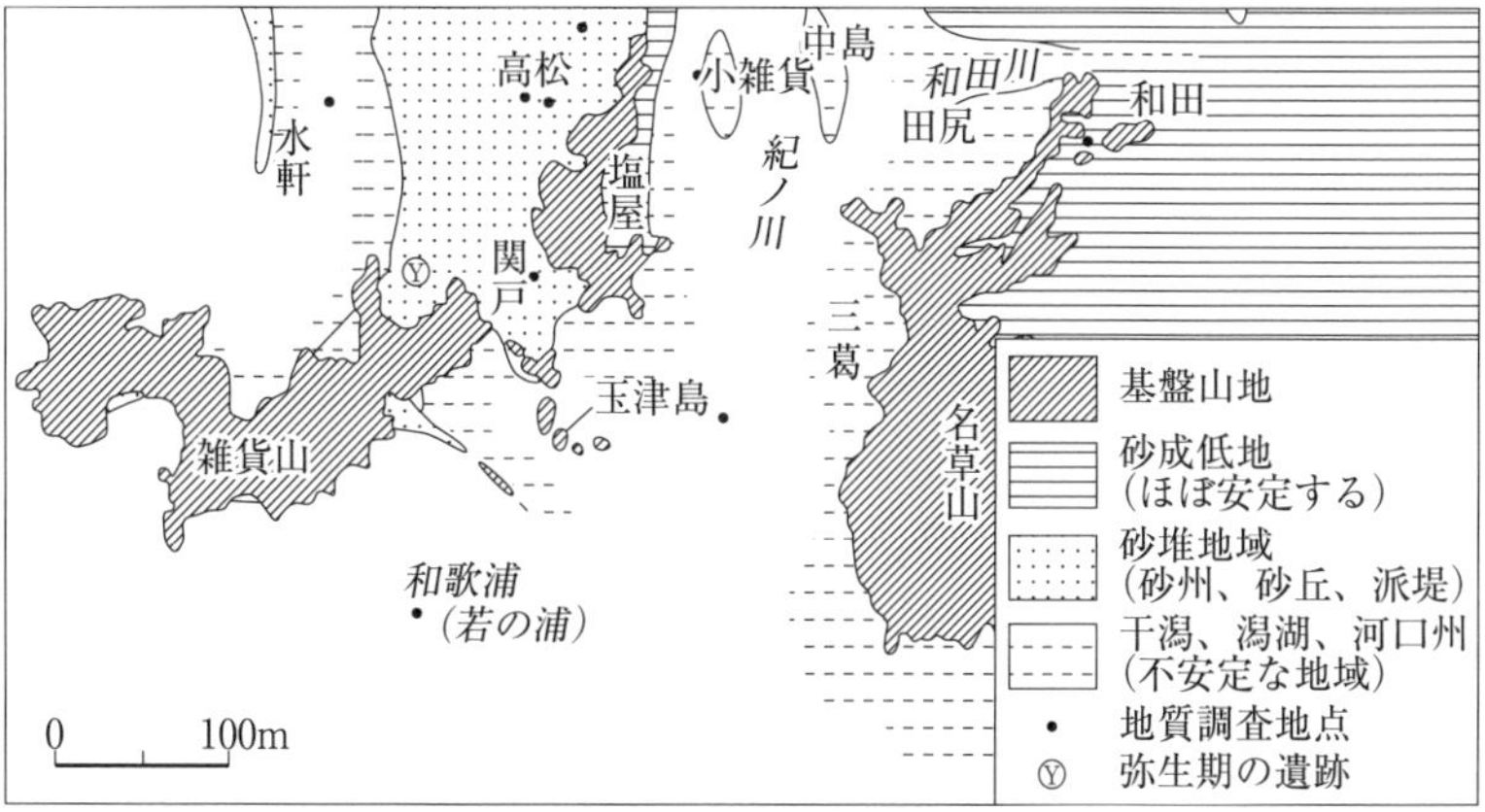

図版②　「万葉時代の和歌浦」（日下雅義作製）
※『文学』（第45巻４号）所載の北山茂夫論文をもとに作成

風景を描くことによってなしているのである。それではその風景をどのように描いたのか、具体的に追ってみよう。なお、「玉津島（山）」と「若の浦」のふたつの地名が歌われているが、「若の浦」は「玉津島（山）」をも大きく含みこんだ大地名である。

赤人が目の前に展開する若の浦の風景の中から、その中心的風景として選びとったのは、「玉津島山」であった。それは、まず大きく「沖つ島」（玉津島山のひとつ）をとらえ、そしてその清らかな渚に立つ白波と、そこで玉藻刈りにいそしむ人々のさまを詠み、そして最後に「（神代よりしかぞ尊き）玉津島山」と結ぶその構成からすれば、「玉津島山」に風景の中心があったことは間違いない。

玉の緒をなす玉津島山の景観　ではその「玉津島山」の風景とはどのようなものであったのであろうか。犬養孝「玉津島・わかの浦」および日下雅義「紀伊湊と吹上浜」等に指摘されているように、万葉時代の若の浦の地形は、現在に比して海がずっと奥へ入り込んでいた。以来、現在にいたるまでに、海岸線の後退（陸地化）が進み、現在玉津島神社の周辺には、船頭山・妙見《みょうけん》山・雲蓋《うんがい》山・奠《てん》供《ぐ》山・鏡山・妹背《いもせ》山と呼ばれる六つの小山が点在しているが、この

図版③　高津子山《たかづしやま》から東方に広がる若の浦を望む
※手前の小山が妙見山、雲蓋山、奠供山等。奥は名草山。

小山こそが、赤人の歌に詠まれた「玉津島山」だったのである。

現在、海に囲まれて島状をなして存在するのは、妹背山のみであるが、当時はこの小山群が海上に浮かぶか、あるいは海に面した島山（水に臨んだ地の山）をなして連なっていたのである。六山すべてが独立した島であったというわけではなく、現在の地形からも推測されるように、船頭山・妙見山・雲蓋山・奠供山は山裾の部分ではある程度つながっていて、干潮時には船頭山から奠供山まで歩いて行くことの出来た可能性がある。

赤人の詠んだ「玉津島山」は、六山が海面に臨み、あるものは海上に浮かんで、沖合に向かって点々と連なり伸びるという、そういった地形であった。

そしてこの地形にこそ「玉津島」という地名の由来を求めることができる。この六島（六山）が点々と連なるさまを、いくつもの玉が緒に貫かれて点々と連なっているさまに見て、「玉つ島」（玉の緒をなして連なる島々）と呼んだのであろう。玉を緒に通すこと、あるいは緒に通した玉を詠んだ歌は万葉集中に多くみられる。一例をあげれば、次の歌がそれである。

初春《はつはる》の初子《はつね》の今日の玉箒《たまばはき》手に取るからに揺《ゆ》らく玉の緒　（⑳四四九三、大伴家持）

ちなみに万葉集中の「天つ霧」「沖つ島」「沖つ玉藻」のような用例からしても、「玉つ島」は「玉の島」であって、「玉のように美しい島」という意味ではない。
なお、平安朝の『うつほ物語』に、玉津島（「玉出づる島」）を詠んだ歌のうちの一首に「玉の緒に貫《ぬ》きとどめなむ玉出づる島」とあり、ここでも「玉の緒」をなす形態が意識されている（第二部第四章、一四七頁参照）。

さてでは、赤人がこの「玉津島山」を「神代よりしかぞ尊き」と捉えた、その拠りどころはどこにあるのであろうか。それは、沖の島の清らかな渚であり、そこに立つ白波であり、人々のいきいきとした玉藻刈りの姿であろうが、それにもまして重要なのは、それらをも含みこんで眼前に展開する「玉津島山」の俯瞰的景観（十六日の詔にある「山に登り海を望むに、此間最も好し」に拠る）、すなわち沖合に向かって点々と伸びる「玉津島山」の連なりであったろう。そしてこの玉津島の玉の緒をなす島々の連なりは、ある種の霊的な存在であり、そこには神が宿ると考えられていたのではないか。それゆえに一層「尊さ」が際だつのである。

この「玉津島山」の有したであろう神性（霊性）について、「玉」（「玉の緒」）との関わりで跡づけてみたい。すなわち上代においては「玉《たま》」と「魂《たま》（霊）」とは語源を同じくした。「玉」「玉の緒」について、『時代別国語大辞典』〔上代編〕に次のような説明が見られる。

抽象的な霊力を意味するタマに対して、具体的に象徴するものが「玉」であり、両者は語源を等しくすると考えられる。古代日本人を支配した超自然的霊格におおよそチ・タマ・カミの三種があり、チの観念が最も古く発生し、タマはこれに次ぎ、カミが最も新しいという。（「たま」の項）

上代においては、玉は単なる装飾や好尚の対象でなく、霊魂の宿る所、あるいは霊魂そのものと考えられた。そのため玉の緒も生命の象徴と見倣され、表面的な意味のほかに大抵は比喩として生命の連想が秘められている。（「たまのを」の項）

この説明は、玉が神祭りや呪術にしばしば用いられること、神名にもよく見られることからも、あるいは次のような万葉歌からも納得できる。

葦《あし》の根のねもころ思ひて結びてし玉の緒といはば人解《と》かめやも　（⑦一三二四）

息《いき》の緒《を》に思へば苦し玉の緒の絶えて乱れな知らば知るとも　（⑪二七八八）

これらの歌に見られる「玉の緒」からは「霊魂」の宿り、生命力の点綴を読みとることができる。超自然的霊格の象徴たる「玉」、そしてその玉を連ねた、生命の象徴たる「玉の緒」、あたかもその「玉の緒」のごとく、沖合に向かって点々と連なる「玉津島山」に、神の存在を古代の人々が見たとしても不思議はない。

玉津島での神祭り　さて直木孝次郎「万葉貴族と玉津嶋・和歌の浦」は、天皇即位後に祭祀を行なう聖地の一つとして、玉津島が存在したことを述べたなかで、八十島祭について触れている。八十島祭とは、天皇即位の翌年に難波津に女官「八十島祭使」を派遣して、住吉神等を祭る儀式であり、この祭についての記録は平安時代を遡り得ないものの、実際には極めて古くからおこなわれていたらしい。岡田精司「即位儀礼としての八十嶋祭」によれば、八十島祭は即位礼の一環をなすもので、本来は「大八洲之霊」（生島神・足島神）を招いて新たに即位した天皇に付着せしめる儀式であり、すでに五世紀末から六世紀前半には、「海に向って行われる大王の就任儀礼が、〈島々からなる国土〉の王者にふさわしく多くの島々の精霊を身につける呪儀としての意味をもつようにな」っていたという。

八十島祭の場合と同じように、天皇の即位礼の一環として玉津島行幸を直接的に位置付けることが出来る（もちろん直木論文もそのように述べているわけではない）かどうかは、慎重を期さなければならないが、直木論文の次の指摘は貴重である。

往昔は紀の川の下流はいまの和歌山市を縦断する形で流れて、和歌の浦に川口を開き、いまは地続きになっている玉津嶋及びその周辺の丘陵は、小島として広い川口に点在していたといわれる。その景観は、淀川（天満川）の川口に八十島と呼ばれる多くの小島が点在したかつての難波のそれと、かなり類似していたにちがいない。神を祭る場所としては、和歌の浦も難波同様の条件を備えていた。

淀川の川口に点在する島々に精霊を見、そこが神祭りの場所になったのと同様に、和歌の浦の入江に「玉の緒」のように連なり点在する「玉津島山」の景観に、古代の人々は精霊をそして神の存在を見ていたのであろう。そして今、聖武天皇も赤人も、この「玉津島山」の景観を前にして、そこに「玉津島の神・明光浦の霊」（十六日の詔、前掲）の現し身の姿を見たのであろう。赤人が「かみよよりしかぞたふときたまつしまやま」と、厳かに長歌を歌いおさめた時、並み居る行幸従駕の人々の心は、玉津島の神代以来の尊さに満たされたにちがいない。

このように見てくると、「潮干《しほふ》れば　玉藻《たまも》刈りつつ」と玉藻を刈るのも、神饌に供するための行為であった可能性もある。緒方惟章「人麻呂とことば―伊勢国幸時留京作歌の周辺―」は

〈玉藻〉は、神への〈幣帛〉の一「奥つ藻菜・辺つ藻菜」（祈年祭の祝詞他）であり〈霊藻〉とも記すべきものであり、従って、「玉藻刈る」とは聖なる行為でなければならぬのだ。

と指摘している。

以上、「玉」の有する「超自然的霊格」、そして「玉津島山」の形状（景観）が有する「神性（霊性）」について述べてきた。以下、この記述が一層確かなものとなるよう補足し、そして赤人の紀伊国行幸歌に描写された風景、風物を通して、神の存在が透かし見えることを述べたい。

「玉」と海神　まず「玉」の有する属性について、「玉は海神の所有するもの」という視点から検討してみよう。すでに梶川信行「赤人の玉津嶋讃歌の論」が指摘しているように、「寄玉」の項に収められた次の万葉歌に注目したい。

玉に寄す

海神《わたつみ》の手に巻き持てる玉ゆゑに磯《いそ》の浦廻《うらみ》に潜《かづ》きするかも　(⑦一三〇一)
海神の持てる白玉見まく欲《ほ》り千《ち》たびぞ告《の》りし潜きする海人《あま》は　(⑦一三〇二)
潜きする海人は告れども海神の心し得ねば見ゆといはなくに　(⑦一三〇三)

この用例から明らかなように、玉は海神の所有するもの、あるいは海神の支配下にあるものであった。そして、赤人の紀伊国行幸歌の理解をさらに深めるのが、次の大伴家持の歌である。

京の家に贈るために、真珠を願ふ歌一首　并《あは》せて短歌

珠洲《すす》の海人《あま》の　沖つ御神《みかみ》に　い渡りて　潜《かづ》き取るといふ　鰒玉《あはびたま》　五百箇《いほち》もがも　はしきよし　妻の命《みこと》の　衣手《ころもで》
の　別れし時よ　ぬばたまの　夜床《よどこ》片さり　朝寝髪《あさねがみ》　掻《か》きも梳《けづ》らず　出《い》でて来し　月日数《よ》みつつ　嘆くらむ
心なぐさに　霍公鳥《ほととぎす》　来鳴く五月《さつき》の　あやめぐさ　花橘《はなたちばな》に　貫《ぬ》き交《まじ》へ　かづらにせよと　包みて遣《や》らむ　(⑱四一〇一)

白玉を包みて遣らばあやめぐさ花橘にあへも貫くがね　(⑱四一〇二)
沖つ島い行き渡りて潜くちふ鰒玉もが包みて遣らむ　(⑱四一〇三)
我妹子《わぎもこ》が心なぐさに遣らむため沖つ島なる白玉もがも　(⑱四一〇四)
白玉の五百《いほ》つ集《つど》ひを手にむすびおこせむ海人はむがしくもあるか　(⑱四一〇五)

ここで注目したいのは、長歌に歌われた「沖つ御神」である。この「沖つ御神」は、その反歌の表現、「沖つ島い行き渡りて潜くちふ鰒玉」（四一〇三）、「沖つ島なる白玉」（四一〇四）から、「沖つ島」を指していることがわかる。その「沖つ御神」である「沖つ島」には鰒玉（白玉）があり、そこに渡って潜き取ろうというのである。したがってこの歌によれば、鰒玉（白玉）は、「沖つ御神」（＝「沖つ島」）が所有し、支配しているものなのである。これは先に引いた「玉に寄す」歌三首とも符合し、玉と神との深い関わりを確認することが出来る。

そこでさらに注目されるのが、赤人の紀伊国行幸歌に詠われた「沖つ島」である。この「沖つ島」は、「玉津島山」のひとつ、あるいはすべてを言ったものである。前述の家持歌の用例からすれば、この「沖つ島」は、「沖つ御神」が所有する「鰒玉」「白玉」「玉」のある島なのである。ここにおいて「玉津島山」は、実態としての「玉」としっかりと結びついていることが確認できるし、別の言い方をすれば、長歌が「玉津島山」と詠いおさめられることによって、「沖つ島」から、「玉」のある島、「沖つ御神」の所有する玉のある島という姿が立ち顕れることになる。繰り返せば、「玉津島山」、「沖つ島」には、海神の手に巻き持つ玉が想定されること、すなわち玉津島を透かして、海神の存在が見えるということである。

潮干・潮満ちと海神　さて、玉のことと深く関わって興味深いのは、赤人の紀伊国行幸歌が、若の浦の潮干、潮満ちのさまを確かな目でとらえていることである。若の浦は現代にいたるまで、満干の潮位の差の大きいところであり、赤人歌はそれを見逃していない。長歌では「沖つ島　清き渚に　風吹けば　白波騒き　潮干れば　玉藻刈りつつ」と、潮満ちと潮干を詠い、そして反歌では、第一首は「潮干満ち」と詠み、主として潮干の情景、第二首では潮満ちの情景と、干満を対比させて詠むことによって、この地の特徴をよくとらえている。

この潮干、潮満ちに関わっては、『古事記』〔上巻〕の火照命《ほでりのみこと》（海幸彦《うみさちびこ》）と火遠理命《ほをりのみこと》（山幸彦《やまさちびこ》）の話が想起される。無くした鉤《ち》を得て、綿津見神《わたつみのかみ》の宮を後にする火遠理命に、綿津見大神は塩盈珠《しほみちのたま》・塩乾珠《しほひのたま》を授ける。そして地上に戻った火遠理命は、この二つの珠を用いて、潮干と潮満ちを自在に繰ることによって、兄の火照命を平伏させるのである。この神話から、潮干と潮満ちは、綿津見大神の持つ、あるいは綿津見大神から授与された、二つの珠によって繰ることの出来る現象と考えられていたことがわかる。万葉集にも次のように歌われている。

羈旅の歌一首 并せて短歌

海若《わたつみ》は　くすしきものか　淡路島　中に立て置きて　白波を　伊予《いよ》に廻《めぐ》らし　居待月《ゐまちづき》　明石《あかし》の門《と》ゆは　夕されば　潮を満たしめ　明けされば　潮を干《ひ》しむ　潮騒《しほさゐ》の　波を畏《かしこ》み　淡路島　礒隠《いそがく》り居《ゐ》て　いつしかも　この夜の明けむと……　（③三八八）

ここには、塩盈・塩乾二つの珠は歌われていないが、潮の満干を自在に操るのは「海神」であると歌って、さきの『古事記』の話と相通する。また次のような歌もある。

潮満たばいかにせむとか海神《わたつみ》の神が手渡る海人娘子《あまをとめ》ども　（⑦一二一六）

この歌には作歌年次も作歌事情も作者名も記されていないが、当該赤人歌と同じ、神亀元年の紀伊国行幸の際の詠と推定される（第四章参照）。したがってこの風景は、赤人も見ていた風景である。

この歌に詠まれた「海神の神が手」とは、潮干とともに姿を現し、潮満ちとともに海中に姿を消す、生成期の砂州を指してそう呼んだのであろう。この潮の干満によって現出し消滅する、生成期の砂州の様相に驚嘆した万葉びとは、人智を超えた大自然の力に海神《わたつみ》の神の存在を観たのである。ここにも潮の満干に海神の存在を透かし見ているのである。

この潮満ちと潮干に関わって展開した、説得力に富んだ論文がある。中川ゆかり「ミナトと「潮」―河口の景観から―」である。中川論文は、上代の文献にミナトを「潮」と表記するものがあることに注目して、「ミナトの利用を決定的に左右する「潮」――シホの満ち引き――、人々はその潮に対する畏怖と航行上の注意の喚起を込めて、ミナトを「潮」――シホの満ち引きするところ――と書いたのではないか」と解して、さらに「河口のミナトは朝夕二回の潮の満ち干によって、入港や河川の航行を制約された。潮汐は海神が潮満瓊、潮涸瓊を所持していたように、神のなすわざとも見なされる畏怖すべき自然であった。ミナトの潮は現実の生活において、人々に自然の脅威と恩恵を日常的に実感させるものだったのである」と説いている。若の浦は、紀の川の河口のミナトであり、この指摘とまさに符合する。

以上、玉津島山の「玉」、および若の浦における満干の差の大きい景観について検討した結果、赤人の紀伊国行幸歌の、いわゆる叙景部分は、神そのものを直接には詠まないが、その表現の背後に、神が透かして見えることを述べた。なお、反歌についてはほとんど触れてこなかったが、第一反歌（⑥九一八）の「玉藻」も、長歌の「潮干《しほふ》れば　玉藻《たまも》刈りつつ」の神饌のための玉藻刈りと関わって、ある種の神性・霊性を有していると見なすこともでき、そのように見れば、この反歌の真意は一層理解しやすくなる。

赤人が長歌の統括的眼目として歌った「神代よりしかぞ尊き玉津島山」によって現した神（神性、神霊）は、聖武天皇の詔にある「玉津島の神・明光浦の霊」と重なることは言うまでもない。

二　聖武天皇の即位と若の浦——脈々と受け継がれる皇統

赤人の紀伊国行幸歌の「神代」　では次に、「神代よりしかぞ尊き玉津島山」（「神代従　然曽尊吉　玉津嶋夜麻」）の「神代」について検討してみよう。ここに詠われた「神代」は、たんに玉津島の尊さを強調するために飾られ、一般化された漠とした神の代を意味するのではない。もっと具体性を持った「神代」である。高松寿夫「聖武天皇の行幸と和歌」が、「人麻呂が「神の御代かも」（1—三八）と讃嘆した持統朝を中心とする時代を指す」とした「神代」の理解が正しいと思う。

本章では、この高松寿夫論文の指摘の正しさを本章なりに確認し、そのうえで当該赤人歌の歌句の表現分析を通して、この歌の眼目が何であったのかを明らかにしたい。そして実はそこからこの行幸の目的のひとつが見えてくるのである。

同時代の宮廷歌人の詠んだ「神代」　赤人の当該紀伊国行幸歌と同じく、「神代」を詠んだ歌がある。養老七年（七二三）の元正天皇吉野行幸に従駕した笠金村《かさのかなむら》の詠である。当該赤人歌の前年に詠まれたものである。

養老七年癸亥夏五月に、吉野離宮《よしののとつみや》に幸《いでま》す時に、笠朝臣金村の作る歌一首　并せて短歌

瀧《たき》の上の　三船《みふね》の山に　瑞枝《みづえ》さし　繁《しじ》に生《お》ひたる　栂《とが》の木の　いや継《つ》ぎ継ぎに　万代《よろづよ》に　かくし知らさむ　み
吉野の　秋津《あきづ》の宮は　神からか　貴《たふと》くあるらむ　国からか　見《み》が欲《ほ》しからむ　山川《やまかは》を　清みさやけみ　うべし
神代ゆ〔諸之神代従〕　定めけらしも　（⑥九〇七）

反歌

年のはにかくも見てしかみ吉野の清き河内《かふち》のたぎつ白波　（⑥九〇八）

山高み白木綿花《しらゆふはな》に落ちたぎつ瀧《たき》の河内は見れど飽《あ》かぬかも　（⑥九〇九）

或本の反歌に曰く

神からか見が欲しからむみ吉野の瀧の河内は見れど飽かぬかも　（⑥九一〇）

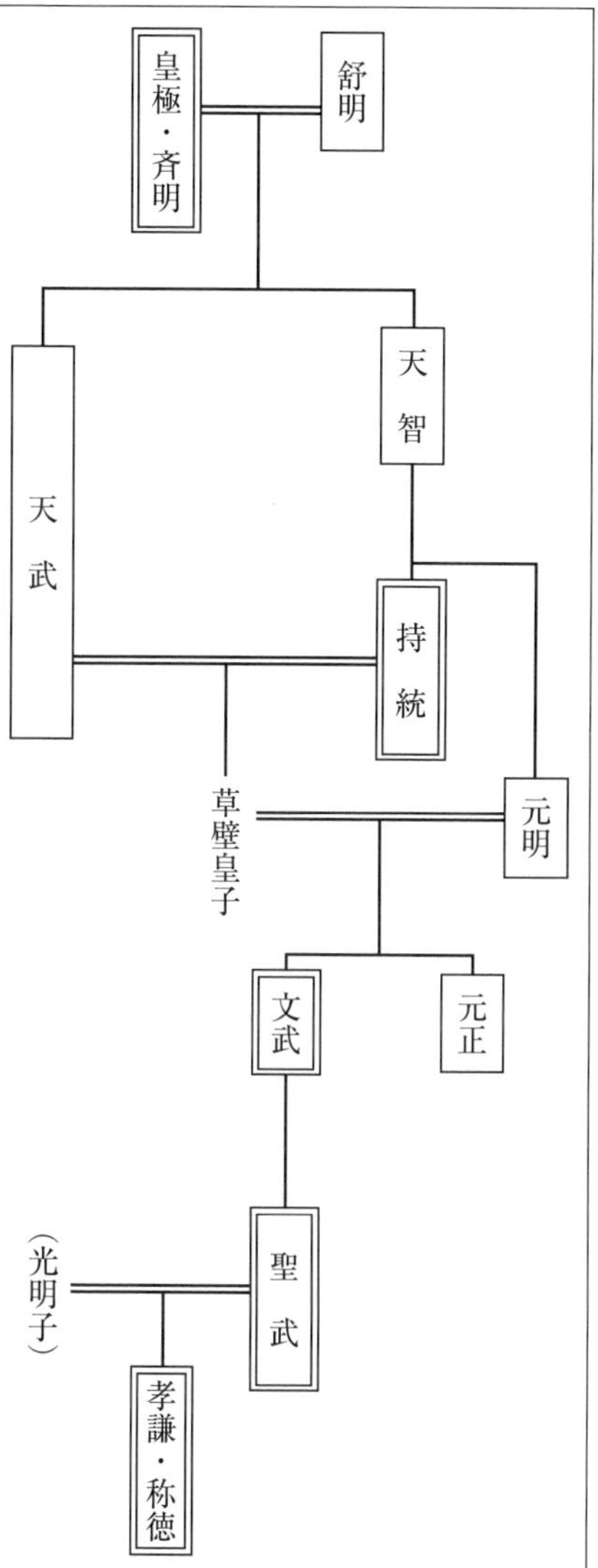

※□は、紀伊国行幸をおこなった天皇。なお中大兄皇子（後の天智天皇）と大海人皇子（後の天武天皇）は斉明天皇紀伊国行幸に同行し、阿閇皇女（後の元明天皇）はおそらく持統天皇紀伊国行幸に同行して、紀伊国を訪れている。

図版④　天皇系譜

み吉野の秋津の川の万代に絶ゆることなくまたかへり見む　（⑥九一一）
泊瀬女《はつせめ》の造る木綿花《ゆふはな》み吉野の瀧の水沫《みなわ》に咲きにけらずや　（⑥九一二）

持統朝において頻繁に、そして文武朝にも引き継いで挙行された吉野行幸は、その後の中断を経て、この養老から神亀にかけて復活する。実際、万葉集に掲載された吉野行幸歌を見ても、持統朝における柿本人麻呂の吉野行幸歌の後は、三十余年後のこの養老の吉野行幸歌を待たなければならない。巻六の冒頭部は、金村のこの吉野行幸歌に始まり、車持千年《くるまもちのちとせ》の吉野行幸歌が並び、続いて神亀元年の赤人による当該紀伊国行幸歌、そして「神亀二年乙丑の夏の五月に、吉野の離宮に幸す時に、笠朝臣金村の作る歌一首　并せて短歌」の題詞のもとに、まず笠金村の長反歌からなる一組の吉野行幸歌、さらに山部赤人の二組の長反歌からなる吉野行幸歌が続く。金村、千年、赤人による、この一連の吉野行幸歌の表現には、前代の人麻呂の吉野行幸歌を踏襲したものが多いことは広く指摘されているところであり、したがって三人の詠は、人麻呂の吉野行幸歌との関わりを抜きにして考えることはできない。

さてこの笠金村歌に見える「神代ゆ」の「神代」は、〔持統の時代〕を指すこと、すなわち人麻呂歌の「神代」を受けていることが、吉井巖「萬葉集巻六について―題詞を中心とした考察―」によって指摘された。

金村の作における神代は、神々の時代一般の神代ではなく、持統天皇を神とし（三八）、持統天皇の御代を神の御代と歌った（三六〔三八か。――村瀬注〕）人麻呂の表現を受けて、金村は、その神代の宮殿造営もうべなるかなと讃嘆していると解さなければならないのである。

と、吉井巖論文は、「天武、持統系の皇系と吉野との密接な関連」という歴史的状況をも踏まえつつ説いている。

柿本人麻呂の詠んだ「神の御代」

金村、千年、赤人が多大な影響を受け、それを踏まえて各々が詠んだ、その柿本人麻呂の吉野行幸歌を次に掲げておく。持統天皇の吉野行幸に従駕して詠んだものである。

吉野宮に幸《いでま》す時に、柿本朝臣人麻呂の作る歌

やすみしし　我《わ》が大君の　きこしめす　天の下に　国はしも　さはにあれども　山川の　清き河内《かふち》と　御心《みこころ》を
吉野の国の　花散らふ　秋津《あきづ》の野辺に　宮柱《みやばしら》　太敷《ふとし》きませば　ももしきの　大宮人《おほみやびと》は　舟並《な》めて　朝川渡る
舟競《ふなぎほ》ひ　夕川渡る　この川の　絶ゆることなく　この山の　いや高知らす　水激《みなそそ》く　瀧《たき》の宮処《みやこ》は　見れど飽か
ぬかも　（①三六）

反　歌

見れど飽かぬ吉野の川の常滑《とこなめ》の絶ゆることなくまたかへり見む　（①三七）

やすみしし　我が大君　神ながら　神さびせすと　吉野川　たぎつ河内に　高殿《たかどの》を　高知りまして　登り立ち
国見《くにみ》をせせば　畳《たたな》はる　青垣山《あをかきやま》　山神《やまつみ》の　奉《まつ》る御調《みつき》と　春へには　花かざし持ち　秋立てば　黄葉《もみち》かざせり
行き沿《そ》ふ　川の神も　大御食《おほみけ》に　仕《つか》へ奉ると　上つ瀬に　鵜川《うかは》を立ち　下つ瀬に　小網《さで》さし渡す　山川も　依《よ》
りて仕ふる　神の御代かも〔神乃御代鴨〕　（①三八）

反　歌

山川も依りて仕ふる神《かむ》ながらたぎつ河内に舟出せすかも　（①三九）

いや継ぎ継ぎに継承される皇統譜　金村、千年、赤人の三人の詠が、人麻呂歌の多大な影響を受けていることは、いま述べた通りだが、金村の当該吉野行幸歌の場合は、表現が、人麻呂歌と直接的に類似するのは、金村歌の

反歌および或本の反歌の「瀧の河内は　見れど飽かぬかも」（⑥九〇九および九一〇）と人麻呂の「瀧の宮処は　見れど飽かぬかも」（①三六）、金村の「絶ゆることなく　またかへり見む」（⑥九一一）と、人麻呂の「絶ゆることなく　またかへり見む」（①三七）ぐらいである。しかし、当面の「神代」の問題に執して次の点に注目したい。金村の「瑞枝《みづえ》さし　繁《しじ》に生ひたる　栂《とが》の木の　いや継《つ》ぎ継ぎに」（⑥九〇七）である。これは柿本人麻呂の近江荒都歌を踏まえた表現であろう。

近江の荒れたる都を過ぐる時、柿本朝臣人麻呂の作る歌

玉たすき　畝傍《うねび》の山の　橿原《かしはら》の　日知《ひじり》の御代《みよ》ゆ　生《あ》れましし　神のことごと　栂《つが》の木の　いや継《つ》ぎ継ぎに　天《あめ》の下《した》　知《し》らしめししを……　（①二九）

人麻呂はこの歌において、初代神武天皇以来、脈々と続く皇統譜を讃えて、この歌句を成したのである。してみれば、人麻呂が吉野行幸歌において、持統天皇の御代を「山川も　依りて仕ふる　神の御代かも」と讃えて詠う時、そこには脈々と継がれてきた皇統譜の線上にある今の「神の御代」が想われていたと考えてよい。それは

大君は神にしませば天雲《あまくも》の雷《いかづち》の上に廬《いほ》りせるかも　（③二三五）

と歌われた神である天皇の御代であった。

金村が人麻呂歌を踏襲して「瑞枝《みづえ》さし　繁《しじ》に生ひたる　栂《とが》の木の　いや継《つ》ぎ継《つ》ぎに」と詠い起こし、「うべし神代ゆ　定めけらしも」と詠い納めた時、その「神代ゆ」の「神代」は、「畝傍《うねび》の山の　橿原《かしはら》の　日知《ひじり》の御代《みよ》ゆ」〔神武天皇の神の御代〕の線上にある、持統天皇の「神の御代」であり、そして金村のこの吉野行幸歌に直接するのは、持統天皇以来継がれてきた皇統譜の線上にある、〔元正天皇の今の御代〕、そしてその即位が目前のこととして視野に入っている〔聖武天皇の今の御代〕が意識されていたと見てよい。

金村はこの文脈において、「〈瑞枝さし繁に生ひたる栂の木のいや継ぎ継ぎに〉万代に　かくし知らさむ　み吉野の秋津の宮は」と詠んで、人麻呂の近江荒都歌の「橿原の日知の御代ゆ」、そして吉野行幸歌の「神の御代」をさらに未来永劫へと伸ばしているのである。

このように本章なりに検討を加えた結果、そして先に触れたように、金村、千年、赤人の三人の吉野行幸歌は、人麻呂の吉野行幸歌を強く意識して詠ぜられていることを加味して言えば、金村の詠じた「神代ゆ」の「神代」が、人麻呂の詠んだ「神の御代」、すなわち〈持統天皇の御代〉を指しているとの、吉井論文の指摘は首肯できる。

再び、紀伊国行幸歌の「神代」——赤人・金村・千年　この養老七年の金村歌の翌年に詠まれたのが、赤人の紀伊国行幸歌である。ここにも「神代より」〈神代従〉と「神代」が詠まれているのである。養老七年（七二三）から神亀三年（七二六）というごく短い期間に、吉野、紀伊国、吉野、難波宮、播磨国印南野と踵《きびす》を接して行幸が行われ、その折り毎に行幸従駕歌が詠まれ、しかも金村、千年、赤人の三人のみによって詠まれている。元正・聖武朝における三人のこの活躍のさまをみれば、互いにそれぞれの詠を意識していたであろうことは想像に難くない。そうであるなら、赤人が、養老七年の金村の吉野行幸歌に無関心であったとはとうてい考えられない。十分に知悉していたと考えられる。とすれば、金村歌の「神代ゆ」が何を意味するのかを十分に心得ていたと見てよい。金村歌の「神代ゆ」を承けて、赤人も「神代より」と詠んだものと思われる。

赤人歌の「神代」　ではこのことを、赤人自身の歌に執して確かめてみよう。まず神亀二年の吉野行幸時の赤人の詠を次に掲げる。

山部宿禰赤人の作る歌二首 并せて短歌

やすみしし　我《わ》ご大君の　高知らす　吉野の宮は　たたなづく　青垣隠《あをかきこも》り　川なみの　清き河内ぞ　春へは花咲きををり　秋されば　霧立ちわたる　その山の　いやしくしくに　この川の　絶ゆることなく　ももしきの　大宮人《おほみやひと》は　常に通はむ　（⑥九二三）

反歌二首

み吉野の象山《きさやま》の際《ま》の木末《こぬれ》にはここだも騒く鳥の声かも　（⑥九二四）

ぬばたまの夜の更《ふ》けゆけば久木《ひさぎ》生ふる清き川原に千鳥しば鳴く　（⑥九二五）

やすみしし　我《わ》ご大君は　み吉野の　秋津《あきづ》の小野の　野の上《へ》には　跡見《とみ》据ゑ置きて　み山には　射目《いめ》立て渡し　朝狩《あさがり》に　鹿猪《しし》踏み起《おこ》し　夕狩《ゆふがり》に　鳥踏み立て　馬並《な》めて　御狩《みかり》ぞ立たす　春の茂野《しげの》に　（⑥九二六）

反歌一首

あしひきの山にも野にも御狩人《みかりびと》さつ矢手挾《たばさ》み騒きてあり見ゆ　（⑥九二七）

右は、先後を審《つばひ》らかにせず。但し、便《たより》をもちての故に、この次《つぎて》に載す。

赤人の九二三番歌が、人麻呂の吉野行幸歌ととりわけ酷似していることは広く指摘されているところである。例えば高松寿夫「山部赤人「吉野讃歌」」が次のように指摘している。

高木市之助によると、赤人歌の人麻呂歌との語の共有率は七十四パーセントになるという。これを語句の類似という所まで拡げてみると、九二三のほとんど総ての語句が人麻呂歌の語句と類似をみせていると言える。「やすみしし 我《わ》ご（が）大君」で詠い出され、春と秋、そして山と川を対比させながら展開していく、その詠いぶりは、人麻呂歌を下敷きにしているとさえ言えよう。

このことは、赤人は、人麻呂歌が「神の御代かも」と詠んだ、その意図を正確に理解していたことを意味している。

実際、赤人の吉野行幸歌にも「神代」は詠われている。その歌は、題詞に記すところによれば、天平八年（七三六）の詠とあるので、養老七年からは一三年、神亀二年からは一一年も後のことになる。

八年丙子夏六月に、吉野離宮《よしののとつみや》に幸《いでま》す時に、山部宿禰赤人、詔《みことのり》に応《こた》へて作る歌一首 并せて短歌

やすみしし　我が大君の　見《め》したまふ　吉野の宮は　山高み　雲ぞたなびく　川早み　瀬の音ぞ清き　神さびて　見れば貴く　よろしなへ　見ればさやけし　この山の　尽きばのみこそ　この川の　絶えばのみこそ　ももしきの　大宮《おほみや》ところ　やむ時もあらめ　（⑥一〇〇五）

反歌一首

神代より〔自神代〕吉野の宮にあり通ひ高知らせるは山川をよみ　（⑥一〇〇六）

反歌において「神代より」と「神代」が詠われている。この赤人歌は吉野の地のさやけさを讃え、その永遠性を確認し、そしてこの地にいつも、いつまでもあり通い続けるであろうことを詠っていて、人麻呂の吉野行幸歌の、とりわけ三六～三七番歌を踏まえていることは明らかである。とすればこの「神代より」が人麻呂の「神の御代」〔持統天皇の御代〕を踏まえていることはこれまた明らかといえよう。

みたび、紀伊国行幸歌の「神代」——赤人と人麻呂　さてこのようにして、吉野行幸時における人麻呂歌の「神の御代」、金村歌の「神代」、赤人歌の「神代」を検討してきて、では赤人の紀伊国行幸歌の「神代よりしかぞ

尊き玉津島山」の「神代」の意味するところは何か。当該歌が、養老七年の金村歌の翌年に詠まれていること、そして題詞によれば一二年もの後になるが、赤人自身も吉野行幸歌で「神代」を直接詠んでいること等の状況を勘案すれば、紀伊国行幸歌の「神代」も人麻呂歌の「神の御代」〔持統天皇の御代〕を意味すると考えるのがもっとも妥当であると判断される。

このことを赤人の紀伊国行幸歌の表現に即して見てみよう。まず赤人歌は、人麻呂歌ときわめて類似した構成と内容を有している。「やすみしし 我ご大君」と天皇讃美の言葉で始まり「神代より しかぞ尊き 玉津島山」と行幸の地を讃える言葉で結ぶその構成は、人麻呂歌が「やすみしし 我が大君」で始まり、「山川も 依《よ》りて仕ふる 神の御代かも」と土地を讃美しその地を領《うしは》く神々に奉仕される天皇の御代を讃える言葉で結ばれているのと、きわめて類似した構成を有している。

またこの冒頭句と結びの句との間に展開する歌句の内容は、赤人歌は玉津島の景を、直接の表現としては神の語を用いずに讃え、一方人麻呂歌は、吉野の地を領《うしは》く神々を登場させて、行幸の地を讃えている。人麻呂歌においては、土地の神の存在がはっきりと詠われ、その神々にも奉仕される天皇を讃える点において、天皇讃美の絶大さが、赤人歌のそれとは異なるものの、行幸の地を讃えるものであることは共通している。

このことから、赤人の紀伊国行幸歌は、人麻呂の吉野讃歌を意識して詠まれていると見てよい。そうであるならば、赤人歌の「神代より」が、人麻呂歌の「神の御代」を受けて、持統朝に現前した「神の御代」以来、今に至るまでという意味で詠われていると見てよいだろう。

ただここで今少し考えておかなければならないことは、人麻呂歌の「神の御代」、金村歌の「神代」、赤人歌の「神代」（⑥一〇〇六）は、あくまでも吉野の地に特化されたとらえ方であって、他の地には及ばないのではないかということである。しかしながら、少なくとも玉津島の地には及ぶと考えてよい。吉野離宮は吉野川のほとりにあり、その吉野川（紀伊国に入って紀の川）が海に注ぐ川口に玉津島があるからである。聖地・吉野と玉津島は地形的にも、そしておそらく神祭りの地としても連動していたと考えられ、吉野の地での「神の御代かも」という詠嘆が、聖地・玉津島の地にも及ぶ可能性は十分にあると考えられる。なおこの連動する神祭りの地という見方については、第三章で述べる。

聖武天皇の即位と皇統譜の継承　さて、赤人の紀伊国行幸歌の「神代」を、このように人麻呂歌の「神の御代」と連動させて読みとった時、赤人歌が「神代より」と歌ったその眼目が何であったかが明瞭になる。それは、神武天皇以来の皇統譜のもと、天皇が神と讃えられた持統天皇の御代を引き継いで、この度即位した聖武天皇のこの御代を讃えることにあったのである。

　赤人の紀伊国行幸歌がしっかりと踏まえた、その人麻呂の吉野行幸歌の二組の長反歌（巻①三六、三七および①三八、三九との二組）の詠歌時期については断定は出来ない。しかし、その研究史をたどり諸説を検討した村田右富実「柿本人麻呂吉野讃歌論」は、二組とも「持統四年（六九〇）一月一日の即位後、はじめての吉野行幸である同年二月十七日」の行幸時の詠であるとの結論に達した。その結論に賛成する。

　持統天皇の即位にかかわって、吉野で謳われた「神の御代」が、三十数年後の聖武天皇の即位にかかわって、玉津島で謳われた「神代」と呼応していたのであるから、「神代より　しかぞ尊き　玉津島山」と、赤人が厳かに長歌を詠いおさめた時、この言葉は、天皇を前にして聞き入る臣下の心に、千鈞《せんきん》の重みをもって響いたことであろう。

万葉の「若の浦」の誕生　以上、一、二に分かって、「神代よりしかぞ尊き玉津島山」が語りかけてくるメッセージに耳を傾けた結果、赤人の紀伊国行幸歌が歌おうとしたその眼目は、玉津島の神・明光浦の霊を讃仰し、玉津島山（若の浦）の地を讃え、そして脈々と受け継がれてきた皇統譜のもと、このたび即位した聖武天皇の御代を讃え、その平安と弥栄を、玉津島の神・明光浦の霊に祈ることにあったということが出来よう。

この赤人の紀伊国行幸歌によって、万葉の「若の浦」は誕生したのである。

第二章　聖武天皇の詔の表現と漢籍

一　『続日本紀』神亀元年十月十六日の聖武天皇の詔の分析

「明光浦」と若の浦　観光地として全盛を誇っていた頃と比べると、かなりひっそりとした今の和歌の浦であるが、その和歌の浦の目抜き通りとして栄え、今も地元の人々に愛されているのが、和歌浦東照宮の東に位置する「明光商店街（明光通り）」である。「和歌浦商店街」や「和歌浦通り」ではなく、「明光」という名が冠せられているのが目を引く。また、和歌の浦一帯を校区とする市立中学校は「明和中学校」といい、その校歌に「若松の瑞恵《みずえ》さしそい　潮の香《か》たかく　朝日たださす　明光浦曲《あかのうらわ》」とあるから、「明和」の「明」は、「明光」の「明」から取られたことがわかる。このように、「明光」という語は、和歌の浦の称号として今も地元で親しまれているが、そもそも和歌の浦の称号としてこの語を用いるのは、奈良時代にこの地を訪れた聖武天皇が特に詔《みことのり》（「しょう」と音読してもよい。天子が下す命令）を発して、「弱浜《わかはま》（若の浦）を改めて明光浦とする」と宣言したことに由来する。その詔は『日本書紀』に次ぐ国史『続日本紀』の神亀元年（七二四）十月十六日の条に記されている。

『続日本紀』の記載によると、十月五日に平城京を出発し、同八日に和歌の浦の玉津島の頓宮《かりみや》（行幸のための臨時の宮殿）に到着した聖武天皇は、十二日に離宮を造営し、行幸に従った官人たちに禄を賜った。そして帰還が近づいた十六日に至り、造離宮司《ぞうりきゅうし》（離宮の造営に従事した役人たち）と紀伊国の郡司《ぐんじ》、近隣の長老らを集め、彼らに禄を賜った。さらに地元の百姓たちの租庸調の租税の免除や罪人の恩赦があり、国造《くにのみやつこ》の叙位や地元の官人たちにも加階が行われた。そして今問題にしようとしている詔が発せられる。

又詔曰「登山望海、此間最好。不労遠行、足以遊覧。故、改弱浜名、為明光浦。宜置守戸、勿令荒穢。春秋二時、差遣官人、奠祭玉津嶋之神、明光浦之霊」。

又た詔《みことのり》して曰《のたま》はく「山に登り海を望むに、此間《ここ》最も好《よ》し。遠行を労《いたは》らずして、以《もっ》て遊覧するに足《た》れり。故《ゆゑ》に、弱浜《わかはま》の名を改め、明光浦と為《な》す。宜《よろ》しく守戸《しゅこ》を置き、荒穢《くわうわい》せしむること勿《な》かるべし。春秋二時に、官人を差し遣《つか》はし、玉津嶋の神、明光浦の霊を奠祭《でんさい》せしめよ」と。

（また詔勅を発して「山に登り海を望み見るのに、この場所は最もふさわしいところだ。遠くから来るのも苦にならず、遊覧するに足る。そこでこれまでの弱浜《わかはま》の名を改めて明光浦とする。監視者を置き、荒廃させることのないように。春と秋の二回、官人を派遣して、玉津島の神と明光浦の霊《みたま》をお祭りするように」とおっしゃった。）

詔の原文は漢文で書かれているが、現地で当時読み上げられた際にはどのような形で読まれたかは明らかではない。訓読文のように日本語の形で読み上げられたかもしれないが、極端な想像をすれば、中国語として頭から漢字音でそのまま読み上げられた可能性も捨てきれない。というのも、原漢文を見ると、一句四文字の四字句をきちんと連ねて構成されており、詔の最後も「玉津島之神」「明光浦之霊」を対句にして終わらせる、など中国語の詔勅としての形式をきちんと整えようとした意識が濃厚にうかがわれるからである。従って、詔で用いられている漢語についても、中国での用法や意味を正確に把握して、それを踏襲している可能性が高いといえよう。

聖武天皇の玉津島行幸と「望祀《ぼうし》」

そもそも、この聖武天皇の玉津島行幸とそこで行われた行事自体が、中国の皇帝たちが行った望祀（天子が行幸して国土の山川の神や諸神を祀《まつ》る儀礼）を意識したものであった可能性が指摘されており、本書の共著者の一人、村瀬憲夫に「赤人の玉津島讃歌と望祀」の論がある。村瀬は、江戸時代に紀州藩に儒学者として仕えた仁井田好古《にいだよしふる》が、天保三年（一八三二）に玉津島の奠供山《てんぐやま》に建立した「奠供山碑」に、「聖武天皇の玉津島行幸は、中国の望祀をこの玉津島の地で行ったものである」という指摘があることから論を起こし、赤人の玉津島讃歌や聖武天皇の詔の内容と、中国の望祀儀礼との関連を検討し、聖武天皇の行幸は「もちろん中国の望祀をそのままに行ったものではないことは明らかであるが、望祀の思想・制度、それに伴う中国の詩文が反映していることは認めて良いと思う」と述べている。

私も、『続日本紀』や『万葉集』には「望祀」と記されてはいないものの、この聖武行幸は、村瀬が論じたように、中国の望祀の儀礼、あるいはこれに準じて行われた望海の行事（後述）と、深い関係があると考えて良いのではないかと思う。

この章では、まず聖武天皇の詔に用いられた「登山望海」の中国の用法から、この語が単なる観光・遊覧の行為ではなく、「望祀」に準じたものであった可能性を指摘し、さらに弱浜《わかはま》（若の浦）を改めた「明光浦」の「明光」も、単なる「明るい光」「風光明媚」というだけの意味ではなく、神仙的、神話的な意味を帯びる語であることを述べて、聖武天皇の詔が弱浜《わかはま》（若の浦）にどのような意味を付与しようとしていたのかを考えていきたい。

二　詔中の「登山望海」に関して——中国の「望海」には特別な意味がある

中国初唐詩の「望海」　手始めに詔の中の「登山望海」（山に登り海を望む）から取り上げていきたい。これを普通に読めば和歌の浦の風景を望み見るための当然の行動として受け取られるであろう。だが中国における「望海」の例を見ていくと、ことはそう簡単ではない。まず聖武天皇の時代に日本に伝来していたことが確実な中国の唐代の詩集に出てくる「望海」の例を見ながら、唐代の中国の人々が「望海」という語や行為に対して、どのようなイメージを抱いていたかについて見ていきたい。貴重な古典籍を多く保存していることで名高い名古屋の真福寺《しんぷくじ》に、『翰林学士集《かんりんがくししゅう》』という詩集が伝わっている。この詩集は、唐王朝の基礎を創った太宗《たいそう》皇帝やその近臣たちが、唐代初期の貞観年間（六二七―六四九）に、都の長安や中国各地の遠征先で宴を設けた際に君臣唱和した詩を集めた詩集で、真福寺には唐代の写本を直接影写した古写本が伝わっている。原本はおそらく遣唐使が持ち帰ったもので、中国にはまったく残存していない貴重な孤本である。この詩集が奈良時代の日本の漢文学、たとえば『懐風藻』の宴席詩などに影響を与えていることは、既に明らかにされている（参考資料『翰林学士集注釈』参照）。

　この『翰林学士集』に「春日侍宴望海。同賦光韻。応詔（春日《しゅんじつ》宴に侍《はべ》りて海を望む。同《とも》に光韻を賦す。詔に応《こた》ふ）」という詩題のもとに九首の詩が並べられた詩群が存在する。この詩群は貞観一九年（六四五）から翌二〇年にかけて、太宗皇帝が高麗に親征を行った際、遼東半島におもむく途中で臣下と共に宴を張った時のものであることが指摘されている（『翰林学士集注釈』）。「春日侍宴望海」から、春の一日、東方の海を望んで宴を張った折の作であることがわかり、「応詔」とあるので、その場で太宗皇帝の命令によって臣下たちが共に詩を詠んだこともわかる（太宗自身も詩を詠んでいる）。皆が共通して用いる韻字に「光」字を選んでいるのが、聖武天皇の詔の「望海」と「明光」の関係を考えるうえで気になるところであるが、この詩群を一読してすぐに目につくのが、「東海の果ての神仙境である蓬莱山へのこだわり」である。

　まず、この詩宴を主導する太宗皇帝の詩には、次のような詩句が見える。

仙気凝三嶺。和風扇八荒。　仙気《せんき》三嶺《さんれい》に凝《こ》る。和風《わふう》八荒《はちくわう》を扇《あふ》ぐ。

（神仙の気は（かなたの）蓬莱山に凝集する。春の暖風が国の隅々まで吹き扇いでいる。）

「和風」は温暖な春の風の意。「八荒」は国の隅々の意で、「八紘」に同じ。「荒」の字を使うことで、「和」と「荒」の対比を狙う。太宗はこの望海の詩で「仙気が三嶺に凝る」と詠むが、「三嶺」とは、東海のはるか彼方にある伝説の神仙郷の蓬莱山を形成する三つの仙山（蓬莱、方丈、瀛州《えいしゅう》）を指す。太宗は東方の海の彼方を望みながら、そこに神仙の気あふれる蓬莱山を思い描いているのである。

次に良き補佐役として太宗を支え活躍した臣下、長孫無忌《ちょうそんむき》の詩句を見てみよう。

目極三山嶮。流睇百川長。　目極《めきは》まりて三山嶮《けわ》し。流睇《りうてい》して百川《ひやくせん》長し。

（視線の彼方には蓬莱の三神山が聳《そび》え、視線を移していくと、多くの川が延々と流れているのが見える。）

「目極」は目で見える極限、「流睇」は流すように視線を移していくことをいう。この句に詠まれる「三山」も、先の詩句の「三嶺」と同じく蓬莱山の蓬莱、方丈、瀛州の三つの仙山を指す。太宗と同じように長孫無忌も、東海の極限の彼方に峻険な蓬莱山が聳える様を詠んでいる。

さらに臣下の劉洎《りゅうじ》の詩句には、

方丈神仙夐。蓬莱道路長。　方丈神仙《はうじやうしんせん》夐《はる》かなり。蓬莱道路《だうろ》長し。

（方丈の神仙は遙か遠くにある。蓬莱までの道のりは長い。）

と、蓬莱までの遠い道のりを思っているし、書道の名作「雁塔聖教序」で名高い褚遂良《ちょすいりょう》もこの場に居り、その詩句でも、

従軍渡蓬海。万里正蒼々。　軍に従《したが》ひて蓬海を渡る。万里《ばんり》正《まさ》に蒼々たり。

（私は従軍して蓬莱へ続く海（実際は黄海のこと）を渡ってきた。海原は万里の彼方まで蒼々《あおあお》としている。）

と、自分たちの渡ってきた海を蓬莱へ続く海（＝「蓬海」）と称している。

大陸の東端の遼東で東方に海を望めば、始皇帝が不老不死の仙薬を求めて徐福を派遣した、東海の果てにあるという蓬莱を想うのは当然だという見方もあるかもしれないが、そのことも含めて、天子と臣下が「望海」という行為を行う時に、そこに蓬莱の姿を詠んでいることは、聖武天皇の詔の「登山望海」を考えるうえで、非常に重要である。もちろん蓬莱は実際には見えないのであるが、これをあたかも「見える」ように詠み、自分たちの居る場と神仙世界との繋《つな》がりを強調することが、彼らにとっては非常に重要なことだったのではないか。

中国における「登山望海」の位置づけ　さらに「登山望海」について別の例を取り上げてみよう。時代は降って中唐（八〇〇年前後）の作品になるが、中国での「登山望海」の意味を考える際に参考になる、一群の「賦」（長編の韻文）が、『文苑英華《ぶんえんえいが》』（北宋・九八二年成立、古代から宋代初期までの様々な形式の漢詩文の名品を集めた全集）の巻四・天象《てんしょう》の「日」の部に採られている。それが「登天壇山望海日初出賦」（天壇山《てんだんさん》に登り、海日《かいじつ》初めて出《い》づるを望《のぞ》む賦）であり、王起《おうき》、蒋防《しょうぼう》、紇干兪《こつかんゆ》、闕名《けつめい》（作者名を欠く意）の四名の作が連続して採られる。名前がわかる三人はともに西暦八〇〇年前後から活躍し始めた人たちである。賦の題は「天壇山に登り、海から太陽が初めて出てくるのを望み見る」という意味で、まさに「登山望海」が、そのまま題材《テーマ》になった作品である。

「天壇山」を中国の辞書やインターネット検索などで調べてみると、河南省済源市の西北三一キロにある山で、黄帝が天の神を祀った山として名高いと説明されている。しかし、河南省は海から五〇〇キロ以上も離れており、この山だとすると海は絶対に見えない。「天壇」とは天の神を祀《まつ》る祭壇のことで中国各地に存在する（北京の観光名所として名高い「天壇公園」にも皇帝専用の巨大な天壇が残されている）。この賦に登場する「天壇山」も、河南省の天壇山ではなく、天壇が築かれていて海を望むことができる山なのであろうが、残念ながらどこにあるのか探し出すことはできないでいる。

賦は四言句と六言句（四文字句と六文字句）を基調に構成された非常に長い作品なので、全文をここに挙げることは控え、それぞれの作品の中から必要な部分を挙げて、解説していくことにしたい。まず、王起の作品の一部を紹介しよう。

山惟隠天、海則孕日。日将昇而転麗、山望遠而無失。青崖直上、覚亭亭而漸高。碧浪遙分、覩杲杲之初出（山は惟《こ》れ天を隠し、海は則《すなは》ち日《ひ》を孕《はら》む。日《ひ》将《まさ》に昇らんとして麗《れい》に転じ、山遠《とほ》きを望みて失ふこと無し。青崖《せいがい》直上し、亭亭《ていてい》として漸く高きを覚《おぼ》ゆ。碧浪《へきらう》遙《はる》かに分かれ、杲杲《かうかう》として初めて出《い》づるを観《み》る）。

山は天を覆い隠すようにそびえ、海は日を孕《はら》んでいる。日は今まさに昇ろうとして麗《うるわ》しい姿に転じ（海から出て光を放つ様）、山からは遠くまですべてを展望でき、何一つ視界から失うものはない。（山の）青い崖はまっすぐに立ちのぼり、そのそびえ立つ様を見て山の高さを思い知る。（海には）青い浪が遙か遠くで分かれ、（そこから太陽が）明るく耀いて初めて出てくるのを目にする。

＊亭亭――山が高くそびえ立つ様　＊杲杲――日が明るく輝く様。

是知、望莫遠乎日域、登莫峻乎天壇。彼以離而取象。此以艮而居安。考之則陰陽有度、察之則溟漲無端。況乎銀漢落、金波残。将東方而自出、俾下土而式観（是《ここ》に知る、望むに日域《にちいき》より遠きは莫《な》く、登るに天壇より峻《さか》しきは莫しと。彼《かれ》は離《り》を以《もつ》て象《かたち》を取り、此《これ》は艮《こん》を以て安きに居《を》り。之《これ》を考ふれば則ち陰陽度《のり》有り、之を察すれば則ち溟漲《めいちやう》端《はし》無し。況乎《いはんや》銀漢《ぎんかん》落ち、金波《きんぱ》残れり。将《まさ》に東方よりして自《おのづか》ら出《い》で、下土《かど》をして式観《しきくわん》せしむ）。

（今、知った。望み見るのに太陽より遠いものはなく、登るのにこの天壇より険しく高い山はないと。彼（太陽）

は「離れている」ということで『易《えき》』の「離《り》」の卦《け》にあたり、万事が皆成るということを象徴し、此（天壇山）は地に根を下ろし、『易』の「艮《こん》」の卦のどっしりと安定した様を象徴する。考えてみれば、これは陰陽の気がしっかり調和した状態であり、観察すれば、茫洋《ぼうよう》として漲《みなぎ》る気の力は果てしない。まして、（夜が明けようとする今）銀河は沈み行き、月は波間に残っている。その中で太陽は東から現れ出で、下界のすべてがそれをうやうやしく仰ぎ見るのである。

＊離――離れている意と、易の八卦の一つ「離」を掛ける。卦としては、徳を守れば万事皆成る様。＊艮――易の八卦の一つ。止まって進まない様。

ここまで見てくると、作者が天壇山に登って海を眺めるのも、ただ景色を楽しむためではなく、天を祀《まつ》る特別な山に登り、東海から昇る朝日を拝することで、天（＝日）の麗気と地（＝山）の精気を身につけ、最高の陰陽の気の調和を保つという、重要な宗教的行為ではなかったのかというように考えられる（あるいは、〈気〉を体内に取り入れる道教の導引術などとも関わる行為かもしれない）。

蒋防の作品も、まず、

山有極天崇崒、冠群嶽而首出。下圧溟渤之碕岸、平視扶桑之初日。天光海上、曈曨而暁色已分。人代夢中、促促而寒更未畢。客有愛此早景、登茲崇山（山は天の崇崒《すうそつ》を極《きは》むる有りて、群嶽《ぐんがく》に冠《かん》して首出《かうべい》でたり。下に溟渤《めいぼつ》の碕《き》岸《がん》を圧し、平《たひ》らかに扶桑《ふさう》の初日《しよじつ》を視《み》る。天光は海上にして、曈曨《とうとう》として暁色已《げうしよくすで》に分《わか》つ。人代《じんだい》は夢中にして、促促《そくそく》として寒更未《かんかういま》だ畢《おは》らず。客《かく》有りて此《こ》の早景を愛し、茲《こ》の崇山《すうさん》に登る）。

この山は天に届くほどの峻険を極め、すべての山の中に冠たるものとして抜きん出ている。眼下に暗く沸き立つ海岸を従え、（水平線に）完全に日の出を見ることができる。日の光は既に海上にあって、明るい光が夜明けを知らせているが、人々はまだ夢の中にいて、あわただしく過ぎる夜明け前の寒い時間はまだ終わっていない。旅人はこの早朝の風景を愛して、この気高い山に登るのだ。

（＊曈曈——夜明けの光が明るい様。＊促促——時間がなく、あわただしい様。）

と、天壇山の峻険さと、そこから海から昇る朝日を望み見ることができるすばらしさを述べる。その少し後には、次のような太陽が登る様を記す章句がある。

及其旋転将昇、睢盱万状、散五彩而錦章已出、照三山而鼎足相向（其《そ》の旋転《せんてん》して将《まさ》に昇らんとするに及びては、睢盱《きく》万状《ばんじやう》として、五彩《ごさい》を散らして錦章《きんしやう》已《すで》に出《い》で、三山《さんざん》を照らして鼎足相向《ていそくあひ》かふ）

（太陽が回転して（海から）昇る時、これを仰ぎ見ればその様子は千変万化して、五色の色彩を散らしながら錦のように輝く美しい模様が（海から）出てきて、（彼方の蓬莱の）三神山を照らすと、鼎《かなえ》の三本の足がお互いに向き合っているかのように見える。

＊睢盱——振り仰ぐ様。＊鼎足相向——鼎は三つの脚が付いている祭器。ここは太陽に照らされた蓬莱・方丈・瀛州の三つの仙山が鼎の脚のように向き合いながらそびえ立つ様をいう。）

ここでは、前に見た初唐の太宗や臣下たちが遼東に遠征した際に詠んだ「春日侍宴望海」詩群に出てきた「蓬莱」の三神山が、再び詠みこまれていることに注意したい。この賦でも眼下に望む東海の彼方に、日の出の光に照らされた蓬莱の神仙郷を幻視しているのである。これは単なる「望海」詩の表現の伝統というよりも、やはり「望海」という行為が持つ呪術的、宗教的な意義を反映しているのであろう（余談ながら和歌浦の雑賀崎に「ハナフリ」という行事が伝わる。春秋の彼岸の中日に、住民たちが岬に登り沈み行く夕陽を眺める行事であるが、この日、岬から眺めると、夕陽からキラキラと輝く五色の光のハナ〈目撃した人は宝石や花びらのようだという〉が降りそそぐように見えるという。昇る朝日と沈む夕陽の違いはあるが、「旋転将昇、睢盱万状、散五彩而錦章已出」という蒋防の賦の描写は、まるで「ハナフリ」の日の太陽を描いたようで興味深い。なお、雑賀崎の夕陽の写真は六五頁図版⑧参照）。

このように、初唐から中唐にかけての「望海」を題に持つ作品を読み、そこに描かれている内容を見てくると、聖武天皇の詔の中の「登山望海」が、単に風景を楽しむための遊覧ではなく、天皇として天・地の調和した陰陽の気を身に帯び、蓬莱山に象徴される神仙世界との繋がりを持とうとする、一種の神仙思想を背景にしたものと考えられてくる。

そうなると気になるのが、前の第一章で述べられた玉津島の形状である。その部分をもう一度、抜き出してみよう。

現在玉津島神社の周辺には、船頭山・妙見山《みょうけん》・雲蓋山《うんがい》・奠供山《てんぐ》・鏡山・妹背山《いもせ》と呼ばれる六つの小山が点在しているが、この小山こそが、赤人の歌に詠まれた「玉津島山」だったのである。現在、海に囲まれて島状をなして存在するのは、妹背山のみであるが、当時はこの小山群が海上に浮かぶか、あるいは海に面した島山(水に臨んだ地の山)をなして連なっていたのである。六山すべてが独立した島であったというわけではなく、現在の地形からも推測されるように、船頭山・妙見山・雲蓋山・奠供山は山裾の部分ではある程度つながっていて、干潮時には船頭山から奠供山まで歩いて行くことの出来た可能性がある。赤人の詠んだ「玉津島山」は、六山が海面に臨み、あるものは海上に浮かんで、沖合に向かって点々と連なり伸びるという、そういった地形であった。そしてこの地形にこそ「玉津島」という地名の由来を求めることができる。この六島(六山)が点々と連なるさまを、いくつもの玉が緒に貫かれて点々と連なっているさまに見て、「玉つ島」(玉の緒をなして連なる島々)と呼んだのであろう。(波線は筆者が施したもの)

波線部からわかるように、玉津島は複数の小島が海上に連なり、沖合に向かって転々と連なり伸びる、特異な形状を持つ海上に浮かぶ島山であった。そして先程から中国の「望海」の詩文で繰り返し登場していた「蓬莱」もまた、蓬莱、方丈、瀛州《えいしゅう》の三つの仙山が海上に連なり浮かぶ神仙郷であり、詩文の中では「三山」「三嶺」とも詠ま

図版⑤　蓬莱山図
（清・袁耀　1777年　故宮博物院蔵）

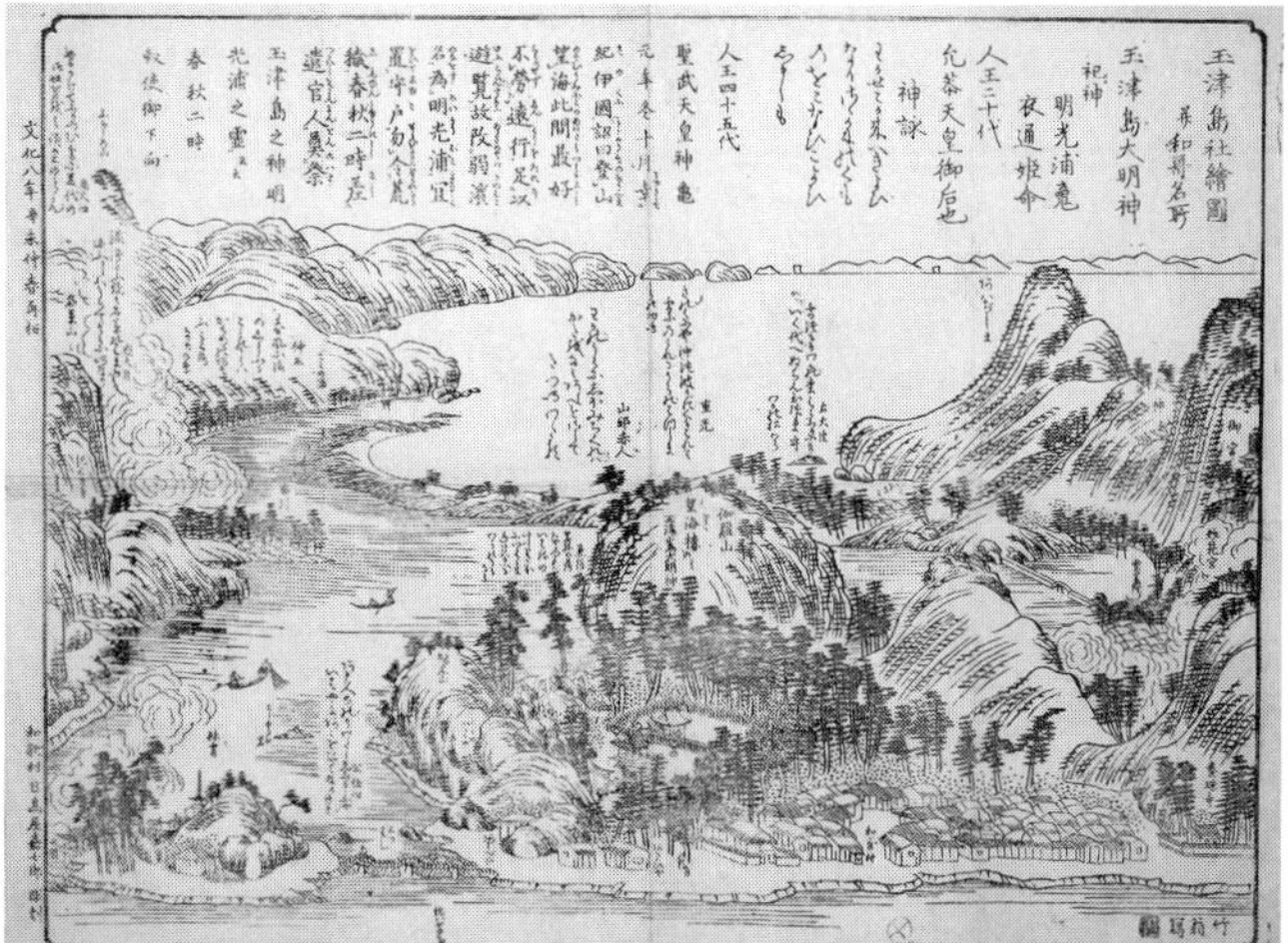

図版⑥　玉津島図
（玉津島社絵図并和歌名所　1811年　和歌山市立博物館蔵）

れていた。古くから絵画に描かれ、意匠としても盛んに用いられていたので、その特徴的な姿は奈良時代の貴族や知識人にも具体的にイメージできたはずである（伝統的な日本庭園の池の中の石組みや寺院の石庭の石組みの多くは、蓬莱山の三つの仙山の姿を意匠化して組まれているので、現代に生きる私たちも、どこかでその姿を目にしているはずだ）。

とすると、聖武天皇や随行した貴族・官人たちは、眼前に連なり浮かぶ玉津島山の特異な姿を、中国の望海の詩文で文人たちが幻視した蓬莱の三仙山そのものと見なし、詔勅において「登山望海」の語を用いることで、そのことを示そうとしたと考えることもできるように思われる。さらにいえば、玉津島がそういう特異な形状を持った島山であるという情報があらかじめ聖武天皇のもとにもたらされていて、そこに中国の神仙郷蓬莱との類似が見いだされたことも、聖武が玉津島への行幸を企てた要因の一つとなっていたかもしれないのである。

三　詔中の和歌の浦の称号「明光浦」に関して――中国の「明光」の持つ特別な意味

中国での「明光」の意味

さらに詔の中で聖武天皇は、若の浦（詔では「弱浜《わかはま》」）を今後は「明光浦」と呼ぶことにする、と宣言している。この「明光」を私たちは単に「明るい光」の意味でとらえ、海に向かって開けた和歌浦の明るい風景を愛した聖武天皇が、この地の美称として漢語を用いて称《たた》えたのだ、と考えてしまいがちである。実際に私も、「明光」という言葉を念のために中国の辞書で調べてみるまでは、そう思っていた。

しかし、中国では「明光」という言葉を単なる「明るい光」の意味で用いるようになるのは比較的新しい（といっても西暦四〇〇年代ぐらいだが）。実は、漢代以前の古い「明光」の用例を調べてみると、それは神仙的・神話的な意味を帯びており、それ故に、宮殿の名として用いられ、唐代の詩文では、「明るい光」という用法よりも、宮殿名としての用法の方がはるかに一般的である。今、中国で最大の漢語辞書『漢語大詞典』の「明光」の語義の項目を時代順に並べ直して見ると、その一番目に来るのは「明るい光」ではなく、

「指神話中昼夜常明的丹丘」（神話中の昼も夜も常に明るい「丹丘」を指す）

という項目であり、これが一番古い用法であると考えられる。辞書には用例として、前漢の王褒《おうほう》（紀元前六一年没）の辞（長編の韻文の一種）を集めた『九懐《きゅうかい》』の中の「通路《つうろ》」という作品の「朝発兮葱嶺、夕至兮明光」（朝《あした》に発《た》つは葱嶺《そうれい》、夕《ゆふべ》に至るは明光）という句が挙《あ》がっている。葱嶺は雪をいただく西域の高峰で、今のパミール高原を指す。「夕至兮明光」は、後漢の王逸《おういつ》の注に「暮《ゆふべ》に東極の丹巒《たんらん》に宿《やど》るなり」と解釈されており、「明光」は東の果てにある丹巒という場所とされている。一句は「朝に西の果ての葱嶺を出発し、夕べには東の果ての丹巒に宿る」という意味になる。ここでは、明光＝丹巒という解釈がなされているが、それでは「丹巒」とはどういう場所なのか。この王褒の『九懐』は、戦国時代の楚の屈原の『楚辞《そじ》』を強く意識して作られているが、その『楚辞』の「遠遊《えんゆう》」という作品には、「丹巒」や「明光」と関わる「仍羽人於丹丘兮、留不死之旧郷」（羽人《うじん》を丹丘《たんきゅう》に仍《よ》せ、不死の旧郷《きゅうごう》に留《とど》む）という句がある。この「仍羽人於丹丘」にも王逸が注を付けており、「因《よ》りて衆仙《しゅうせん》を明光に就《つ》くるなり。丹丘、昼夜常《つね》に明《めい》なり」と説く。原文の「羽人」は、羽が生えた仙人のことで、王逸の注では「衆仙」と記す。注意すべきなのは「丹丘」で、王逸はこれを「明光」と記している。前の『九懐』「通路」に出てきた「明光」を、王逸は東極の「丹巒」であると注していたから、王逸の注により、丹丘＝明光＝丹巒という図式が成立する。さらに『楚辞』の注で王逸は「丹丘、昼夜常に明なり」と説いていたから、「丹丘」すなわち「明光」は、仙人の集まる昼も夜も常に明るい丘ということになる。そこは『楚辞』の本文で「不死之旧郷」とされているから、少なくとも後漢の時代には、明光・丹丘・丹巒は同一の場所を指し、そこは中国の東の果てにある、昼も夜も常に明るい仙人の住

む不死の地、という考えが知識人の間に定着していたことがうかがえるのである。

宮殿名としての「明光」・「明るい光」としての「明光」　次に『漢語大詞典』の「明光」の語義の項目を時代的に挙げていくと、先の例に続くのが、

漢代宮殿名。后亦泛指朝廷宮殿（漢代の宮殿の名。後《のち》に広く朝廷の宮殿を指すようになる）

という項目である。これは漢の都長安にあった宮殿「明光殿」のことで、『三輔黄図《さんぽこうと》』（筆者不明、成立は後漢以後の六朝時代とされる）という漢代の長安とその附近のことを記した地理書には、この宮殿を「皆金玉で飾られており、至る所に明月の珠《たま》（大きな真珠か）があり、金や玉の階段が設けられ、昼も夜も光り輝いている」と記している。この漢の宮殿名の「明光」も、『三輔黄図』の説明を見ると（特に「昼も夜も光り輝いている」というところなどは）、単に「明るい光」の意味で名づけたのではなく、おそらく前述の昼も夜も明るい神仙世界、すなわち丹丘、丹巒を意味する「明光」から名づけられたものであろう。そしてこの宮殿が有名になると、後には広く朝廷の宮殿一般を指して「明光」と呼ぶようになり、唐代の詩に「明光」とあると、「明るい光」の意で用いられていることは希《まれ》で、そのほとんどは皇帝の住む宮殿の意味で用いられているのである。

そして、「宮殿の名」の次の項目になって、ようやく、「日光。亦指白日、太陽（日の光。また輝く日、太陽を指す）」や「明亮。光亮（明るい。光りが明るい）」といった、今の私たちの感覚に近い「明光」の意味が現れてくるのである。『漢語大詞典』は、前者の「日の光」の古い例として、六朝宋の鮑照の「劉公幹《りゅうこうかん》の体《たい》を学ぶ」詩の五首目の「白日正中時、天下共明光」（白日正中《はくじつせいちゅう》の時《とき》、天下《てんか》明光を共《とも》にす）、後者の「光が明るい」ことをいう古い例として、同じく六朝宋の謝霊運の「彭蠡《ほうれい》の湖口《ここう》に入《い》る」詩の「金膏滅明光、水碧綴流温」（金膏《きんこう》〈＝月の異名〉明光を滅《めっ》

し、水碧《あお》くして綴流《ていりゅう》温《あたた》かし）を挙げる。つまり今の私たちが考える太陽や月の「明るい光」をいう「明光」は、六朝時代の宋（西暦四〇〇年代）の頃からようやく一般的に使われ始めたということになる。

四　中日比較文学の立場から見た聖武天皇詔

詔勅の「明光」の意図するもの　さて、以上のような中国での「明光」の語義の変遷を見た上で、聖武天皇の詔の中で「若の浦」の称号として使われている「明光」を、私たちはどのように理解したら良いのだろうか。「明光」を「明るい光」の意で用いていた六朝宋の時代の鮑照や謝霊運の詩は、奈良時代の知識人たちにもよく読まれており、彼らも「明光」に「日光」や「明るい光」の意味があることは当然知っていたであろう。しかし、奈良時代に使われた「明光」は、この聖武天皇の詔に存する一例だけで、他の史書類や奈良時代の漢詩を集めた『懐風藻』にも例が見えない。このあとは平安時代に入った八〇〇年代後半の島田忠臣の八月十五夜の月を詠んだ詩に、月の光に「明光」を用いた例（前に引いた謝霊運の詩と同様の用法である）が現れるまで、百年間もその使用例が見えないのである。

地名として、今まで「弱浜（わかはま）」と呼ばれていた場所に対して、「明光」という、同時代には他にまったく使われていない漢語を用いて命名しているからには、単なる「明るい光」の意味だけで命名したのではなく、古代中国から用いられてきた特別な意味、「昼も夜も明るい神話上の仙境」――そこから漢代の宮殿名として用いられ、唐代では中国の宮殿の代名詞として用いられる――をも込めて名づけたと考えた方がよいだろう。

その「明光」（＝丹丘・丹巒）は中国の「東極」にある仙境と考えられており、それは当然、東の海の果てを望んでそこにあるはずの蓬莱の神仙郷を幻視しようとした、初唐の太宗皇帝や臣下たちの行為や、天壇山に登った中唐の文人たちの「望海」の行為とも繋がってくる。このように、詔に記された「登山望海」という行為と「明光浦」という命名には、若の浦、玉津島という特別な場所を、神仙郷、神仙世界そのもの、あるいはそこへ至る重要な拠点と見なそうとする詔の起草者の意図が反映されている。そしてそれは、当然、この地を行幸の目的地に選んだ聖武天皇の意志とも密接に関わっているはずである。

一方、『万葉集』の聖武天皇行幸時の倭歌《やまとうた》においては、若の浦は一貫して「若浦（わかのうら）」と詠まれ、「弱浜（わか〈の〉はま）」や「明光浦（あかのうら）」とは詠まれていない。万葉歌で「弱浜（わかはま）」の「浜」を「浦」に変えて「若浦（わかのうら）」と詠むのは、水面と接する水際、岸辺を指す「浜」よりも、水辺に沿って湾曲した地形の全体を指す「浦」の方が、より広大な景観を連想させることが可能となるためで、倭歌なりに、この地をより雄大で崇高な場所として表現しようという意識が働いていたのだろう（この倭歌の表現については次の第三章でさらにくわしく述べられる）。

しかし聖武天皇の詔で用いられた「明光」という称号について見れば、その中国での用法はもちろんのこと、「明るい光」という字面《じづら》だけの意味さえも、倭歌の内容にはほとんど反映されていないように思われる。この語は、やはり詔の中だけで特別に用いられた漢語だったのではないのか。

この聖武天皇の詔を収めた『続日本紀』の注釈書、たとえば岩波新日本古典大系では、詔の「改弱浜名、為明光浦」を「弱浜（わかのうら）の名を改めて、明光浦（あかのうら）とす」と訓読するが、まず「浜」はどうしても「うら」とは訓《よ》めず、「弱浜」は「わかはま」または「わかのはま」と訓むべきだろう。そして「明光浦」の「明光」には、和語の「あか」を当《あ》てて「あかのうら」と訓もうとする。これは仁井田好古が「望海楼遺址碑文」で

「(聖武帝が)弱浜の名を改めて明光浦と為す。其の訓の同じきに取り、文字をして地形を称せしむるなり」と述べた影響もあるのだろうが、これまでここで述べてきたことを振り返るなら、これは漢語のままで「めいくわう」と音読し、「明光浦(めいくわうほ)」と訓んでも良いように思われる(「浜」を「浦」に言い変えたのは倭歌での「若の浦」の使用と同じ理由によるのであろう)。

第一章「神代よりしかぞ尊き玉津島山」で述べたように、聖武天皇の若の浦への行幸は天皇の即位と密接に関係して行われたもので、行幸の場で詠まれた山部赤人の玉津島讃歌においても、神代より神霊の宿る玉津島の光景と天皇の皇統の永遠性とが重ねて讃美されていた。これは倭歌の世界における伝統的な「土地讃め」の方法にもとづく若の浦の讃美であった。しかし既に遣唐使や入唐僧らによって濃厚な中国文化の洗礼を受けていた当時の朝廷に育った聖武天皇としては、それだけでは飽き足らないところがあったのではないか。やはり中国的な方法によっても若の浦の讃美を行いたい、その意欲が具体的な形になって現れたのが、この十月十六日に発せられた詔であり、さらにそこに散りばめられた「登山望海」の語や、「明光浦」の称号であったのではないか。

奈良時代も後期に入ったこの時代ともなれば、赤人たちが倭歌により若の浦を讃美したのと並んで、漢学の才を持った臣下に若の浦や玉津島の漢詩文を作らせることで、中国的な表現により若の浦を讃美することも十分可能であったはずである。しかし聖武天皇はあえてそれをせずに、「詔」の形で行った。それは若の浦への惜しみない讃美を、他人の手を借りずに自ら人々に伝えたいという、聖武の強い思いの表れであったのかもしれない。今も和歌の浦に住む人々が、「明光」の語に誇りを持ってこれを使い続けていることを思うと、聖武の思いは千三百年の時を経て確実に現代にまで受け継がれているといってよいのだろう。

第三章　若の浦に潮満ち来れば――弱浜から若の浦へ

一　弱浜、明光浦、若の浦

若の浦の歌　第一章では赤人の紀伊国行幸歌のうち、主として長歌に力点を置いて述べた。この章では反歌に力点を置いて考えてみよう。

沖つ島荒磯《ありそ》の玉藻潮干満《しほひみ》ちい隠《かく》りゆかば思ほえむかも　（⑥九一八）

若の浦に潮満ち来れば潟《かた》をなみ葦辺《あしへ》をさして鶴《たづ》鳴き渡る　（⑥九一九）

沖の島の荒磯に、潮干・潮満ちとともに波になずさう玉藻を詠み、また満ち来る潮とともに、葦辺に向かって羽ばたく鶴の飛翔を詠んで、若の浦の自然をダイナミックに捉えてさわやかである。叙景に優れた赤人の面目躍如というところである。

若の浦と明光浦　さてひとつ気になることがある。それは十六日に発せられた聖武天皇の詔に「故に弱浜の名を改めて、明光浦とす」とあることである。行幸当時そのように呼ばれていた「弱浜」という浜の名を、「明光浦」と改めよと宣している。しかし、赤人は「若の浦」と歌っているのである。なぜ「明光浦」と歌わないのか。倭歌（やまとうた）に「メイクワウホ」あるいは「メイクワウウラ」は馴染まないとしても、たとえば「あかのうら」あるいは「あけのうら」と詠むことも可能であったのではないか。

これに対して、赤人がこの歌を、天皇および臣下の居並ぶなかで詠じたのは、十六日に詔が発せられる前のことだったと考えるのも一案かもしれない。しかしこれは無理であろう。というのは、詔はそもそも気軽に即興で発せられるものではない。何日も前から、おそらく行幸の出発前から、周到に練られて成文化されていたであろう。とするなら、赤人歌が公式儀礼歌として天皇・臣下の前で歌われる以前に、詔の内容と意向は、赤人に知らされていたはずである。

ではどのように考えたらよいのか。ここで第二章を振り返っていただきたい。そこには、中国文学・中国思想、日本漢文学の厚い研究の蓄積が披瀝されて、「明光浦」の位置づけが確定している。そこでは「詔に記された「登山望海」という行為と「明光浦」という命名には、若の浦、玉津島という特別な場所を、神仙郷、神仙世界そのもの、あるいはそこへ至る重要な拠点と見なそうとする詔の起草者の意図が反映されている。そしてそれは、当然、この地を行幸の目的地に選んだ聖武天皇の意志とも密接に関わっているはずである」、「この語（明光浦）は、やはり詔の中だけで特別に用いられた漢語だったのではないのか」と、明解に結論づけられている。

本章でもその結論に基づいて進める。ただ一方で赤人が、詔の漢語「明光浦」にまったく関わりなく倭歌《やまとうた》をなしたと考えることにはやはり躊躇される。そこで、赤人は詔も意識し、どこかに接点を見出して歌ったのではないかとの予見のもと、倭歌の側からも検討してみようと思う。

弱浜から若の浦へ　さて「明光浦」と「若の浦」の問題を考える前に、詔に述べられた「弱浜」という地名を、赤人が「若の浦」と歌った意図についてまず忖度《そんたく》してみよう。

「弱」という文字は、若いという意味をもつ。万葉集に「……弱薦乎　獦路乃小野尓……」（③二三九）という用例がある。「弱薦乎（わかこもを）」は「獦（かり）」に冠する枕詞で、若々しい薦を「刈る」と「獦」を懸けている。

また万葉集に多くみられる「たわやめ」を「手弱女」と表記するのは、当時の語源解釈を示すものであろう（『時代別国語大辞典』（上代編））が、「手弱女」が主として若い女性を対象として歌われていることからすれば、「弱」に「若い」の意味合いも含めて解釈されていると見てよい。大伴坂上郎女《おおとものさかのうえのいらつめ》の歌にある「幼婦」（④五八二）は「たわやめ」と訓むのが適切であるところからすれば、「たわやめ」は、幼い、若いの意味と通底する語であるといえよう。

また漢語「弱冠」は二十歳を意味し、「弱」と「若」は通底する。

このように見てくると、「弱浜」の「弱」を「わか」と訓み、それを「若」と表記することに問題はない。そして万葉集の「わかし」の有する意味合いを知るのには次の歌が参考になる。

　さを鹿の朝伏《ふ》す小野の草若み隠《かく》らひかねて人に知らゆな　（⑩二二六七）

この用例から、「わかし」は、十分に成長しきっていない段階の状態を指すことが分かる。さらに万葉集では「三日月」（⑥九九三）を「若月」（⑥九九四、⑪二四六四）と表記するのも、同様に考えてよい。

また『古事記』冒頭の「天地《あめつち》初めて発《ひら》くる時に……」の部分に「国稚く、浮ける脂《あぶら》の如くして（原文——国稚如浮脂而）くらげなすただよへる時に、葦牙《あしかび》の如く萌《も》え騰《あが》る物に因《よ》りて成りませる神の名は……」とある。「稚」は「わかく」と訓み、「凡て物の未ダ成りとゝのはざる」（本居宣長『古事記伝』）をいう語である。文脈から判断して、できたばかりの国で、クラゲ（海月）状の、まだ土とは言えないほどの状態を意味している。万葉集の例と同様、十分に成長しきっていない段階の状態を指して「わかし」と言っている。

実際、この（若の浦）の地が成長途上にある、若い土地であることは、次の歌からも分かる。

潮満《しほみ》たばいかにせむとか海神《わたつみ》の神が手渡る海人娘子《あまをとめ》ども　（⑦一二一六）

すでに第一章第一節で述べたように、この歌から、若の浦の潮の満干の差の大きさを知ることが出来るが、視点を変えれば、まだ十分に成長しきっていない、成長途上にある若の浦のさまを詠んだ歌でもある。すなわち、潮が引けば細長い砂洲がすうっと沖合に伸びていき、潮が満ちてくると砂洲は海面下に姿を消すというさまは、潮の満干に左右されない、確固たる陸地化した砂洲が形成されていくまでの途中の段階にある、若い砂洲のさまであるといえよう。まさに「若」はこの地を言い表す格好の言葉であり、文字であった。

そしてまだ十分に成長しきっていないということは、今後成長していく可能性を秘めた地であるということであり、その意味で、この歌（⑥九一九）は土地ぼめの意味合いをも持つ。長歌と同様、土地讃歌の歌である。

万葉集では「わたつみ」（海神）を「海若」（③三八八、⑨一七四〇）と表記した例がある。この「海若」は「「海童」と書かれることもあり、本来『文選』など漢籍で海神を童形の存在態と見なした」（新編日本古典文学全集『萬葉集』）ことからすれば、この弱浜の地を若浜とすることは一層相応しい。

こうして「弱浜」の「弱」を「若」と表記することによって、この地が若々しい土地であり、将来の弥栄を約束する土地であることを予祝することになったのである。

では「弱浜」の「浜」をやめて「浦」と歌い、表記した意図はどのように考えたらよいのか、考えてみよう。万葉集には「……浦」および「……浜」の用例は多数見出せる。『時代別国語大辞典』〔上代編〕によれば次のように説明されている。

うら［浦］（名）浦。入江。海や湖の水ぎわが陸地に入りこんでいるところ。

はま［浜］（名）浜。水際。イソに対して砂原の広がった所をいうか。

この「浦」と「浜」の相異からすれば、この地は「若浜」より「若浦」の方が相応しいといえよう。第二章で「水面と接する水際、岸辺を指す「浜」よりも、水辺に沿って湾曲した地形の全体を指す「浦」の方が、より広大な景観を連想させることが可能になる」と述べたところである。柿本人麻呂が「石見相聞歌」で

石見《いはみ》の海　角《つの》の浦廻《うらみ》を　浦なしと　人こそ見らめ　潟《かた》なしと〈一に云ふ「礒なしと」〉　人こそ見らめ　よしゑやし　浦はなくとも　よしゑやし　潟は〈一に云ふ「礒は」〉なくとも　いさなとり　海辺をさして　にきたづの　荒磯《ありそ》の上に　か青く生ふる　玉藻《たまも》沖つ藻　朝はふる　風こそ寄せめ　夕はふる　波こそ来寄れ……

（②一三一）

と、良い「浦」も「潟」も無いことを歌った、その「浦」も「潟」もある、若々しく美しい景観を持つのが、この「若の浦」であったのである。

こうして、「弱浜」は、山部赤人によって「若の浦」と詠われ、若々しく活気ある、そして海と潟（礒）と渚と浜からなる、より広い空間として讃えられたのである。まさに玉津島を讃えるのに相応しい地の名として「若の浦」は定位された。

ここに「弱浜」は万葉の「若の浦」として再生したのである。

ふたたび、若の浦と明光浦――神仙の世界

「弱浜」から「若の浦」への詠み替えが定位されたところで、あらためて、「若の浦」と「明光浦」との関わりについて考えてみよう。第二章で述べたように、詔に述べられた「明光浦」は、倭歌《やまとうた》の言葉ではなく、漢語としての言葉であり、それは「神仙郷、神仙世界そのもの、あるいはそ

こへ至る重要な拠点」、「東の海の果てを望んでそこにあるはずの蓬莱の神仙郷」を意味したのである。

ではこのことを、赤人が倭歌《やまとうた》に反映させたとしたら、いったいどのようなところに、その反映が見られるのであろうか。ここでは「そがひに見ゆる」という言葉に注意したい。赤人の紀伊国行幸長歌中最も難解で、諸注の見解もさまざまであるのが、この「そがひに見ゆる」という表現である。諸注は「そがひに」を「遥か彼方」、「ソ(北)・背向けにある状態」、「遠く離れゆくイメージ」、「互いが離反する意」、「前後」、「後方にある」等々、さまざまに解している(参照、廣岡義隆「赤人の若の浦讃歌」)。

「そがひ」の語義の基本となるのは「後方」の意であろうが、この玉津島讃歌になぜ殊更に、他の讃歌には見えない「そがひに」という表現を用いたのかというところに、古来、解釈上、ある種のこだわりが底流していたといえよう。本書では、詔の「明光浦」との関わりで、この表現の意図するところを忖度し、この問題への一解答を提出してみよう。

すなわち天皇は、離宮あるいは離宮の前の浜にあって、海に南面(天子南面)して座っている。目の前には広々とした海が広がり、その遥か先には、海南、塩津、下津、地ノ島・沖ノ島を見はるかすことの出来る景観が広がっていたはずである。そしてその視点から少し東に振れて、沖合いに向かって伸びていく玉津島山の連なりが見えたはずである。玉津島山の六山の連なりのうちの最先端の鏡山と妹背山の二島はさらに東へ振れている。

赤人は、南面している天皇の視点を、この玉津島山に移すために、「そがひに見ゆる」と詠じたのではないか。若の浦の東方、玉津島山の遥か先の東方には、吉野がある。吉野は、柿本人麻呂がその吉野讃歌で「神の御代」という表現で讃えた、持統天皇が足繁く通った地であり、その地は神仙の郷と見なされていた。いうまでもなく、吉野離宮は吉野川に面した場所に宮柱を太しき立てた宮殿である。その吉野川は下って、紀伊国へ入って紀の川となり、この若の浦へと注いでいたのである。第二章で明らかにしたように、「明光」は海上はるか東方にある神仙の地をいうのであった。赤人は天皇の座している場所から、海を望んで（「望海」〔十六日の詔〕）東方に位置する吉野に、すなわち神仙の地に視点を移すために「そがひに見ゆる」と詠ったのではないか。

あるいは第二章で述べたように、島山が玉の緒をなして連なる玉津島山そのものを、蓬萊山に象徴される神仙の世界、すなわち「蓬萊」、「方丈」、「瀛州《えいしゅう》」の三つの仙山が海上に連なり浮かぶ神仙郷と見なしていたと考えることも出来る。そうだとすれば、まさに神仙の地を目の当たりに幻視していたことになる（第二章の図版⑤⑥およびその説明〔三六〜三八頁〕、また第一章の図版②③、第四章の図版⑦を参照）。

玉津島山は、天皇や赤人たち臣下のいる位置から真後ろにあるわけではない。その意味でこの歌の「そがひ」は、「背面の義であるが、斜横の方に用ゐたことが多いやうである」（鴻巣盛廣『萬葉集全釋』）、「後方に見えるの義だが、全然後方では無いのだらう」（武田祐吉『萬葉集全註釋』）というほどの許容範囲の広い意味での「後方」、あるいは「あちらに」（「こちらに」に対応する語）というほどの意味に解しておくのがよいであろう。

以上、詔の「明光浦」と赤人歌とは、「そがひに見ゆる」の言葉を仲立ちにして、神仙郷と見なされていた吉野との関わりで結びつく可能性があることを説いた。吉野は若の浦の東方に、そして紀の川の上流に位置すること、また第一章で述べたように、玉津島山そのものは、若の浦の風景のうちの一点景として歌われているに過ぎないのではなく、玉津島山自体が神霊を有した存在であること、赤人の「神代」が人麻呂の吉野讃歌の「神代」（持統天皇の御代）に淵源をもつことなどの諸々の事象がこの推定を後押ししている。

あるいはもう一歩踏みこんで「そがひに見ゆる」の言葉に導かれて転ぜられた視線の先に展開する玉津島山、その島山の連なりに、「蓬萊」、「方丈」、「瀛州《えいしゅう》」の三つの仙山が海上に連なり浮かぶ神仙郷が幻視されていた可能性のあることを述べた。

二　聖武天皇紀伊国行幸の目的

第一章、二章、三章と、神亀元年の聖武天皇紀伊国行幸時の、山部赤人の公式儀礼歌と行幸中に発せられた詔を対象として、歌と詔から発せられるメッセージを読みとってきた。このメッセージは、このたびの玉津島への行幸の目的は何であったかを語っていると見てよい。第三章までのまとめとして、行幸の目的について述べておこう。ただし一口に行幸の目的といっても、もちろん一つではなく、さまざまな目的があり、それらが錯綜していると見てよい。本書では、歌と詔の分析と考察から抽出できる、行幸の目的について述べる。行幸が政治的社会的経済的軍事的な意図を持った催しであったことからすれば、このような文学作品の側からの考察とは別に、歴史学、考古学、社会学等の研究分野からの考察も必須である。

たとえば紀の川の下流域を中心として大きな勢力を有していた紀氏（紀直《きのあたい》）との関わりを（天皇として）見極めるという、政治的な目的もあったであろうし、また紀の川が流れ込みそして外洋に向かって開かれている、この地の重要性を確かめるという外交的政治的目的もあったであろうし、さらには紀の川の豊かな水流がもたらす豊かな物流機能（例えば第二部第四章第一節で詳述した「海上交通に関与した物資流通の拠点」たる関戸遺跡の存在）に代表される、この地の有用性を確かめるという経済的社会的目的もあったであろう。このように聖武天皇がこの地を行幸の目的地に選んだ要因はさまざまにあったはずである。

治世の平安と繁栄と永続を玉津島の神に祈る

第一章で詳しくみたように、赤人の紀伊国行幸歌の第一の眼目は、「神代よりしかぞ尊き玉津島山」と詠うことにあった。玉津島山の尊さ、その淵源たる玉津島山の霊性・神性を讃えること、しかもそれは「神代」よりの尊さであり、霊性・神性であった。その「神代」は、直接的には、天皇が神と讃えられた持統朝の御代を指し、それは神武天皇以来「栂の木のいや継ぎ継ぎに」継承されてきた皇統譜のもとにある「神代」であった。このように解するならば「神代よりしかぞ尊き玉津島山」という語句から、この行幸の目的が何であったかは、自ずからに知ることができる。

すなわち、行幸の第一の目的は、脈々と継がれる皇統譜のもと、持統天皇の御代をまっすぐに受け継いだ、その聖武天皇の即位を高らかに言祝《ことほ》ぎ、その御代の平安と繁栄と永続を、玉津島の神・若の浦の霊に祈り、玉津島、若の浦の地を讃えることにあったと言えよう。

この行幸の目的と強く関わるのが、詔にある「登山望海」と「明光浦」である。第二章で詳しく述べたように、この行為とこの地の命名は、東海の彼方にあると考えられていた神仙郷、その神仙郷を山に登って見はるかすことであり、中国で天子によってなされていた「望祀」という儀礼にならって、この若の浦でもこれに類した儀礼を行うことであった。この年の二月に即位を果たした聖武天皇が、神仙郷を讃え、自らの治世の平安を願って、「望祀」に類する行為をなすことに、行幸の目的のひとつがあったのである。

さらに、この神仙郷という発想と強くつながるのが吉野である。紀の川（吉野川）の上流にある吉野は神仙の地と考えられていた。第一章の「二」および第三章の「一」で詳しくみたように、人麻呂が「神代」と讃え、赤人がそれを継承して「神代よりしかぞ尊き」と歌った持統朝、その持統天皇が足繁く通ったのが吉野であった。

ここにおいて、聖武天皇が玉津島（若の浦）に行幸の目的地を定めた理由も明らかになる。持統朝（神の御代）

の聖地・吉野、その吉野川（紀の川）の海に注ぐところにある聖地・玉津島（若の浦）こそ、訪れるべき行幸の地であったのである。さらに言えば、第二章で述べたように（三六〜三八頁）、玉津島山の形状そのものが、神仙郷の三仙山を幻視させるものを持っていたとすれば、この玉津島（若の浦）が行幸の目的地に選ばれた理由が一層明確になる。

遊　覧　歌と詔から読みとることのできる、このたびの行幸の目的のもうひとつは「遊覧」である。この語は詔に「山に登り海を望むに、此間最も好し。遠行を労らずして、遊覧するに足れり」と見える。早く北山茂夫「神亀年代における宮廷詩人のあり方について―山部赤人、その玉津島讃歌の場合―」が、「遊覧」をこの行幸の「主たる目的」と規定し、さらに村山出「山部赤人の玉津島讃歌―基礎的考察―」は、この詔から、「行幸を特色づける性格が遊覧」にあったこと、そして「土地の神の奠祭が遊覧に伴うもの」であったことを、『文選』『懐風藻』の「遊覧詩」に触れながら述べている。また同じく村山出「笠金村の従駕相聞歌」は、この行幸に関わって詠まれた笠金村の作品（④五四三〜五四五）に見える次のような表現、

……真土山《まつちやま》　越ゆらむ君は　もみち葉の　散り飛ぶ見つつ　にきびにし　我は思はず　草枕　旅をよろしと思ひつつ　君はあるらむと……（④五四三）

を捉えて、「風光を楽しむことが時代的風潮として宮廷貴族にとって一般となりつつある」ことを説いている。村山論文の綿密重厚な考察から、この行幸において「遊覧」が大きな位置を占めていたことは間違いないと判断できる。この詔の「遊覧」を、たまたま聖武天皇が山に登って海を望み見たところ、玉津島の景観が素晴らしかったため、つまり偶然性に帰着させる（梶川信行「神亀元年の紀伊国行幸について―赤人の〈玉津島讃歌〉論序説―」）ことは

できない。

寺西貞弘「和歌浦をめぐる行幸とその景観美」は、その後に実施された①称徳天皇（聖武天皇の息女）の玉津島行幸（天平神護元年（七六五）十月）、②桓武天皇の玉津島行幸（延暦二十三年（八〇五）十月）においても、聖武天皇の玉津島行幸の「遊覧」の伝統が重視されていることを見、「干潟・砂嘴・水平線・山並みという、水平線が幾重にも重なった景観」が賞美されたと説いた。

この「遊覧」の要素は、当該長歌では、「……雑賀野《さひかの》ゆ　そがひに見ゆる　沖つ島　清《きよ》き渚《なぎさ》に　風吹けば　白波《しらなみ》騒《さわ》き　潮干《しほふ》れば　玉藻《たまも》刈《か》りつつ……」の表現に現れている。また反歌二首はより叙景性を深めて、干潮と満潮、微視的と巨視的、植物と動物といった対応を見せつつ、「遊覧」の要素を具体的叙景的に展開している。このことは、遊覧が叙景を生み出すひとつの契機となっていることを示していると言えよう。

このように先行研究をみてきて気づくのは、「遊覧」といっても二つの意味合いがあるということである。ひとつは土地の神の奠祭にともなう遊覧、それは中国文学の「遊覧詩」とも関わる遊覧であり、もうひとつは倭歌《やまとうた》的な遊覧とでも言いうるような、風景（風光、景観）を愛で楽しむ遊覧である。後者については、第四章で、若の浦で詠まれた個々の歌に即して具体的にみることとする。

以上、中国的遊覧詩の影響を受けて、あるいは当時の時代風潮を受けて、「遊覧」が注目されていたことは、詔からも歌からも読みとることができた。「遊覧」はこの行幸の目的のひとつであったと見てよい。

第四章　葦辺をさして鶴鳴きわたる——若の浦の景観

第一章から第三章までの記述によって、万葉の若の浦の誕生の大枠は捉えることができた。そこで本章では、玉津島、若の浦で詠まれた歌一首一首について、歌われた風景・景観という視点に重きを置きながら、それぞれの歌の味わいを楽しんでみよう。

一　山部赤人の歌

若の浦に関わる歌の中で、赤人が詠んだのはこの長歌一首とその反歌のみである。第一章と三章で詳しく分析したが、ここではもう少し肩の力を抜いて歌を味わって見よう。

神亀元年甲子《きのえね》の冬十月五日に、紀伊国に幸《いでま》す時に、山部宿禰赤人《やまべのすくねあかひと》の作る歌一首　并せて短歌

やすみしし　我《わ》ご大君《おほきみ》の　常宮《とこみや》と　仕《つか》へ奉《まつ》れる　雑賀野《さひかの》ゆ　そがひに見ゆる　沖つ島　清き渚《なぎさ》に　風吹けば
白波騒き　潮干《しほふ》れば　玉藻《たまも》刈りつつ　神代《かみよ》より　しかぞ尊《たふと》き　玉津島山《たまつしまやま》　（⑥九一七）

反歌二首

沖つ島荒磯《ありそ》の玉藻潮干満《しほひみ》ちい隠《かく》りゆかば思ほえむかも　（⑥九一八）
若の浦に潮満ち来れば潟《かた》をなみ葦辺《あしへ》をさして鶴《たづ》鳴き渡る　（⑥九一九）

我が天皇の永久に続く宮として、我らがお仕え申し上げている雑賀野の地、その南に広々と広がる海、そして少し目を転じれば沖合いに向かって点々と連なる沖の島々、その島々の清らかな渚では、潮満ちて風が吹くと白波が立ち、そして潮干になると人々があちこちで玉藻を刈っている。神代の昔からこのように尊いことよ、この玉津島山は。

反歌二首

今潮がひいて、沖の島々の荒磯の上に見えている美しい玉藻、この玉藻もやがて潮が満ちて海中に消えていくだろう。そうしたらしみじみと想われることだろうな。

若の浦に潮が満ちて、干潟がなくなると、波打ち際の葦辺に向かって鶴が一斉に鳴き渡る。

俯瞰的開放的景観　この長歌と反歌からなる玉津島讃歌から、まず立ち上がってくるのは、「俯瞰《ふかん》的開放的景観」とでも呼ぶのが相応しい風景である。

こころみに現代の和歌浦の「妹背山」あるいは「奠供山」の頂上に登って、周りを見わたしてみよう。この二山は、赤人歌に「玉津島山」（沖合いに向かって順に、船頭山・妙見山・雲蓋山・奠供山・鏡山・妹背山）と歌われた島山のひとつである。青い海と空と島々と山なみとからなる広々とした眺めに、ホッと心が開放され、安らぐ風景である。南には広々と広がる海。海を隔てて遥か先には、藤白の峰、長峰の連なり、目を下げれば下津の大崎辺り、そして有田の地ノ島・沖ノ島を見はるかすことができる。藤白の峰は、有間皇子が十九歳の若き命を絶たれた地である。少し目を東に転じれば、六つほどの小島（「玉津島山」）が、真珠のネックレスのように玉の緒をなして、沖合いに向かって連なり伸びている。その先には穏やかな山容をもつ名草山が鎮座し、目の前の波静かな水面《みなも》にその姿を映している。満潮時には一面の海、そして潮が引いていくとともに広々とした干潟が現出し広がっていく。刻々と変化する海の表情、光と風が織りなす干潟の妙は、いくら見ても見飽きることがない。

赤人はこの風景をしっかりと捉えている。紀の川の河口に形成されつつあったデルタでは、潮が満ちてくると海面に白波がたち、一方、潮が引いていくと一面の干潟となり、その浜辺に人々は降り立って玉藻を刈っている。若の浦の潮干潮満ちの、活き活きとした動きを「沖つ島　清き渚《なぎさ》に　風吹けば　白波騒き　潮干《しほふ》れば　玉藻《たまも》刈りつつ」と俯瞰的開放的に歌った。

図版⑦　名草山から西方に広がる若の浦を望む
※手前が奠供山、妙見山等からなる「玉津島山」。その後方が権現山、天神山、高津子山。海の向こうに淡路島がかすむ。

そして反歌では、まず、潮の引いた沖の島の荒磯に焦点を絞り、波のまにまにたゆたっている玉藻を想い歌う。その心ひかれる玉藻が、やがて潮が満ちてくるとともに、海中にその姿を消していくさまを想い、名残惜しさを歌う。視点は沖の島の見える広々とした風景から、荒磯へ、そしてそこに波になづさう玉藻へと焦点が絞られていく手法で、俯瞰的景観から微視的景観へと視点を移しつつ、風景を捉えている。そして第二反歌では、潮が満々と満ちてくる中を、大空に羽ばたく鶴の群れを歌って、若の浦の大きな風景を広々と伸びやかに歌っている。

躍動する景観　このように赤人の歌は俯瞰的開放的であるとともに、躍動感にも富んでいる。まず長歌では、潮干潮満ちそれぞれの景を歌う。すでに述べたように、若の浦では潮の干満の差がきわめて大きい。この歌の詠まれた日にちは記されていないが、詔が出されたのが、十六日であることからすれば、この歌が披露されたのも十六日である可能性が強い。とすればこの日は大潮である。潮満ちと潮干の差はいつもよりさらに大きい。この大きく変化する風景を「風吹けば　白波騒き　潮干《しほふ》れば　玉藻《たまも》刈りつつ」と、動的に歌った。そして反歌第一首では、潮干から潮満ちへと転じていくさまを玉藻の動きによって捉えている。つづいて第二反歌では、潮が満ちてきて、沖の潮だまりで餌をついばんでいた鶴の群れが、岸の葦辺に向かっていっせいに大空を羽ばたき鳴き渡るさまを、満ち来る潮の動きのなかに捉えて、活気に満ちている。

若の浦のダイナミックな海の風景の変化を、ある時は微視的に、ある時は巨視的に、みごとに捉えて、赤人の心は、若の浦の海とともに躍っている。

そして言葉として直接的には歌われていないが、明るい陽光に照らされて輝く、海と干潟と玉藻と鶴と葦の景観が歌全体から立ち上ってくる。

二　藤原卿の歌、柿本人麻呂歌集の歌

藤原卿の歌——静もる景観　万葉集巻七の「雑歌」部に「羇旅にして作る」という項目のもとに、九〇首の旅の歌が収められている。所収歌の作者名は記さないのを原則としているが、唯一の例外として、「藤原卿」の名が、一一九五番歌の左注（「右の七首は、藤原卿の作なり」）に記されている。「七首」（⑦一一八八～一一二二、一一九四～一一九五）のうち、若の浦、玉津島関連の歌のみをまず掲げておこう。

若の浦に白波立ちて沖つ風寒き夕《ゆふへ》は大和《やまと》し思ほゆ　（⑦一二一九）
我が舟の梶《かぢ》はな引きそ大和より恋ひ来《こ》し心いまだ飽《あ》かなくに　（⑦一二二一）
玉津島見れども飽かずいかにして包み持ち行かむ見ぬ人のため　（⑦一二二二）
紀伊国《きのくに》の雑賀《さひか》の浦に出《い》で見れば海人《あま》の燈火《ともしび》波の間《ま》ゆ見ゆ　（⑦一一九四）

右の七首は、藤原卿の作なり。いまだ年月審《つばひ》らかにあらず。

さてこの「藤原卿」は誰で、何時の作なのか。この「羇旅にして作る」の項に収められた歌には、作者名も作歌事情も記されていないので、断定することは難しいのだが、藤原不比等の子「藤原麻呂」のことであろう。この結論にいたるためには、「羇旅にして作る」所収歌の多くは、平城遷都後の新しい歌〔いわゆる万葉第Ⅲ期の作〕であろうこと（村瀬『萬葉集編纂の研究』第一章第一節「巻七の場合」参照）、「卿」（三位以上）と呼ばれるほどの高官が若の浦、玉津島を訪れるのは、行幸の折、すなわち神亀元年の紀伊国行幸の折と考えられること、麻呂は大伴《おおともの》坂上郎女《さかのうえのいらつめ》と相聞贈答歌を交わしており、万葉集の編者の一人と目される大伴家持（坂上郎女は家持の叔母にあたり、家持の養育、作歌指導にも関わった）に麻呂の歌が手に入る可能性が考えられること、等の考察の結果である。

では順次見ていこう。まず「若の浦に白波立ちて」について。

若の浦に白波立ちて沖つ風寒き夕《ゆふへ》は大和《やまと》し思ほゆ　（⑦一二一九）

〔若の浦に白波が立ち、沖吹く風が肌寒く感じられるこの夕暮れには、ふるさと大和のことがしみじみと思われることよ。〕

さきの赤人の公式的儀礼の堂々たる詠いぶりとは対照的に、個の抒情が迫《せ》り出してきて、心が内面に潜まっていく感じのする歌である。聖武天皇臨席のもとでの、賑々《にぎにぎ》しい儀礼と宴果てて、若の浦に夕暮れがせまっている。陰暦十月はもう初冬、南国紀伊国も夕暮れともなれば肌寒さがしのびよる。従駕の人々がそれぞれの宿所に去って、昼間の笑い声とさざめき、活気と喧噪が潮《うしお》の引くようにかき消えた浜辺、そこに泡立つ白波と沖吹く風……、藤原卿はこんな情景に見入って、故郷大和のことを想っていたのであろう。

この歌ときわめてよく似た歌が万葉集に収められている。慶雲三年（七〇六）九月末の難波《なにわ》行幸の折の志貴皇子《しきのみこ》の歌である。季節もちょうど同じ頃である。

葦辺《あしへ》行く鴨《かも》の羽がひに霜降りて寒き夕《ゆふへ》は大和し思ほゆ　（①六四）

難波住吉《すみのえ》の晩秋の海を眺めながら、望京（望郷）の思いに浸っている、旅愁の歌である。おそらく藤原卿はこの歌を踏まえて詠んだのであろう。

若の浦は、赤人の歌に詠われたような力強さとともに、人の心を内面に引きこんでいくような静けさをもあわせもっていたのである。

藤原卿の歌——海への憧れ　さきの「若の浦に白波立ちて」の歌は「大和し思ほゆ」と歌って、望京（望郷）の思いを詠んでいるが、次の歌は大和から持ち来たった、海への憧れの心を歌う。

我が舟の梶《かぢ》はな引きそ大和より恋ひ来《こ》し心いまだ飽《あ》かなくに　（⑦一二二一）

（私の乗った舟の艪《ろ》（櫂《かい》）は引かずに止めていておくれ。大和の都からずっと恋い焦がれてきた若の浦への憧れの心がまだ治まっていない、まだまだ見たいから。）

若の浦に広がる、躍動する海の風景に接して、その躍る心をおさえかねている歌である。当時の人々にとって、旅は危険に満ち満ちたものであったから、旅をすることはあまりなかった。だから海に接することのない日常に身を置いていた大和の都びとには、海は憧れの対象であった。海のある若の浦へ行ってみたい、海を見てみたいと願うのも自然のことであった。今、こうして目の前に広がる海を、しかも寄せては返す波にゆられながら実見し体感して、わき起こる感動はいかばかりであったろうか。「この風景をもう少し楽しみたいから、今しばらくこのままでいておくれ」と船頭に呼びかけずにはいられなかったのである。

穏やかで明るい陽光に満ちた、若の浦の海は、都から訪れた万葉びとの心をつかんではなさなかった。

なお、藤原卿の歌七首の中の地名を拾っていくと、玉津島、黒牛の海（海南市黒江）、若の浦、由良の岬（日高郡由良町）、雑賀の浦、妹背山（伊都郡かつらぎ町）と広範にわたっているので、この「我が舟の梶はな引きそ」の歌が若の浦で詠まれたものかどうかは、確定できない。例えば由良の海で詠まれた可能性もある。ただこの行幸の目的地は、玉津島（若の浦）であったのであるから、今、行幸の中心地（玉津島、若の浦）にあって、玉津島、若の浦と大和が対応して詠まれていると考えてよいと思う。

藤原卿の歌——持ち帰りたいほどの景観　玉津島、若の浦の美しい風景を、都で帰りを待つ人に見せてやりたいと思うのも人情の趣くところであった。大和の都びとの多くにとって、海が未知の世界であってみれば、なおさらのことである。

玉津島見れども飽かずいかにして包み持ち行かむ見ぬ人のため　（⑦一二二二）

〔玉津島のこの美しい景色は、いくら見ても見飽きることがない。この景色を何とかして、包んで都に持ち帰りたいものだ。まだ見ていない人のために。〕

藤原卿の目の前に広がるのは、大和の都では見ることのない海。そして沖合いに向かって、まるで玉の緒のように連なり伸びる美しい小島。満々たるエネルギーを秘めて、穏やかに、リズミカルに、寄せては返す波の音。見上げれば、ゆっくりと旋回する鶴の群れ。東方にはどっしりと鎮座する名草山。卿はこの開放的な好景に飽きることなく見入っていたのであろう。

そしてこんなに美しく感動に満ちた風景を、都にいる家人にもぜひ見せてやりたいと思ったのである。

藤原卿の歌——鎮《しず》もる景観　藤原卿の歌には、さきの「若の浦に白波立ちて」の歌にも見られたが、心が内面に潜まっていくような趣きをもつものがある。

紀伊国《きのくに》の雑賀《さひか》の浦に出《い》で見れば海人《あま》の燈火《ともしび》波の間《ま》ゆ見ゆ　（⑦一一九四）

（紀伊国の雑賀の浦に出てみると、海人（漁師）の灯す漁火《いさりび》が波間にチラッチラッと見え隠れして見える。）

すいこまれそうな漆黒の闇と、沖合いの波間にかすかに見え隠れする漁火をとらえて、まことに印象深い。寄せては返す波の音につつまれた静寂の中、真っ暗な海に目を凝らす藤原卿の姿を思い描く時、当時の夜の暗さ、静寂の深さには想像を絶するものがあっただけに、ここには言いしれぬ卿の孤独と旅愁の心が感じられる。

しかしこの歌は家郷への思いも、大和懐かしさも、孤独も、表面ではなにも歌っていない。ただ目の前に広がる雑賀の夜景を歌うのみである。そこにかえって、家郷への思いを直接歌うよりも一層深まるしみじみとした旅愁が漂う。万葉集が獲得した良質の抒情と言えよう。

赤人がとらえた若の浦の躍動と明るさと活気とは対蹠的に、この歌には暗闇と静寂と鎮もりが一首を覆っている。戦後の高度経済成長と効率主義と快適な生活の追求と、そのための電力の大量消費が、世の中から暗闇とそれを取り巻く静寂と鎮《しず》もりとを消す結果をもたらしたことを思う時、この藤原卿の歌は、暗闇と静寂の意味を今一度問うてみることを、現代に求めているように思われてならない。

十四、五世紀のフランス地方の世相をとらえて「現在、都市に住む人びとは、真の暗黒、真の静寂を知らない。ただひとつまたたく灯《ひ》、遠い一瞬の叫び声がどんな感じのものかを知らない」(『中世の秋』堀越孝一氏訳)と、ホイジンガが述べていることをあらためて想起したい。

時の台閣に身を置いていた藤原卿のこの歌からは、若の浦、雑賀の浦の景観が、今の世に発信してくる貴重な問いかけと提言を、聞き取ることができるのである。

図版⑧　雑賀崎の夕照（松原時夫氏撮影）

以上、巻七に収められた藤原卿の七首のうち、玉津島・若の浦の歌を読んだ。さいごに残りの三首をあげておこう。

黒牛《くろうし》の海　紅《くれなゐ》にほふももしきの大宮人《おほみやひと》しあさりすらしも　（一二一八）

妹《いも》がため玉を拾《ひり》ふと紀伊国《きのくに》の由良《ゆら》の岬にこの日暮らしつ　（一二二〇）

麻衣《あさごろも》着ればなつかし紀伊国《きのくに》の妹背《いもせ》の山に麻《ま》蒔く吾妹《わぎも》　（一一九五）

行幸時の華やかな情景をとらえたもの（一二一八）、のどかな情景を詠むもその底にある種の倦怠と愁いを感じさせるもの（一二二〇）、帰京後に、紀伊国への旅で遭遇した情景を懐かしく思い出しているもの（一一九五）であり、それぞれに心ひかれる歌である。

柿本人麻呂歌集の歌――妻との縁《ゆかり》の地を訪《おとな》いて　万葉集には、柿本人麻呂歌集から採られた歌がたくさん収められている。現代の研究段階では、その所収歌のほとんどが人麻呂自身の作であろうと考えられている。玉津島を詠んだ次の歌は、「人麻呂歌集非略体歌」に属する歌で、この「非略体歌」は人麻呂自身の作と断定してよいだろう。

玉津島磯の浦廻《うらみ》の真砂《まなご》にもにほひて行《ゆ》かな妹《いも》も触《ふ》れけむ　（⑨一七九九）

（玉津島の磯の浦辺一面に広がる砂浜、その浜の細かな砂に触れて、その白砂に染まっていこう。妻もきっとこの砂に触れたのだろうから。）

この歌は巻九挽歌部に「紀伊国にして作る歌四首」として収められた歌群の中の第四首目である。

もみち葉の過ぎにし児《こ》らと携《たづさ》はり遊びし磯を見れば悲しも　（⑨一七九六）

潮気《しほけ》立つ荒磯《ありそ》にはあれど行《ゆ》く水の過ぎにし妹が形見《かたみ》とそ来《こ》し　（⑨一七九七）

古《いにしへ》に妹と我が見しぬばたまの黒牛潟《くろうしがた》を見ればさぶしも　（⑨一七九八）

玉津島磯の浦廻《うらみ》の真砂《まなご》にもにほひて行かな妹《いも》も触れけむ　（⑨一七九九）

四首の歌は、先年、紀伊国で妻を亡くした人麻呂が、今ふたたびこの地を訪れて、生前の妻との思い出を反芻しながら、喪失の悲しみに浸っている歌である。人麻呂は大宝元年（七〇一）の紀伊国行幸に従駕したと推定できる（②一四六参照）。その折の作者未詳の歌に

黒牛潟潮干《くろうしがたしほひ》の浦を紅《くれなゐ》の玉裳裾《たまもすそ》引き行《ゆ》くは誰《た》が妻　（⑨一六七二）

とあり、人麻呂もこの艶《あで》やかで楽しげな光景を目にしていたものと思われる。それだけに、今ふたたび訪れて独り眺める黒牛潟の風景は、寂しさを際立たせ、「見ればさぶしも」（⑨一七九八）と口をついて出たのであろう。「真砂《まなご》」はきめ細かな砂で、「愛子地《まなごつち》」（⑦一三九二、一三九三、⑫三一六九）とも書くところから、愛する人を想わせる。妻と幽明界を異にしてしまった今、この世で二人をわずかに結びつけるのが「玉津島の磯の浦辺の真砂」

であったのである。生前、妻が触れたであろう真砂に、今自分も触れ、それに染まることによって、亡き妻への恋しさ・懐かしさを、わが身の肌で実感している。行幸讃歌にはない哀しみと細やかさがここにはある。玉津島、若の浦の穏やかに美しい自然が、人麻呂の哀しみを静かにゆったりと包んでくれたことだろう。

三　作者未詳の歌

巻七の「羈旅にして作る」九〇首のうち、藤原卿の歌をみてきた。ここでは、藤原卿以外の歌を取り上げる。すべてが作者未詳の歌である。これらの歌も作歌時は記されていない。しかしさきに藤原卿の歌の作歌時期に関わって述べた通り、「羈旅にして作る」所収歌の多くは、平城遷都後の新しい歌〔いわゆる万葉第Ⅲ期の作〕であろうこと、またこれらの歌と一括して配列されている藤原卿の歌が、神亀元年の聖武天皇紀伊国（玉津島）行幸時の作と判定できること等の根拠をもって、これらの歌も神亀元年時の詠作、作者はお供の官人と考えてよいであろう。

名草山――心を慰める景観　名草山は、若の浦の東方に穏やかにゆったりと鎮まる、若の浦の景観になくてはならない山である。名草郡（現和歌山市）を代表する山で、標高二二九メートルとそれほど高い山ではないが、付近から独立しているので、目につく存在である。中腹には西国二番札所の紀三井寺がある。ちょうど飛鳥の三輪山に似て、まろやかにやさしい山容をしている。

現代も、この山が鏡のように波静かな若の浦の水面《みなも》にゆったりと影を落としているさまは絶景である。あわただしい世相に生きる現代の私たちに、心の静もりと安らぎをもたらしてくれる山であり光景である。万葉びともそ

図版⑨　水面《みなも》に影を映す名草山

のように感じたようである。

名草山《なぐさやま》言《こと》にしありけり我が恋《こ》ふる千重《ちへ》の一重《ひとへ》も慰《なぐさ》めなくに　（⑦一二一三）

（ナグサ山なんて言葉だけの山だったよ。なぜって、積もりに積もった私の恋の心の幾襞《いくひだ》の、その一襞さえも慰めてくれないのだもの。）

名草山のナグサに「慰さ」を連想して、一種の言葉遊び風に詠んでいる。これと大変よく似た発想・表現の歌がある。万葉女流を代表する大《おお》伴《ともの》坂上《さかのうえの》郎女《いらつめ》の歌で、天平二年（七三〇）十一月、兄の大宰帥《だざいのそち》大伴《おおともの》旅人《たびと》の家を出発して帰京の途につき、筑前国宗像《むなかた》郡の名児山《なごやま》を越える時に詠んだものである。

大汝《おほなむち》　少彦名《すくなびこな》の　神こそば　名付《なづ》けそめけめ　名のみを　名児山《なごやま》と負《お》ひて　我が恋の　千重《ちへ》の一重《ひとへ》も　慰めなくに　（⑥九六三）

また「言《こと》にしありけり」という表現は、同じく巻七に「夢《いめ》のわだ言にしありけり現《うつつ》にも見て来《け》るものを思ひし思へば」（⑦一一三二）、「手に取るがからに忘ると海人《あま》の言《い》ひし恋忘《こひわす》れ貝《がひ》言にしありけり」（⑦一一九七）、「住吉《すみのえ》に行《ゆ》くといふ道に昨日《きのふ》見し恋忘れ貝言にしありけり」（⑦一一四九）、そしてまた大伴家持の歌に「忘れ草我が下紐《したひも》に着けたれど醜《しこ》の醜草《しこぐさ》言にしありけり」（④七二七）とあって、かなり広く慣用的に歌われていた表現のようである。

結局、大伴坂上郎女の歌とも合わせて言えば、こういった発想・表現の歌は、神亀・天平年間の余裕的・技巧的・

遊興的雰囲気のなかで生まれ出た作品であると言うことが出来よう。
こういった雰囲気の中で、名草山は言葉だけのものだったよと、作者の心は慰められなかったと歌っているが、このやさしくおだやか名草山のたたずまいに心ひかれ、旅愁が慰められたからこそ、このように明るく軽やかな調子で歌うことが出来たのである。

海神の神が手――開放的景観　同じ一連の歌の中に、潮干潮満ちのさまをまことにダイナミックにとらえた、若の浦の開放的にして同時に遊覧的景観を代表する歌がある。

潮満《しほみ》たばいかにせむとか海神《わたつみ》の神が手渡る海人娘子《あまをとめ》ども　（⑦一二一六）

（潮が満ちて来たらどうしようというのだろうか。恐れ気もなく海神の手を渡って行く海人（漁師）の娘子《おとめ》たちは。）

「海人娘子ども」とあるが、実際には行幸従駕の女官に呼びかけているのであろう。明るくのどかな初冬の若の浦、その海神の手のように伸びた砂嘴《さし》を渡って、干潟で浜遊びに興じている女官たちの華やいだ姿が目に浮かぶ。「いかにせむとか」とか「海神の神が手」とかと、おどろおどろしく表現されているが、作者はもちろん「海人娘子」たちに厳重注意を与えているわけではなく、日頃見ることのない海に接して夢中になって波とたわむれ、美しい貝や玉を拾っている娘子たちと共に、作者の心も弾んで、明るく歌いかけている。この行幸の折の遊覧的雰囲気を思わせる歌である。
すでに第一章で見たように、万葉時代の和歌の浦は、現在に較べて海がずっと奥まで入り込んでいた。したがって、現在和歌の浦の南に、西から東に向かって長く伸びる大きな砂州（片男波海岸と呼ばれている）が存在するが、当時はそのような堅固な形での砂州は存在しなかったと思われる。しかし日下雅義氏が作製した、「万葉時代の和

図版⑩　若の浦の潮干

図版⑪　若の浦の潮満ち

歌浦」復原図（七頁の図版②、およびxvii頁の地図③「古代の紀ノ川と水門」参照）によると、この当時すでに片男波の砂州の一部分が出来はじめていたらしい。とすると、当時、例えば形成されつつあった片男波の砂嘴のように、干潮時には陸地化し沖に向かって細く長く伸び、そして満潮時には海中にその多くを没してしまうような砂嘴があって、そういった砂嘴を見て、この歌の作者は「海神の神が手」と歌ったのではないだろうか。

この歌は、潮が引いた若の浦に姿を現した細く長く伸びる砂嘴、それを「海神の神が手」と見立てた、万葉びとの豊かな想像力が生み出した歌であり、若の浦の開放的景観が見事にとらえられていると言えよう。

玉津島讃美――遊覧的景観　すでに藤原卿の「我が舟の梶《かぢ》はな引きそ」（⑦一二二二）、「玉津島見れども飽かず」（⑦一二二二）の歌でも、玉津島、若の浦の景観を心から愛でているさまを確認できた。作者未詳の歌々にも同様に見出すことができる。

玉津島よく見ていませあをによし平城《なら》なる人の待ち問はばいかに　（⑦一二一五）

（この美しい玉津島の景色をしっかりと目にやきつけていらっしゃって下さいませ。奈良の都であなたのお帰りをお待ちの方に様子を尋ねられたらどうなさいますか。（どうぞごゆっくり。））

この歌は行幸従駕の人の歌ではなくて、従駕の人々をねぎらって詠まれた歌である。作者は、接待に当たった土地の豪族の娘か遊行女婦《ゆぎようじよふ》であろう。宴席に集う男たちに、都の奥方のことをちらりと触れながら、艶やかにお酌をする作者のさまが想像できる。昼間見た美しい玉津島の景色が、数等倍にもふくらんで男たちの胸に輝いたことだろう。

玉津島見てし良けくも我はなし都に行きて恋ひまく思へば　（⑦一二一七）

（このすばらしい玉津島の景色をいくらみても私の心は楽しみません。都に帰ってから、この景色をもう一度見たいと、せつない思いにさいなまれるであろうことを思いますと。）

この歌は玉津島の素晴らしさを、直球ではなく変化球を用いて讃美した歌という趣きである。もちろん作者の心は、玉津島の風景を満喫しているのである。玉津島の景色への愛着を「恋ひまく」とまで歌っている。それほどまでに玉津島の景色に心を奪われていたのである。

さきの藤原卿の「我が舟の梶《かぢ》はな引きそ」および「玉津島見れども飽かず」の歌とともに、この二首は、おそらく宴席での詠で、紀伊国行幸の宮廷讃美・玉津島讃美の雰囲気の中で詠われたものであろう。それだけに類型的・抽象的・教条的の感がなくもないが、しかしその一方で、日頃海を見ることもなく過ごしている平城の都びとにとって、穏やかにしてしかも満々たる力を秘めた若の浦の海、玉の連なりのように点綴《てんてつ》されて沖合いに浮かぶ島々、清らかな渚にうち寄せる白波、澄みきった波間に見え隠れする玉藻の揺らめき、干潟で玉藻刈りにいそしむ人々の活気に満ちた動き、ゆったりと羽ばたく鶴群といった新鮮な海景に接した時の感動は、現代の我々の想像を越えるものがあったであろうことが察せられる。類型的な詠いぶりとは言え、この四首からはそのような万葉びとの感動を読み取ることが出来る。

ところでこの四首には遊覧的なのどかな雰囲気が漂っている。この行幸の折に、宮廷歌人の笠金村《かさのかなむら》が、行幸従駕の夫に贈るためにその妻に成り代わって、つまり妻のために代作した歌の一節にも、

……もみち葉の　散り飛ぶ見つつ　にきびにし　我は思はず　草枕　旅をよろしと　思ひつつ　君はあるらむと……　（④五四三）

と、道中の風景に心を奪われて、家に残してきた妻のことを忘れて旅を楽しんでいる夫の姿が描かれている。また行幸中の十六日に出された聖武天皇の詔にも「遠行を労せずして以て遊覧するに足れり」と「遊覧」という言葉があり、これについては、第一章、二章、三章にわたって詳しく説いたところである。

時代も神亀ごろになると、旅にも余裕ができ、遊覧が時代風潮となってきたのである（村山出「笠金村の従駕相聞歌」参照）。この四首からもそうした時代風潮を実感することができる。

巻十二の相聞歌　さて、巻十二にも若の浦の歌が二首収められている。この巻は「万葉集目録」に「古今相聞往来歌類之下」と分類されて、相聞の歌ばかりが集められた巻である。二首ともに「羈旅にして思ひを発《おこ》す」の項に分類されている。「旅にあって、恋の思いが募った」というほどの意である。作者名も記されていないし、作歌

事情も不明である。

衣手《ころもで》のま若の浦の真砂地《まなごつち》間《ま》なく時なし我が恋《こ》ふらくは　（⑫三一六八）

（ま若の浦の美しい真砂のように、絶え間がない。私のあなたへの恋心は）

さきの柿本人麻呂歌集の歌でも、玉津島の磯の浦廻《うらみ》の真砂《まなご》が詠まれていた。玉津島、若の浦の浜辺を敷きつめたきめ細かな真砂は、格別に目を引く景物のひとつであったことがわかる。

若の浦のきめ細かな、つまり隙間なく敷きつめられた真砂に言寄《ことよ》せて、絶え間なくわき起こる恋心を歌っている。「衣手の」は「ま若の浦」にかかる枕詞であるが、懸かり方は不明である。また「マナゴッチ」は細かい砂を言うが、柿本人麻呂歌集の歌（⑨一七九九）と同じく「愛子《まなご》」（いとしい娘）の意も匂わせている。そして第三句までが序詞で、「マナごつちマナくときなし」と、音の重なりによってつながっている。「ま若の浦」の「マ」も含めてマ音を三つも重ねていて、謡いもの風の歌である。

若の浦に袖《そで》さへ濡《ぬ》れて忘れ貝拾《ひり》へど妹《いも》は忘らえなくに　或本の歌の末句に云はく、忘れかねつも　（⑫三一七五）

（彼女への切なく苦しい恋心をいっそ忘れてしまおうと、若の浦に袖まで濡れそぼって忘れ貝を拾ったけれど、一向に忘れられないよ。）

「忘れ貝」は恋のせつなさ・苦しさを忘れさせてくれる貝、その忘れ貝を若の浦で拾って、恋の苦しさを忘れようとしたが、かなわなかったと歌う。さきの名草山の歌（⑦一二一三）に通じる面を持っている。また「ワかのうら」「ワすれがひ」「ワすらえなくに」とワ音を繰り返して調子を整えていて、さきの「衣手《ころもで》のま若の浦の」の歌と同様、謡いもの風である。

ところで巻十二の「羈旅にして思ひを発す」の項に収められた歌々を検討してみると、「羈旅にして」とあるにも拘わらず、どうも現地に立って歌ったとは思われない、いわば「机上詠」もかなりあることが分かる。つまり地名の歌枕化が始まっていることが分かる。この二首についても、第二首（⑫三一七五）は現地詠とも考えられるが、第一首（⑫三一六八）は、現地に立っての詠とは言い難い。

若の浦の名所化、歌枕化　万葉時代の四度の紀伊国行幸のうち、玉津島・若の浦を目的地としたのは、四度目の神亀元年の行幸のみである。またその折の聖武天皇の詔からも知られるように、この地が注目され評価され始めるのはこの時からだったと思われる。

このように考えると、玉津島・若の浦が都に広く知れ渡っていく契機となったのは、この行幸時に詠まれた赤人の玉津島讃歌であり、藤原卿をはじめとする行幸従駕の人々の歌、および聖武天皇の詔であったと言えよう。この人たちの歌々や天皇の詔が、都で披露されることによって、玉津島・若の浦のすばらしさが都に知れ渡り、若の浦は名所化し、歌枕化していったのであろう。そしてそういった名所化し歌枕化した若の浦の地名を用いて歌ったのが、第一首「衣手のま若の浦の真砂地……」の歌であると思われる。第二首「若の浦に袖さへ濡れて……」はさきほど述べたように、現地詠とも考えられるが、一方で巻十二「羈旅にして思ひを発す」の所収歌の性格から見て、名所化し歌枕化した若の浦の地名を用いて歌った、机上詠の可能性が高い。

ともあれ巻十二の若の浦の歌は、神亀元年の紀伊国行幸を契機として、玉津島、若の浦の地が名所化し歌枕化していったことを物語っている。

そしてそのさきには、平安朝以降の王朝和歌に脈々と受け継がれていく「王朝文学の和歌の浦」が待ちかまえている。

※　※　※　※　※

万葉の「若の浦」のゆくえは、赤人の「若の浦に潮満ち来れば……」の歌が、『古今和歌集』「仮名序」の「古注」に取り上げられたことに象徴される。『古今和歌集』は、和歌のいわば聖典として、平安朝は言うに及ばず、その後も中世、そして近世にわたって、和歌の世界を席巻し続け、万葉の「若の浦」も、和歌を代表する歌枕「和歌の浦」として、また和歌・歌道の聖地として展開していくのである（第二部第二章九九〜一〇〇頁、第四章一五一〜一五二頁、第五章一六九〜一七二頁参照）。

つづいて第二部「和歌の浦の誕生――「若の浦」の継承と展開」でその種々相を詳しく述べる。

第二部

和歌の浦の誕生――「若の浦」の継承と展開

第一章　古今和歌集の和歌の浦

一　古今和歌集の和歌の浦――万葉集から古今集へ

万葉集以後の和歌の浦　第一部では、聖武天皇の若の浦・玉津島行幸を中心に取り上げたが、その聖武天皇の行幸を含めて、飛鳥時代から奈良時代の終わりにかけては都合五度も紀伊国への行幸が行われた。

①斉明天皇行幸　斉明天皇四年十月～五年（六五八～六五九）一月　有間皇子《ありまのみこ》の進言により、牟婁湯《むろのゆ》（現在の白浜温泉）に行幸。
②持統天皇行幸　持統天皇四年（六九〇）九月　牟婁湯《むろのゆ》に行幸。
③持統太上皇・文武天皇行幸　大宝元年（七〇一）九月～十月　牟婁湯《むろのゆ》に行幸。
④聖武天皇行幸　神亀元年（七二四）十月　和歌浦・玉津島に行幸。
⑤称徳天皇行幸　天平神護元年（七六五）十月　和歌浦・玉津島に行幸。

この中でも特に聖武・称徳父娘の二代にわたる和歌浦・玉津島への行幸は、遠路はるばる訪れた都の貴族や官人たちに彼《か》の地の風景の美しさや神秘性を実感させる大きな契機となり、中央の世界に〈聖地〉として和歌浦・玉津島を位置づけるのに大きな力があった出来事《イベント》となったはずである。また④の聖武行幸時に現地で詠まれた数々の和歌は、行幸に参加できなかった都の人々にも、和歌浦の景勝の美しさ、すばらしさを強く印象づけたことであろう。

聖武・称徳の後、紆余曲折を経てようやく平安京に遷都した桓武《かんむ》天皇は、遷都後の延暦二十三年（八〇四）に和歌浦に行幸したが、これはおそらく奈良時代の聖武天皇の和歌浦行幸を意識したものであろう。しかし、それ以後紀伊国への行幸はなくなり、大勢の貴族や官人たちが天皇に付き従って直接紀州の地を踏む機会は失われてしまう。再び天皇（上皇）や貴族たちが紀州を訪れるのは、平安時代後期の一一〇〇年代の院政期にはいり、熊野詣でが盛んになった時代のことであるから、この間、桓武天皇の和歌浦行幸から実に三〇〇年ほどの空白がある。

では、この三〇〇年の間、都の人々に和歌の浦は忘れ去られていたのかというと実は逆で、天皇や貴族・官人たちが訪れることができなくなった分、和歌の浦は幻想的な景勝の地として文学の中のイメージの世界で輝きを放つようになっていた。次の第二章で述べるように、桓武の行幸から二〇〇年近く経った平安時代の半ば、平安中期を代表する文人貴族である藤原公任が、都からはるばる和歌の浦に実際にやってくるが、これも平安前期の和歌や物語に登場する和歌の浦の美しいイメージに憧れてのことであったと推測される。

吹上の菊――古今集の菅原道真歌　こうした和歌の浦の美しいイメージを都の人々にもたらした平安時代の文学作品の最も早い例として、『古今和歌集』の秋の部に採られた、次の菅原道真の和歌を挙げることができる。

同じ御時せられける菊合《きくあはせ》に州浜《すはま》を作りて、菊の花植ゑたりけるに加《くは》へたりける歌
吹上《ふきあげ》の浜《はま》の形《かた》に菊植ゑたりけるに詠める　菅原の朝臣《あそん》
秋風の吹上に立てる白菊《しらぎく》は　花かあらぬか波の寄するか

歌の詞書《ことばがき》を解説すると、「同じ御時」というのは、この作品の前に置かれた和歌と同じ天皇の治世という意で、

図版⑫　洲浜の図（島台高砂）

ここは宇多天皇の御世《みよ》（寛平年間）を指す。「菊合」は、平安時代に流行した「〜合《あわせ》」という、右方《みぎかた》・左方《ひだりかた》の二チームに分かれて、特定の物を闘《たたか》わせる遊戯の一種で、たとえば「歌合《うたあわせ》」では和歌の優劣、「根合《ねあわせ》」では引き抜いた菖蒲の根の長さを、メンバーが順に闘わせていき、勝者が多いチームを「勝」とする。「菊合」は「女郎花合《おみなえしあわせ》」などと同じく、花の美しさを競うが、花の美しさだけでは勝負がつきにくく、おもしろみにも欠けるので、ここに取り上げた菊合の場合のように、州浜《すはま》（後述）を作ったり和歌を添えたりして、総合的な出来映えで勝ち負けを決める。「州浜」は、歌会などの風流な催しを盛り上げるための装飾品で、台盤の上に州崎《すざき》や浜辺の景観を箱庭のように造り、そこに木石・花鳥・人物などのミニチュアをあしらったもので（図版⑫参照）、ここは菊の花の美を競う際に、いろいろな場所の風景をあしらった州浜を作り、そこに菊の花を植え、それにふさわしい和歌を詠んで付け加えて提出した、というのである。この歌には、さらに「吹上の浜の形《かた》に菊植ゑたりけるに詠める」と詞書が加わっており、道真は、和歌浦の吹上の浜の風景をしつらえた州浜に植えられた白菊を題材にしてこの歌を詠んだ。「形《かた》」は絵柄、図柄の意で、ここでは吹上の浜の景色を州浜の上にミニチュアで再現したものをいう。この和歌の後に同じ菊合の他の「形」に付けられた和歌も並べられているが、その「形」の内容は、「仙宮に菊をわけて人の至れる形《かた》を詠める」「菊の花のもとにて人の人待てる形《かた》を詠める」「大沢の池の形《かた》に菊植ゑたるを詠める」で、特定の場所の菊を州浜に仕立てたのは、吹上の浜と京の近郊の名勝大沢の池だけである。さて、道真の和歌の意味は次のようになる。

秋風が吹き上げる吹上の浜に立っている白菊は、花なのか、そうではないのか、もしかしたら波の寄せてくるのをそう見ているだけなのか。

作者の菅原道真（八四五～九〇三）は言わずと知れた平安時代前期を代表する文人学者。その才学の力により右大臣にまで栄達したが、左大臣藤原時平の仕組んだ讒言により太宰府に左遷されその地で薨去、死後に「天神」として崇《あが》められた人である。この「秋風の吹上に立てる白菊は……」の和歌も漢詩人にふさわしく、

風翻白浪花千片　風《かぜ》白浪《しらなみ》を翻《ひるがへ》す花《はな》千片《せんぺん》
雁点青天字一行　雁《かり》青天《せいてん》に点《てん》ず字《じ》一行《いつかう》

という白楽天の「江楼の晩眺」詩の前句の「（銭塘江のほとりに立つ高楼に登って眺めると）風が水面を吹いて白浪が立つ様は、まるで（白い）花が無数に咲き乱れたようだ」という、白浪を白い花に喩えた表現を応用して、逆に白い菊花を白浪ではないかと疑ってしまうと詠んだもので、知的な技巧がさりげなく施されているが、吹上の白砂の上に咲く白菊の花と、浜辺に打ち寄せる白波が入り混じった、現実離れした白一色の幻想的な世界を描き出したことで、見事に『古今集』に選ばれたのである（菊が植えられた州浜にも吹上の白砂を意識して、白砂が敷かれていたか、白銀で砂が表現されていたかもしれない）。同じ『古今集』の菊の歌としては、『百人一首』にも採られた凡河《おおしこ》内《うちの》躬恒《みつね》の、

心あてに折らばや折らむ初霜《はつしも》の　置きまどはせる白菊《しらぎく》の花

が有名であるが、こちらは庭先に降り置いた白い霜の中に咲く白菊の花を詠んでいる。ともに白い景物と白菊の〈紛《まぎ》れ〉を幻想的に詠む手法が共通しているが、道真の和歌は「吹上」の広大な白砂の浜辺のイメージを背景にして、漢詩句の手法を応用した花と白波の比喩を用いることで、小さな州浜の菊から、壮大な海辺の眺望を引き出すことに成功している。視点を逆にすれば、都の人々に広大な吹上の浜辺のイメージが浸透していたからこそ、この

場所を指定して州浜が作られ、道真がそれを活かして和歌を詠むことができたともいえよう。「吹上」は、『万葉集』の和歌浦行幸の和歌には詠まれてはいなかったが、その後おそらく平安時代に入って、広大な美しい浜辺であるという情報が都にもたらされ、玉津島や名草山に次ぐ新しい紀伊国の名所として認められるようになったのではあるまいか。

二　『古今和歌集』以降の和歌の浦

物語の舞台となった吹上——うつほ物語の吹上巻　こうして、平安時代には和歌浦の北西に隣接する吹上の浜が都の人々に注目されるようになり、平安中期に近づくと和歌だけではなく、ついに物語にもその舞台として登場するようになる。『うつほ物語』は十世紀後半の九六〇〜九八〇年頃、『源氏物語』が書かれる数十年ほど前に成立したとされる長編物語であるが、その中に、「吹上」と名づけられた上下二巻が置かれ、吹上の浜を舞台として物語が展開する。

『うつほ物語』は、遣唐使に派遣され遭難して波斯国《はしこく》にたどり着き、天人から琴の秘曲と名琴を伝授されて帰国した琴の名手藤原俊蔭《ふじわらのとしかげ》、その俊蔭から秘曲や名琴を伝授された俊蔭女《としかげのむすめ》、その俊蔭女の一人息子でこれも稀代の琴の名手仲忠《なかただ》の三代にわたる、一族の数奇な運命と受け継がれていく琴の絶技を中心に展開していく物語であるが、吹上の巻に入ると、主人公藤原仲忠《なかただ》のライバルとして、紀伊国吹上の浜に育った貴公子、源涼《みなもとのすずし》が登場する。

吹上の巻のあらすじを本文を交えながら紹介しよう。

紀伊国牟婁郡《むろのこほり》に神南備種松《かみなびのたねまつ》という「限りなき財《たから》の王」と称される長者が住んでいた。彼は親にも夫にも先立

図版⑬　吹上の邸宅でくつろぐ源涼
（『うつほ物語』版本より）

たれた孤独な大納言の娘を都から妻として迎え、一人の美しい娘をもうけた。種松はこの娘を宮中に出仕させた。娘は女蔵人として宮仕えするうちに帝に寵愛され、一人の男の子を産んだが、まもなく亡くなった。男の子は源姓を賜り涼《すずし》と名づけられ、祖父母である紀伊国の種松夫婦のもとに引き取られた。種松は、この孫が自分のような者の娘の腹ではなく、他の高貴な姫君の腹に生まれていれば、皇太子となり帝にもなれたかもしれぬとふびんに思い、紀伊国吹上浜に大邸宅をこしらえて帝をもしのぐ豪勢な暮らしをさせ、あらゆる学問・技芸の師を都から呼び寄せて孫に身につけさせた。生来聡明な孫は学問・技芸に秀《ひい》で、中でも琴については格別に優れた才能を見せた。吹上の涼《すずし》の邸宅の様は物語本文では次のように語られる。

吹上の浜のわたりに、広くおもしろき所を選び求めて、金銀瑠璃の大殿《おほとの》を造り磨《みが》き、四面八丁の内に三重の垣をし、三つの陣を据えたり。宮の内、瑠璃を敷き、大殿十《おとどとを》、廊《くるわ》、楼なんどして、紫檀《したん》、蘇芳《すはう》、黒柿《くろがい》、唐桃《からもも》などいふ木どもを材木として、金銀、瑠璃、車渠、瑪瑙の大殿を造り重ねて、四《よ》面《おもて》めぐりて、東の陣の外《と》には春の山、南の陣の外には夏の陰、西の陣の外には秋の林、北には松の林、面《おもて》をめぐりて植ゑたる草木、ただの姿せず、咲き出《いづ》る花の色、木の葉、この世の香に似ず。

この孫、源涼《みなもとのすずし》は成長するにつれて琴の名手となり、その噂を聞いた物語の主人公仲忠たちが、都からはるばる吹上にやってきて涼の屋敷で滞在し歓待を受ける。仲忠たちは彼に上京を勧め、涼はやがて都に出て、主人公仲忠と琴の腕前を競うだけでなく、ヒロインあて宮をめぐって、仲忠の恋のライバルとしても活躍する。

吹上巻の構想と宮子姫伝説　紀伊国の長者の美しい娘が都に出て天皇に寵愛される話というと、私のように紀州で生まれ育った人間には、奈良時代を舞台にした「宮子姫伝説」がただちに思い起こされる。その伝説は、九海士《くあま》の里（現在の御坊市）に住む村長《むらおさ》夫婦は、子宝に恵まれないことから子を氏神に祈ったところ、女の子を授かった。ところが大きくなっても娘には髪の毛が生えてこないので両親は悲嘆にくれていた。ある年、海に光る物体が現れ不漁が続いたので、母親が命がけで海に潜ると、海底に金色の小さな観音像があった。持ち帰った観音像を祀り、毎日祈り続けていると、にわかに娘の髪が生えはじめ、髪はどんどん伸び、里の人々は彼女のことを「髪長姫」と呼ぶようになった。ある日、娘が髪をすいていると、一羽のツバメが飛んできてその髪を一本くわえ、飛び去った。ツバメは奈良の京の藤原不比等の屋敷の軒に巣を造った。巣から垂れ下がる長い黒髪を見つけた不比等はその美しく長い髪の持主を探しだし、養女に迎え入れた。不比等の養女となった娘は宮子と名のり、文武天皇の后となり、後に聖武天皇となる皇子を産んだ。宮子は故郷の観音像が粗末な庵で祀られていることを悲しみ、文武天皇に手厚く祀ってほしいと懇願した。天皇は宮子の願いに応えて紀道成《きのみちなり》に命じて一寺を建立させた。それが道成寺である。

というもので、道成寺では寺の創建にまつわる物語として語られ、地元の御坊市でも宮子姫をヒロインとしたいろいろな行事を行っている。文武天皇の后となり後の聖武を産んだ宮子は確かに藤原不比等の娘として実在しているが、公的な記録類では母は賀茂比売《かもひめ》とされており、道成寺を建立したとされる紀道成という人物も古代の史料類には確認されない。梅原猛が『海人と天皇 日本とは何か』中巻第九～十三章において、この伝説が史実を反映したものである可能性について様々な方面から縷々述べており、仮説としては興味深いものがあるが、それを実証することは極めて困難であろう。

ただ、『うつほ物語』の吹上巻の構想と絡めていえば、伝説上の宮子のように天皇となる皇子を産むほどのことはないにせよ、紀伊国の有力者のもとから采女《うねめ》などの身分で宮中に奉仕するために進貢され、たまたま帝寵を承《う》けて皇子を産む女性も実際にいたかもしれず、そのような女性の存在や女性にまつわる話が、『うつほ物語』吹上巻の素材となり、また宮子姫伝説の下地となった可能性は考えてみてもよいのではないだろうか。

『古今集』の菊合の歌で、菅原道真が浜の白さと波の白さを幻想的に詠んだ吹上の地は、『うつほ物語』によって、そのイメージをさらに大きく膨らませていく。それは狭い京《みやこ》では考えられない、広大な白い砂浜の上に築かれた豪壮な地上の楽園という体《てい》のものであった。

これまで見てきた道真の和歌に詠まれた吹上浜の姿や『うつほ物語』の吹上巻の源涼の大邸宅の記述は、所詮《しょせん》都の文人の想像の産物であったかもしれない。しかしその想像の背後には、『万葉集』に詠まれた、海と浜辺がつくり出す広々した和歌浦の空間のイメージが存在したかもしれないことを、私たちは思ってみてよいのではないだろうか（なお『うつほ物語』の吹上の浜の描写については、この後の第四章でさらにくわしく取り上げる）。

三 「若の浦」から「和歌の浦」へ——和歌の聖地を意識した表記の変貌

「若の浦」と「和歌の浦」 このように平安時代に入り、都の人々の和歌の浦に対する名所の意識の中に新たに吹上浜が加わってくるわけであるが、平安時代には、都の人々の和歌の浦に対する意識にもう一つの大きな変化が起こる。現代では世間一般に「和歌の浦」という漢字表記が通用しているが、第一部第三章の第一節で述べられたように、そもそも奈良時代には、和歌の浦は「若の浦」（万葉集・山部赤人歌）「弱浜」「明光浦」（聖武天皇詔勅）と表記されていて、現在のように「和歌の浦」と表記されることはなかったのである。第一部の第二章で述べたように、「明光浦」は中国の神仙的な思想を背景とした用字であった可能性が高いが、「若の浦」や「弱浜」の「弱」や「若」という表記は、これも第三章の第一節で述べられているように、この海岸が「まだ十分に成長しきっていない」ことを表した用字であり、同時にそれは海岸が「今後成長していく」ことを予祝する意図のもとに用いられたものであった。この「若（弱）」という表記が、現代も行われている「和歌」へと変わっていくのが、やはり平安時代のことであった。

この変化を説明するにあたって、とりあえず平安時代後期の歌人藤原重家《しげいえ》（一一二八〜一一八〇）の家集『重家集』に出てくる次の和歌を見ていただきたい。

宇治の僧正の御もとに児《ちご》どもの歌合しけるに、三位大進《さんみのだいしん》、前兵庫頭《さきのひやうごのかみ》など参りて評定《ひやうぢやう》しけると聞きて、次の日奉りし

　人なみにあらぬ身なればいかでかは　和歌の浦廻《うらみ》に立ちも寄るべき

僧正の御返し

　人なみに寄せずとなにか恨むらん　待ちこそせしか和歌の浦には

現代語訳をしてみると次のようになる。

宇治の僧正（平等院権僧正の尊忠か）の所で稚児《ちご》たちが歌合をしたが、（その際に）三位大進や前の兵庫頭など

が参上して歌の判定をしたと聞いて、次の日さし上げた（歌）

私は人並でもないしがない身ですので、どうして和歌の浦の見物（＝歌合の立ち会い）に立ち寄ることなどできましょうか。

僧正からの返歌

人並みに寄せられなかった（呼ばれなかった）などとなぜ恨んでいるのですか。ずっと待っていたのですよ、和歌の浦（この歌合の場）で。

作者の藤原重家は宇治の僧正のもとで稚児たちが集まって歌合をしたことを聞いた。稚児は寺院に仕える成人前の少年たちであり、当然大人の重家には歌合に参加する資格は無い。問題は三位大進や前の兵庫頭（具体的な人名等は不明）といった輩《やから》が歌合の判者（勝負を判定する審査員）として招かれたのに、重家には宇治の僧正から判者としてお呼びがかからなかったことである。当時、稚児は僧侶や貴族たちの恋愛や性愛の対象となっており、この歌合のような稚児たちを集めた催しは、今のタレントやアイドルを集めた企画のようなもので、その判者に呼ばれるということは、普段は寺院の中にいて近づけない稚児たちを間近に見ることができる絶好の機会でもあった。重家は歌合の判者に招かれなかった歌人としての無念さと、稚児たちを間近で見物するせっかくの機会を失った残念さから、翌日「人なみに……」の和歌を僧正に送ったのである。歌の「人なみにあらぬ身なれば」は、表面的には訳したように「どうせ私は人並みではない身ですから」の意であるが、「人なみ」の「なみ」に「波」が掛けられていて、「波」が「和歌の浦廻」「立ち寄る」の縁語になり、「私は波ではないから和歌の浦には立ち寄れない」という文脈が形成される。ここで大事なことは、「和歌の浦廻」（和歌の浦の見物、浦廻は浦を廻《めぐ》って見物すること）の語が、「（稚児たちの参加する）歌合を見物する」意で用いられていることである。奈良時代には「若い」意であった

「わかの浦」の「わか」が、「若い」の意を表さずに完全に「和歌」の意味で用いられているのである。僧正の返歌も「人なみ」に「並み」と「波」を掛け、縁語の「寄せず」を用いて、重家歌と同様に、「和歌の浦」を歌合が開かれていた場の意味で用いている。

さらに家重と同時代を生きた有名な西行法師（一一一八～一一九〇）の家集『山家集《さんかしゅう》』にも、新院（崇徳院《すとくいん》）百首召しけるに、奉るとて右大将公能《きみよし》のもとより見せに遣《つか》はしたりける、返し申すとて

家の風吹き伝へけるかひありて　散る言の葉のめづらしきかな

返し

家の風吹き伝ふとも和歌の浦に　かひある言の葉にてこそ知れ

という「和歌の浦」が詠みこまれた歌がある。現代語訳を示せば、

崇徳院が百首歌を作るというので歌を集められた時に、それに応募するという右大将藤原（徳大寺）公能のもとから（私＝西行）に見てくれと送ってきた歌集をお返し申し上げる時に（添えた歌）

家の風（和歌の家の家風）を吹き伝えてきた甲斐があって、風に散らされた言の葉（歌集に収められていた多くの和歌）はたいへんすばらしいものでした。

（公能の）返歌

家の風（和歌の家の家風）は吹き伝えられてきたといっても、和歌の浦に貝がある（和歌の世界で甲斐がある＝今回の百首歌に選ばれることを指す）言の葉（和歌）であってこそ、その値打ちが知られるのですよ。

西行の贈歌では「家の風」「吹き伝ふ」と「言の葉」で、歌人を輩出している公能の家の血筋を承けて公能の和歌もその伝統を受け継いでいることを表しているが、公能の返歌はその「家の風」「吹き伝ふ」と「言の葉」をそ

のまま引き継ぎながらも、「和歌の浦」と縁語の「貝」を持ち出し、「貝あり」と「甲斐あり」を掛けて、「和歌の浦」を和歌の世界、和歌の詠まれる場（具体的には崇徳院が選ぶ百首歌を指す）の意味で用い、「和歌の浦に貝有り」の構文で「和歌の世界で甲斐がある（成果を上げる）」の意を表しているのである。

　これらの例から、平安後期、一一〇〇年代後半には「わかのうら」は「若い浦」の意ではなく、確実に「和歌の浦」の意で用いられていたことが明らかになる。また表記の上で「和歌浦」と書かれた確例としては、先の和歌の例をさらに百年近く遡る、永承三年（一〇四八）に記された『宇治関白高野山御参詣記』（関白藤原頼通が高野山に参詣した時の記録、後の第五章に詳述）に、

　方棹華船迄于木御川尻令下給。是行路之便、為御覧吹上浜・和歌浦也（方《まさ》に華船に棹さして木《き》の御川の尻迄《まで》下らしめ給ふ。是れ行路の便《ついで》に、吹上浜・和歌浦を御覧の為なり）。

　頃之経雑賀松原、令向和歌浦給（頃之《しばらくして》雑賀松原を経て、和歌浦に向かはしめ給ふ）。

と「和歌浦」と記された例があり、その半世紀後に書かれた藤原宗忠《むねただ》の日記『中右記《ちゅうゆうき》』に、熊野詣での途中で船で和歌浦に立ち寄った時の記事（天仁元年〈一一〇九〉十一月六日）の中に、次のような例がある。

　早乗舟、欲覧和歌浦・吹上浜、如何（早く舟に乗り、和歌浦・吹上浜を覧《み》んと欲《ほっ》す。如何《いかん》）。

　渡海上一時許、着和歌浦（海上を渡ること一時許《ばかり》、和歌浦に着く）。

これらは漢文で書かれているので、書写に際しても漢字の書き換えなどは行われておらず、原本でも「和歌浦」と書かれていたことは確実である。また漢詩や序文などの公的な漢文ではなく、記録・日記のような日常的な文章に「和歌浦」と書かれていることから、平安後期の十一世紀後半には、既に「わかのうら」の「わか」には、「若」でなく「和歌」を充《あ》てることが、都の貴族たちに一般的に浸透していたことがうかがえるのである。

奈良時代には「若い」浦であった「わかの浦」を、いつ頃から「和歌」と関係づけて「和歌の浦」として意識するようになってきたのか。この次の第二章「藤原公任《ふじわらのきんとう》の和歌の浦訪問をめぐって」では、『中右記』の記事より約百年前の西暦一〇〇〇年頃に記された藤原公任の歌集『公任集』に残された、貴重な和歌浦訪問記を取り上げるが、そこには次のような「和歌の浦」を詠んだ和歌が記されている。

和歌の浦より帰るにおもしろささらなり。老ひたる海人《あま》を見て、少将、

年を経て和歌の浦なる海人《あま》なれど　老の波には猶ぞ濡れける

現代語訳は、

和歌の浦から帰るとき、風景の情趣はさらに増した。年老いた漁師を見て、少将が（詠んだ）、

年月を経たので、「若い」という名を持つ「和歌の浦」に住んでいる漁師でも、さすがに老いの波には勝てず、その波に濡れて涙を流していることだ。

となるだろう。ここでは便宜的に「和歌の浦」の漢字を当てているが、本来の写本では「わかのうら」と仮名で表記されており、また現代語訳からもわかるように、この歌は「わか（若）の浦」に住んでいる「老いた」海人《あま》という、「若《わか》」と「老い」との対比を狙った作品であるから、ここではまだ「わかのうら」は万葉以来の「若の浦」であり、「和歌の浦」という意識はまったく見えない。藤原公任は当時の一流の文人貴族であり、その一行に加わっていた少将（具体的な人名は不明）も、それなりに和歌の才はある人のようだから、西暦一〇〇〇年の一条朝の前後の頃には、まだ都の人士の間では、「わかのうら」は万葉時代の「若の浦」のままで意識されていたと見てよいのではないだろうか。

「和歌の浦」の誕生の時期　これまで見てきたところから、万葉集で確立した「若の浦」＝成長途上の若い海岸、という認識が、和歌を意識した「和歌の浦」へと変わっていくのは、平安時代中期以降、およそ西暦一〇〇〇年から一一〇〇年の間であることが明らかになった。先の藤原公任とほぼ同時代の代表的な女性歌人、赤染衛門の歌集『赤染衛門集』にも、次のような「和歌の浦」を詠んだ歌が見える。

人の女《むすめ》の幼きを懸想《けさう》しけるに、「まだ手も書かず」とて返り事もせぬにやらんと挙周言《たかちか》ひしに代はりて、

和歌の浦の潮間《しほま》に遊ぶ浜千鳥《はまちどり》　ふみすさぶらむ跡《あと》な惜しみそ

赤染衛門が夫大江匡衡との間に設けた息子の挙周が、まだ年端《としは》もいかない娘に恋文を送ったが、返事が来ない。「まだ上手に字が書けない」ということで返事をよこさないのだろうかと挙周が言うので、母の赤染が息子に代わって返事を促す歌を詠んでやった、というのが詞書から窺える作歌の事情である。歌の意味は直訳すれば、和歌の浦の潮が引いた浜辺で遊ぶ浜千鳥よ、（浜辺に付いている）踏み遊んだその足跡を惜しまないでくださいとなるが、このままでは作者が何を言いたいのかは、現代人にはわからない。この歌の背後には、昔、黄帝の臣下であった蒼頡《そうけつ》という人物が、砂浜に付いた鳥の足跡を見て文字を発明したという名高い中国の伝説（『蒙求《もうぎゅう》』「蒼頡制字」など）が踏まえられ、和歌で「鳥の跡」と言えば、文《ふみ》や筆跡のことを指す。相手の娘がまだ幼いので、「和歌の浦」には「若」が掛けられており、これらを踏まえて、和歌を解釈すれば次のようになるだろう。

和歌の浦の潮の引いた浜辺で遊んでいる浜千鳥のように、まだ幼くて初々しい娘さん。浜辺に付いている踏み遊んだ千鳥の足跡のような、整っていない手すさびの筆跡でもいいので、惜しんだりせずに返事の文《ふみ》をくださいよ。

「和歌の浦」に「若い」を掛けた表面上だけの言葉の技巧だけではなく、和歌の浦の浜辺で遊ぶ浜千鳥を、相手

の幼い娘に喩え、「ふみ（踏み・文《ふみ》）すさぶ」に、自由に遊んでいるので千鳥の足跡が踏み乱れている様と、「まだ手も書かず」という娘の筆跡の拙い様とを言い掛けて、それでもよいから返事を惜しまないでくださいと懇願する、まことに機知に富んだ凝った歌である。歌の「和歌の浦」に「若」が意識されているのは先の『公任集』と同様であるが、『公任集』の歌が現地での詠であったのとは異なり、ここで「和歌の浦」という地名を詠みこむ必然性はあまり高くない。相手の娘が幼いことを詠むだけならば、直接「浜千鳥」にそれを表す修飾語を冠《かぶ》らせても良いわけである。本書の共著者の一人村瀬憲夫は、この赤染衛門歌について「平安文学の和歌の浦」の中で、

懸想文（恋歌）への返事（返歌）がないことをめぐっての歌であるが、和歌の浦の浜についた千鳥の足跡は、筆跡、すなわち和歌を意味している。

と述べているが、このように相手に返歌を求めていると取れば、「和歌の浦」の「わか」には、「若」と「和歌」の両方が掛けられていることになり、和歌の浦という地名を用いる必然性はより高くなるといえよう。

『赤染衛門集』の配列がほぼ年代順であり、前後の製作年時がわかる歌との関係から、この歌は一〇〇六〜一〇一〇年頃に詠まれたと推定されるので、もしこの赤染衛門の歌の「わかの浦」に「和歌」が掛けられていれば、一〇〇〇年代の初め頃から、既に「和歌」を意識した「和歌の浦」が用いられていた例になるのだが、「和歌」が掛けられている確例とまで言えるかどうかは微妙なところである。さらにこの時期の「和歌の浦」の使用例を精査して、例証を積み上げていく必要があろう。

ともあれ、平安時代後期に「和歌」を意識した地名「和歌の浦」が新たに確立したことによって、和歌の浦は和歌を詠む人々にとっての聖地となった。さらにその信仰の中心である玉津島神社は、女性歌人の祖とされる衣通姫を祀《まつ》ることもあって、中世には「和歌の心を道として玉津島に参らん」（謡曲「蟻通《ありどおし》」）と和歌の神として崇拝され

るに至る（第二部第六章「小野小町と玉津島——中世玉津島信仰と小町」参照）。奈良時代に聖武天皇の玉津島行幸により、その神聖な美しさを世に知らしめたのが、最初の和歌の浦（若の浦）の誕生であったとすれば、平安時代後期に入って和歌と結びついた「和歌の浦」が、新しい文化や信仰を切り開いていく様は、まさに第二の和歌の浦の誕生といっても良いであろう。平安から中世へと向かう時代の流れの中で、和歌の浦は「和歌」の聖地としての新しい魅力を、都に向けて発信していくことになるのである。

第二章　藤原公任《ふじわらのきんとう》の和歌の浦訪問をめぐって

一　藤原公任《ふじわらのきんとう》とは

直前の第一章では、平安時代に入ってからの和歌の浦が、文学の世界でどのように描かれているかを、『古今和歌集』や『うつほ物語』を中心に見てきたわけであるが、熊野詣でが盛んになる平安時代の後期以降（一一〇〇年以降）ならともかく、平安京遷都の直後の延暦二十三年（八〇四）に行われた桓武天皇の和歌の浦行幸以後、天皇はもちろんのこと、京の都に住む貴族たちが実際に和歌の浦を訪れたという記録はほとんど残っていない。もちろん国司や役人として公務で紀伊国を訪れた官人はいたはずだから、和歌の浦に足を踏み入れた都人《みやこびと》がいないわけではないだろうが、そうした人々にはそのような記録を残そうという意識や余裕はなかったと思われる。従って、一般的な京の貴族たちは、名所絵や和歌に詠まれたイメージにより、和歌の浦というはるか離れた紀州の名所の風景を思い描くだけであったのだろう。

そんな時代に、公務として派遣された役人という立場ではなく、名所としての和歌の浦をこの目で見て体験したいという思いから、ちょうど今の私たちが観光に訪れるような立場で和歌の浦にやって来た風流な上流貴族がいた。それがこの章の主人公の藤原公任《ふじわらのきんとう》（九六六～一〇四一）である。

まずは彼がどのような人物なのか、系図とともに紹介しよう。

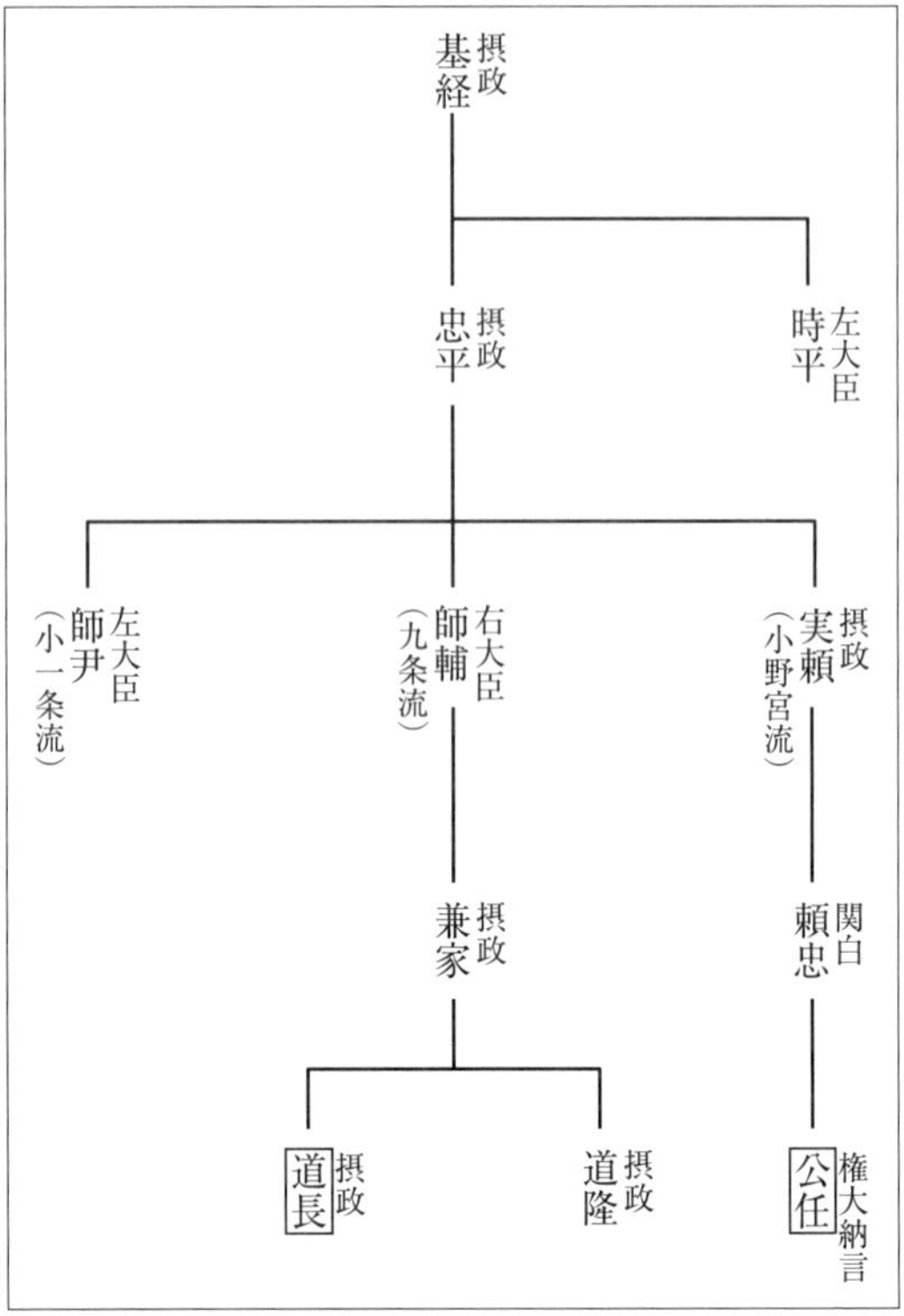

図版⑭　藤原氏略系図

藤原公任は、摂政太政大臣を務めた藤原実頼《さねより》を祖父、関白太政大臣を務めた頼忠《よりただ》を父に持ち、藤原氏の中でも特に家格の高い小野宮流《おののみや》と呼ばれる名門の出身であるが、公任の時代になると、政治権力は九条流の藤原道長の手に移ってしまい、政治権力の座を離れざるを得なくなった公任は——政治家としての彼の地位は大納言どまりであった——、名門の血統と漢文学や和歌についての豊かな教養を武器に、当時の芸術文化の主導者として宮廷での立場を確立していた。その活躍はめざましく、勅撰集『拾遺和歌集』の前身となった『拾遺抄』や『金玉集』『深窓秘抄』などの歌集を編纂し、『三十六人撰』や『和漢朗詠集』といった、これまでにないスタイルの詞華集《アンソロジー》を次々に世に送り出した。当時の貴族社会で彼がどのような存在であったのかを物語る三つの逸話《エピソード》を次に挙げよう。

○『大鏡』頼忠伝　藤原道長が大堰川《おおいがわ》で船遊びを催した折、作文《さくもん》（漢詩文制作）の船・和歌の船・管絃の船と三つの船を浮かべて、それぞれの船にその道の達人を乗せて競わせていたが、公任がやって来ると、道長は

「公任殿は一体どの船にお乗りになるのが良いだろうか」と迷ったという話〈道長も、公任が漢詩文、和歌、音楽のすべてに卓越した才能を持っていることをよく知っていたことを物語る〉。

○『枕草子』「二月つごもりごろに」の段　旧暦二月の末頃に風が強く吹いて空がかき曇り、雪が少し降ってきた折に、中宮定子の上《かみ》の御局《みつぼね》に、公任から「少し春ある心地こそすれ」と懐紙に書かれた和歌の下《しも》の句が届けられ、「この上《かみ》の句をどう付けたら良いか、皆で悩んでいる。そなたたちで考えて欲しい」と催促される。結局仕方なく清少納言が「空寒み花にまがへてふる雪に」という上の句を考えて「わななくわななく」書いて返したところ、評判が良く面目を施したという話〈並の男性貴族たちとなら対等に渡り合える清少納言も、漢詩文や和歌にずば抜けた見識を持つ公任からの出題には、大きな重圧《プレッシャー》を感じていたことがわかる〉。

○『紫式部日記』寛弘五年（一〇〇八）十一月一日の記事　宴会の際に酒に酔った公任が、紫式部たちのいる曹司〈部屋〉のそばまで来て「あなかしこ、この辺《あた》りに若紫やさぶらふ〈恐れ多い、このあたりに『源氏物語』で名高い「若紫」〈源氏物語の「紫の上」を持ち出し、その作者の紫式部を指す〉がお仕えしているはずだが〉」と戯れたので、式部は「光源氏のような人もいないのに、まして紫の上みたいな美しい方がここにいるはずもない」と思って聞いていたという話〈『源氏物語』がこの時点で既に書かれていたことを示す有名な記事だが、紫式部は、公任が『源氏物語』を読んでくれていたことを示すために、わざわざこの話を日記に記したのではないか。酔っているとはいえ、公任が物語のもう一人の主人公「若紫」を持ち出して作者である自分のことを呼んでくれたことに、式部は大きな喜びを感じていたのではないか。紫式部ほどの作者でも、公任に自分の物語を認めてもらったことは、日記に記すに足る重大なできごとだった〉。

以上の逸話《エピソード》から、藤原道長、清少納言、紫式部という平安文化を代表する三人が、それぞれ公任の存在を特別なものと見ていたことがうかがえよう。そんな彼がなぜわざわざ都を離れてはるばる紀伊国の和歌の浦までやってきたのか、またその和歌の浦への旅にはどのような意義があったのか、彼の歌集『公任集』の和歌の浦訪問の記事をくわしく読みながら、これらの問題について考えみたいと思う。

二　藤原公任の和歌の浦訪問をめぐって

公任はなぜ和歌の浦を訪れたのか——粉河寺《こかわでら》参詣は表向き？　本書の第一部の各章において見てきたように、奈良時代には、聖武天皇、さらにその娘の称徳天皇による行幸が続き、天皇に付き従う形で都から多くの人々が和歌の浦を訪れ、その中で歌心《うたごころ》のある貴族や山部赤人のような専門歌人がたくさんの和歌を『万葉集』に残している。また『続日本紀』には、その時の行幸の様子が記録されており、奈良時代の後期には、和歌の浦は都の貴族や役人たちにとって、直接足を運び、その美しい風景を体験できた名所であった。

しかし、本章の冒頭にも述べたように、平安朝に入ると、遷都直後に桓武天皇の行幸があって以降は、和歌の浦への行幸も行われることはなく、天皇は言うに及ばず、都の貴族たちが和歌の浦を訪れ、その景観を目にすることも長い間絶えていた。こうした状況の中で、先に見たように、平安時代を代表する文人貴族である藤原公任が、自らの歌集である『公任集』の中に、和歌の浦訪問の旅について記し、その折に詠んだ和歌を載せているのである。『公任集』では、和歌の浦への旅の記事の冒頭は、「粉河に詣でたりしに……」と、粉河観音に参詣した折のできごとや詠歌を記す、という形で始められている。書き出しだけを見ていると、和歌の浦と同じく紀伊国北部にある粉河観音への参詣が目的の旅のように感じられるが、その記事のほとんどは、後に掲げるように、玉津島・吹上訪問の文章で埋まっていて、冒頭に述べられていた粉河観音への参詣についての記事が記されることはない。

当時はたとえ貴族であっても、現代のように都を離れて自由に旅に出かけることなど許されてはおらず、唯一の旅を許される条件が「社寺への参詣」であった。藤原道長は吉野の金峯山寺に参詣して経文を納めた経筒を埋納した経塚を作っており、『蜻蛉日記』作者の藤原道綱母の石山寺参詣、『更級日記』の作者の菅原孝標女の長谷寺参詣は、それぞれの日記の中でも重要な記事の一つとなっていて、参籠の様子なども丁寧に記されている。しかし公任の場合は、粉河寺への参詣を目的としながらも、寺への参詣のこと自体はまったく歌集には記していないのであるから、粉河寺への参詣は表向きの理由で、旅のメインの目的は、歌集にくわしく記された玉津島参詣・吹上逍遥などの和歌の浦訪問にあったと考えざるを得ない。当時の貴族たちの社寺参詣は、都に近い石山寺、遠い場合でも大和の長谷寺などが一般的で、公任が当時としては異例の粉河寺を参詣場所に選んだのも、おそらく和歌の浦への旅を可能にするための便法だったのであろう。

一体、公任はなぜそこまでして和歌の浦を訪れることにこだわったのだろうか。第一章で取り上げられた、『古今集』に詠まれた菅原道真の和歌や『うつほ物語』吹上巻に描かれた吹上浜の描写などによって、白波の打ち寄せる美しい砂浜のイメージが当時の都の人々の脳裏に刻み込まれており、公任もこれらの作品によって和歌の浦へのあこがれを持ったであろうことは想像に難《かた》くない。さらに、公任の時代には、和歌の世界では『万葉集』が再評価されており、公任が編纂したとされる『拾遺抄』にも、歌中のことばなどは平安時代風にアレンジされているが、多くの万葉歌が採られている。特に公任は、聖武天皇が和歌の浦に行幸した折に山部赤人が詠んだ、

若の浦に潮満ち来れば潟《かた》を無《な》み　葦辺《あしべ》を指して田鶴《たづ》鳴きわたる

という万葉歌に強く惹《ひ》かれていたらしい。現行の『古今集』諸本には、「仮名序」に公任の作とされる「古注」と

呼ばれる注が付けられているが（参考文献西村論文）、その「仮名序」の、

かの御時（＝奈良の帝の御代）に、正三位柿本人麿なむ歌の聖なりける……また山辺赤人といふ人ありけり。歌にあやしく妙《たへ》なりけり。人麿は赤人が上に立たむことかたく、赤人は、人麿が下に立たむことかたくなむありける。

という記述に付された「古注」には、赤人の代表作として「春の野にすみれ摘《つ》みにと来《こ》し我ぞ野をなつかしみ一夜《ひとよ》寝にける」とともに、先の「若の浦に……」の歌が挙げられており、また公任が編纂した『和漢朗詠集』の「鶴」の部の和歌としても、この赤人の歌が採られている。その赤人の名歌に詠まれた和歌の浦の光景を、ぜひ自分の眼で見てみたいという要求に駆られたことも、公任が和歌の浦への旅を企てた大きな理由であったのではなかろうか。

そして公任は、実際に和歌の浦への旅を実行し、自らの歌集『公任集』にその記録を書き残した。これは平安時代の貴族が実際に和歌の浦・玉津島を訪れた最も古い記録であり、平安時代中期の和歌の浦・玉津島の様子がまとまった形で記されている、大変貴重な資料でもある。次節では、この『公任集』の和歌の浦訪問の記事を読みながら、そこに記された様々なことがらについて考察するとともに、必要があればその背景についても触れ、公任の和歌の浦訪問の実際を見ていくことにしたい。

三　和歌の浦訪問記評釈

それでは『公任集』の和歌の浦訪問記事を読んでいくことにしよう。『公任集』の代表的な注釈書としては、伊井春樹他の『公任集全釈』（風間書房、私家集全釈叢書、一九九〇年）と新日本古典文学大系『平安私家集』（岩波書

店、一九九四年）に収められた後藤祥子の『公任集』があるが、久保田淳にも「『公任家集』粉河旅行詠歌群について」という論文があり、これらを参照しながら、説明を加えていきたい。本文は『私家集大成』所収の「公任集」をもとに私に校訂を加えたもので、適宜漢字を当てて読みやすくしている。上段に本文を掲げ、下段に私に試みた現代語訳を掲げる。また、以下の記事に登場する主な地名の所在については、xiv・xv頁の地図①を参照されたい。

①和歌の浦への旅の行われた時期と時節

是は早うの事なり。粉河《こかは》に詣《まう》でたりしに、船にて

以下は早い時期のことである。粉河の観音に参詣した折に、船上で

公任一行は、京の都を出て、まず船で淀川を下り難波《なにわ》へ向かう。船上から、冠柳《かふぶりやなぎ》（淀川口にあった名物柳）、柴《しば》刈《かり》小舟《おぶね》（淀川沿岸で柴を刈って運ぶ小舟、これも沿岸の風物詩）、三島江《みしまえ》（今の高槻・茨木付近にあった淀川河口の入り江）、長柄《ながら》の橋の跡（現大阪市北区の淀川に架かっていた橋、公任の頃には流されてその跡だけが残っていた）などを眺めて、それらを題材にして各人が多くの歌を詠んでいるが、ここでは省略する。途中に「春の暮れぬることを」という題で「春とともに行く船路《ふなぢ》にも思ふかな都の花は散りはてぬらん」という歌が詠まれているから、この旅の季節は、三月の終わりから四月初めにかけてであったことがわかる。

　さて、この和歌の浦への旅がいつ頃行われたかということであるが、冒頭には「早うの事」とあるだけなので、彼の人生（九六六～一〇四一）の中でも若い頃であろうという程度の推定しかできない。久保田論文では、「天元三年（九八〇）公任十五歳、元服直後のことか」とされているが、具体的な根拠等は示されていない。各人の詠歌を詳細に記録し、現地の情報を的確に把握し、自らの行動や心情をつぶさに記すことが、この年齢で可能かどうかは

微妙なところであろう（『更級日記』の作者も、十代前半の少女の頃の東海道の旅の様子を克明に記しているので、文才ある公任であれば、これだけの記事を残しておくこともできたかもしれない）。

②住吉社への参詣

淀川を下り難波に入った公任たちは、まず住吉社に詣でている。住吉は、和歌の浦への旅での最初の重要な目的地であったと思われ、その参詣の様子は次のように記されている。

暗うなる程に住吉に詣《まう》で着きぬ。松風、波の音、聞きしに違《たが》はずをかし。人々奉幣《みてぐら》のついでに歌詠みて奉れど忍びたればえ聞かず。その夜はその渡りに泊《と》まりて、暁《あかつき》月夜《つくよ》に浜づらを行けば、言はんかたなくおもしろし。

かくばかり帰るもの憂《う》き住吉の
岸にはいかで波の寄すらん

暗くなる頃に住吉に到着した。松風や波の音が話で聞いていたのと違わず、風情がある。人々は奉幣のついでに和歌を詠んで奉納したが、一人ひとり外に聞かせずしたので、聞けなかった。その夜はその辺《あた》りで宿泊し、夜明け前の月明かりに照らされて浜辺を行くと、言葉にできないほど興趣がある。

これほどに帰るのもいやになる住みよい住吉の岸に、どうして波は絶えまなくうち寄せてくるのであろう（寄せてきても帰ることはできないはずなのに）。

ここでは、公任たちの一行が住吉の神に和歌を奉納していることに注目し、その意味を考えてみたい。住吉は平安時代後期には和歌の神として都の歌人たちに崇敬されるが、住吉が和歌の神として敬われることになった経緯については、住吉大社の第三九代神主の津守国基《つもりのくにもと》（一〇二三〜一一〇二）が玉津島明神（衣通姫）を住吉に勧請して、住吉を和歌の神としてアピールしたことによる、という説が立てられている。国基の歌集『国基集』には、

国基が住吉大社の堂の壇の石を取りに紀州に来て玉津島を訪れ、祭神が衣通姫であると聞いて、〈年ふれど老いもせずしてわかの浦にいくよになりぬ玉津島姫〉の和歌を奉ったところ、その夜の夢に姫が現れて採るべき石のありかを教えてくれ、その石を持ち帰り壇の葛石とした。

という記事があり、同時代の歌学書にも、国基が「住吉の四社のうち一社は衣通姫を祭り玉津島の明神である」と語ったという記事がいくつか見られる。

これらを承けて片桐洋一は「和歌神としての住吉の神―その成り立ちと展開―」という論文で、

私は玉津島神社が和歌の浦にあるということから祭神に神功皇后と衣通姫を加えて津守国基が住吉第四の社に勧請し、海上安全の神である住吉明神を和歌の神にしようとしたのではなかったかと思うのである。

と述べ、竹下豊も論文「住吉の神の歌神化をめぐって」において、『公任集』の住吉・玉津島参詣の記事を取り上げ、どちらも景色の面白さをいうだけで、和歌の神であることを意識した表現はないといい、「公任の頃には住吉も玉津島も和歌の神ではなかった」と片桐説を支持している。

片桐論文が指摘したように、国基が紀州に来て玉津島を訪れ、玉津島明神（衣通姫）を住吉第四の神としたことや、それにより和歌の神としての性格を強めようとしたというのは、おそらくその通りであろうが、竹下論文で、かねて評判に聞いていた通りの住吉の風光に接した感動はあるものの、住吉の神に対しては、人々が奉幣のついでに歌を詠んで奉ったけれども、密かに行ったからどんな歌かもわからないという（略、当時の歌壇の第一人者だった）公任の住吉参詣の記事からは、住吉の神に対する特別の感慨らしきものをうかがうことはできな

い（略）公任の時代にも、住吉の神は、和歌の神としては崇敬されていなかったというべきであろう。

として、公任の頃には住吉はまだ和歌の神として信仰されていなかったとするには、なお一考を要する。この『公任集』の参詣記事に「人々奉幣《みてぐら》のついでに歌詠みて奉れど忍びたれぱえ聞かず」とあることには、やはりもっと注意を向ける必要があるだろう。まず奉幣と同時に和歌を奉納している点が注目される。通常の神社への参詣であるならば、参拝に当たっては奉幣だけで済むはずであり、参詣者各自が和歌を奉納するというのは、ただ事《ごと》ではない。さらにその和歌の奉納の方法も、「忍びたれぱえ聞かず」とあるように、他人に聞かせないで奉納するというのであるが、これも竹下が「密かに行ったからどんな歌かもわからない」「住吉の神に対する特別の感慨らしきものをうかがうことはできない」と言うのとは逆に、和歌を人に披露せずに、神だけに和歌を奉るということで、神事性が非常に強い行為であることを示しているのではないか。たとえば祝詞《のりと》ではなく和歌の形で願いを神に伝えるとか、和歌の技能の上達を祈るとか、神に対して和歌を奉ることに特別の意味があったことをうかがわせる。従って、公任の頃には、住吉の神と和歌との関係には既に特別なものがあり、公任たちの一行もそのことを知っていたからこそ、特別に和歌の奉納を行ったという可能性を考えてみるべきではないか。

③和泉の国から紀州に入る道筋

住吉社に詣でて後、一行はひびきの灘《なだ》（場所不明、通常は播磨国の歌枕として名高いが、この旅の経路としては離れすぎていて、和泉国の海岸線沿いの地名と見た方が良い）で漁師が網を引いているところに行きあわせ、魚を乞い取り放してやる。また漁民たちが塩を焼く様を見て歌を詠む。そのあと、いよいよ玉津島へ至る道中の記事が綴られる。

ひなみの湊《みなと》、松原の程にてしばしやすらひて、かさぎより越えてつくゑ松を見れば、げにゆゑなくはあらず。「此処《ここ》にてこそは暮らさめ」といふ。

その夜は岸づらに泊まりて暁に出《いで》て「いとおもしろかるなる所々見ん」とて、玉津島に詣《まう》でんとてあるに、「道おぼつかなし」など言ふ程に、神人《かみひと》だちたるもの「先に仕うまつらん」とて出《い》できたるなり。あひの松原より行けば、真菰《まこも》草生い茂り、沢に駒のあるもをかしう、翠《みどり》の松小暗き中より、白波の立つも見通さる。

やうやう御社《みやしろ》に至る程、入り江のほとりに海人《あま》の家かすかにて、船どもつなぎ網ども干《ほ》しなどしたるも、都に変はりてをかし。

ひなみの湊で、松原のあたりでしばし休息し、かさぎから（国境《くにざかい》を）越えてきて、つくえ松を見物すると、なるほど（その名の通りで）由緒がありそうだ。「こういう場所でこそ暮らしたいものだ」と言い合った。

その夜は海岸沿いに泊まって、夜明け前に出発して、「とても風情のあると聞いている所々を見たい」と思って、玉津島に詣でようとしたが、「道がよくわからない」などと言っていると、神官のような人が「先導いたしましょう」といって出てきたのであった。あいの松原を通って行くと、真菰が生い茂り、沢辺に馬がいるのもおもしろく、緑の松の小暗い中から、白波が立つのも見通せる。

ようやく玉津島神社にたどり着くと、入り江のほとりに漁師の家がみすぼらしく建っており、船をつなぎ網を干《ほ》しているのも、都とは変わっていて風情《ふぜい》がある。

公任たちは「ひなみの湊」の松原で休息を取り、「かさぎ」から和泉と紀伊の国境を越えたという。この「ひなみの湊」とは、どこであろうか。岩波新大系の『公任集』には「不詳。和泉国の海岸。土佐日記にいう「石津」

「小津の浦」「箱の浦」「黒崎の松原」などのどれかであろう」、『公任集全釈』には、「ひなみ」に「日南」の字を充てるが、その根拠は示されず、注もついていない。「湊《みなと》」と呼ばれるのは、船が停泊できる設備を持ったかなり大きな施設がある場所であり、漁師の舟が浜に置かれているような「浦」ではあるまい。このように「湊」と呼ばれる場所は和泉国の沿岸には数が少ないが、久安三年（一一四七）、白河上皇の第四皇子、覚法法親王が高野山参詣のために住吉から紀州を訪れた経路を見ると（参考文献山陰加春夫論文の「覚法法親王の高野参詣ルート」に拠る）、

> 五月三日　午前六時ごろ、船で住吉前浜を出発―綱手を引き、午後四時ごろ、日根湊《ひねのみなと》につく。そこで下船し、輿《こし》に乗り換え新家《しんげ》庄に着いて仮屋に泊まる。

と、公任たちと同様に住吉を明け方に出ているが、夕方には日根湊（日根＝今の泉佐野市とその周辺一帯。日根野の地名が今に残る）に到着しているのが注意される。日根は和泉の国の要衝で『大和物語』初段の宇多天皇の出家後の修行の旅の記事にも登場し、歌枕「日根の松原」も有名であり、「松原の程にてしばしやすらひて」という記事とも良く合致する。あるいはもと漢字で「日根」と書かれていたのが、書写される過程で平仮名表記にされた時に「根」のくずし字を「浪」と読み間違い、「ひなみ」と書かれてしまった可能性もあるかもしれない。あと和泉国で「湊」と呼ばれている場所は、大津湊《おおつのみなと》（現泉大津）ぐらいであるが、大津湊は和泉国の北部になり、紀伊からは距離がありすぎ、また松原の存在も知られず、何より地名に「ひなみ」との近似性がまったくないので、大津湊を「ひなみの湊」に比定することは難しい。

仮に「ひなみの湊」が日根湊で、現在の泉佐野市附近に当たるならば、その後に「かさぎより越えて」とある「かさぎ」は、現在のどこであろうか。「……より越えて」とあるから（この「より」は「～を通って」という経路を示す用法）、和泉と紀伊との国境で、紀伊へ抜ける道筋にあることは記述からわかるが、岩波新大系には「和歌浦

に出る所から和泉山脈の先端か」と注されるだけで、『公任集全釈』には注さえ付けられていない。
ここで大きな手がかりを与えてくれるのが、直前の第一章で「和歌浦」の表記の最も早い例として取り上げた、『宇治関白高野山御参詣記』である。ここでは藤原頼通一行は、公任とは逆のコースを取り、吹上・和歌の浦を訪れた後、紀伊から和泉へと国境を越えて京に帰っていくのだが、その紀伊から和泉へ抜ける記述は次のようになっている。

申刻於木浜御御馬、自笠道山令通給。山中秉燭、海浜伴月。亥刻之終、着御日根御宿。国司御儲如例（申《さる》刻、木浜《きのはま》に於《お》て御馬に御《ぎょ》し、笠道山《かさぢやま》より通らしめ給ふ。山中は燭を秉《と》り、海浜は月を伴《ともな》ふ。亥《ゐ》の刻の終りに、日根の御宿に着御《ちやくご》す。国司の御儲《おんまうけ》例の如し）。

吹上・和歌の浦を見物した頼通たちは、船で旧紀の川（現在の和歌川）を北上し、申《さる》の刻（午後四時頃）に木浜《きのはま》で船を下りて馬に乗り換えた。そこから陸路を取って「笠道山《かさぢやま》」から和泉へ通り抜けたというが、この「笠道山《かさぢやま》」こそが、『公任集』の「かさぎよりこえて」の「かさぎ」であろう。『紀伊続風土記』の「和歌浦」の項に、この『宇治関白高野山御参詣記』の記事を引用した後に、次のように解説する。

木浜は今の栄谷《さかえだに》のあたりをいふなるべし。笠道山より令ㇾ通給とは、貴志・栄谷は葛城山の麓にて海づらなれば、これより梅原に至り三笠谷より和泉の国孝子《きょうし》に踰《こ》えられしなり。これ古《いにしへ》の本道なり。

文中の「葛城山」は、今の和泉葛城山を指すのではなく、より広く今の和泉山脈一帯を指していると見た方が良いであろう。このルートは紀伊と和泉の国境を越えるいくつかのルートのうち、孝子峠《きょうしとうげ》（地図①参照）を使う「孝子越《きょうしごえ》」である。この「孝子越」については、『紀伊続風土記』巻八の貴志荘・中村の項で、次のようにさらにくわしく述べられる。

○孝子越　村の北、葛城を越て泉州中孝子・深日《ふけ》等の村に至る道なり。路程泉州境まで廿四町。谷路平坦なり。これ往古泉州往来の本街道なり。神亀元年、聖武天皇玉津島より還幸の時、此道より和泉国大鳥郡所石行宮に至らせ給ひ、天平神護元年、称徳天皇還幸の時も此道より和泉国日根郡深日行宮に至らせ給ふ。平安城遷都の後、雄山ノ道開けたれども、大納言公任卿、和歌浦遊覧に此道を踰《こえ》らる。其家集に笠木より越とある、是なり。又永承三年、関白頼通公和歌遊覧の時も此道より越らる。其紀に笠《ママ》道山より踰《こ》ゆとある、是なり。笠木・笠道、此道の古名なるか。今、此谷を三笠谷といふ〈田地の字《あざ》にかさといふ所もあり〉。

（傍線筆者）

頼通たちが旅した旧暦の十月中旬は、今で言えば十一月の下旬。日の落ちるのは早い。申の刻（午後四時頃）に馬に乗って峠の麓《ふもと》の栄谷附近を出発した頼通たちは、笠道山（孝子峠）を越える山中では松明《たいまつ》を灯《とも》し、山間部を抜けて和泉の海岸（深日のあたりか）に出てからは十八日の月の明かりを頼りに北進し、亥の刻の終わり（午後十一時頃）に日根の宿所に到着して国司の接待を受けたという。公任たちはこの頼通たちが帰っていったルートを和泉側から逆にたどってやってきたわけであるから、彼らが「かさき（笠木）」を越えて紀伊へ抜ける直前に休憩を取ったという「ひなみの湊《みなと》」が、頼通たちが笠道山を越えて到着して宿をとった「日根」である可能性は、さらに高くなってくるのではないか。

さて、紀州に入った公任たちを迎えたのは「つくゑ松」であった。この松について岩波新大系は「不詳。現和歌山市近郊にあった名松か」と注し、『公任集全釈』には注は付いていない。名前から想像するに、テーブルのように、横に広がって生えていたのであろう。和歌の浦への参詣道にあたる和歌山市の高松にあった「根上がり松」のように、当時は土地で名高い松であったのだろう。公任たちが孝子峠を越えて降りてきたとすれば、今の和歌山市の紀ノ川以北、木の本《きもと》、松江《まつえ》、狐島《きつねじま》、湊《みなと》のあたりに生えていたのであろうか。その夜は「岸づら」に泊まったとあるから、今の磯ノ浦・二里ヶ浜あたりの広い砂浜のどこかに宿泊したのであろう（以上の地名については地図③参照）。

④玉津島参詣までの沿道

公任の一行は翌日夜明け前に出発し、いよいよ玉津島への最終行程に入るが、当時の和歌の浦への道筋は「道おぼつかなしなど言ふ程に」と記されているように、道がはっきりしなかったようだ。「どの道を通っていったら良いか、行き方がわからない」というよりも、今の和歌山市内全体が、現在和歌山城が建っている小高い丘状地を除くと砂州状の不安定な土地で、道自体がしっかりついていなかった可能性が高いのではないだろうか（地図③参照）。

途方に暮れている公任たちの前に「神人だちたるもの（神官のような者）」が現われて社殿まで案内してくれるのであるが、この「神人だちたる」という書き方から、公任たちを出迎えた神社側の人間は、公任から見ればきちんとした神官ではなく、仮にその務めを果たしている人のような印象を受ける。玉津島神社には、この時代には、はっきりと身分的に確立した神官はいなかったのかもしれない。本物の神官が社殿にいて、下級の神官めいた者を仮に道案内に遣わすなどということは、はるばる都から訪れた公任のような貴人に対して非礼にあたり、当時ではまずあり得ないことだろう。また「先に仕うまつらんとて出できたる」とあるが、神官（のような人）は、どのようにして公任たちの来訪を知り、彼らを出迎えに来たのであろうか。事前に公任たちの側から国司などを通じて話がしてあったので迎えに来たか、あるいは地元の人たちが公任たちが困っている様子を見て、あわてて玉津島まで神官を呼びに行ったのか。ともかく、その先導を得てようやく公任たちは玉津島へ向かうことができた。

「あひの松原」は、現在のどこかは不明。岩波新大系は「間の松原の意か」と注する。「真菰草が生い茂っている」というのであるから、河沿いの地であったと想像される。今の市内を古紀ノ川（現和歌川。地図③参照）沿いに南に下っていったのではないか。「沢に駒のある」というのも、今のどのあたりになるのかは不明であるが、直後に「松の間から白波を見た」というのであるから、海に近い古紀ノ川河口付近の光景ではあろう。

ようやく玉津島にたどり着くと、入り江の漁村の光景が公任たちの旅情をかき立てる。漁民の家、繋がれた船、干してある網、すべてが都では目にすることができないものばかりで、「都に変はりてをかし」は、公任のいつわらざる感想とみてよいだろう。

⑤玉津島参詣

とうとう公任たちは、念願の玉津島に詣でることができた。その様子を公任は次のように記している。

御社《みやしろ》に詣で着きて御幣《おんぬさ》奉り、所々めぐりて見れば言ひやらん方なし。おもしろくをかしきを思ふに、人に見せぬを誰も誰も思ふべし。そこの有様《ありさま》、言はばなかなか劣りぬべし。かかる所にてなかなかものも言はれぬものになんありける。帰《かへ》さにうしの窟《いはや》を見れば仏《ほとけ》のいと哀《あは》れげにておはするを、

社殿に参詣して幣《ぬさ》を奉り、いろいろな場所を廻ってみると、言いようもなくすばらしい。おもしろく風情があるのを、都に残してきた人に見せられないのが残念だと誰もが思ったことだろう。そこの様子は口に出して言うとかえってだめだろう。こういう所では、かえってものも言われないようになってしまうものだ。帰りに「うしの岩屋」を見れば、仏様がたいそうしみじみとした様子でいらっしゃったので、

海人《あまびと》ののりわたしけむしるしにや
窟《いはや》に跡《あと》をとどめ置きけん

少将
海人《あま》の住む浜の窟《いはや》の仏《ほとけ》には
浪の花をや折りてよすらん

といへば、
彼岸《かのきし》の遠きを知りて岩陰《いはかげ》に
御影《みかげ》を宿《やど》す水の月かな

海人《あまびと》（天人《あまびと》）がこの地に船に乗って仏法《のり》を渡したしるしとして、この窟《いはや》に御仏は跡をとどめているのであろうか

少将（具体的な人名は不明）が、
海人が住んでいる浜の窟《いはや》の仏《ほとけ》には、浪の花を手折って寄せる（供える）のであろうか

というので、
（海人たちにとって）彼岸が遠いことを知って、この岩陰の水面に御影を宿らせる月（＝仏）であるよ
（殺生を生業《なりわい》とする海人を救うために、この窟《いわや》に仏がとどまっていると詠む）。

ここでも、いくつか注目すべきことがらがある。まず冒頭に「御社に詣で着きて」という記述があるが、実は中世には、玉津島には社殿がなかったとされる。たとえば本願寺三世覚如《かくによ》の伝記を描いた絵巻『慕帰絵詞』（観応二年〈一三五一〉作）巻七の覚如が玉津島に参詣し和歌を奉納する場面（図版⑮）では、覚如たち一行が松の古木に向かって礼拝する場面が描かれているし、十五世紀に活躍した武家歌人の東常縁《とうつねより》の『東野州聞書《とうやしゅうききがき》』にも、
玉津島には社一《やしろひとつ》もなし。鳥居もなし。只漫々たる海のはたに古松一本横たはれり。是を玉津島垂迹のしるしとするなり。

図版⑮　慕帰絵詞（松に向かって礼拝する覚如たち）

と書かれていて、社殿の代わりに松の古木がご神体として崇められていたようだ。しかし、『公任集』の「御社に詣で着きて」という記述から、平安時代には、規模はともかく少なくとも「社殿」が存在したということが明らかになるのである。

　奉幣の後、「所々めぐりて見れば」とあるので、公任たちはおそらく神官の案内で附近の名所を見て回ったようだ。どのような所を見て回ったのかは記されていないが、「帰さ（帰りがけ）」に「うしの窟《いわや》」（今の塩竈神社。後述）を見たというから、妹背山《いもせやま》や片男波《かたおなみ》のあたりを遊覧したものと思われる（地図②参照）。おそらく聖武天皇が行幸した故地なども訪れたことであろう。この箇所では、「言ひやらん方なし」「そこの有様、言はばなかなか劣りぬべし」「かかる所にてなかなかものも言はれぬ」と、言葉には言い表せないという表現が、短い文章の中に何度も繰り返し使われていて、いかに公任がこの地の景観に感動したかがうかがえる。

　さらに名所を訪ねた公任たちが帰りがけに立ち寄った「うしの窟《いわや》」であるが、岩波新大系では底本の「うしのいはや」を「うしろのいはや」と校訂して、「（玉津島神社の）本殿背後の窟《いわや》であろう。巌《いわお》のみを自然の龕《ずし》として仏像を安置したものであろう」と注し、『公任集全釈』は「うしのいはや」のままで何も注していない。だが、この窟は、現在は塩竈神社となっている祠《ほこら》を祀《まつ》った洞窟で、江戸時代末期に刊行された紀州の代表的な地誌である『紀伊国名所図会』に、

窟《いはや》の祠《ほこら》 玉津島神社南東の浜にあり。土人輿《こし》の窟《いはや》とも牛《うし》の窟《いはや》ともいふ

こは上古玉津島の神、祭礼に神幸ありし御旅所《おたびしよ》の旧跡なり。永禄年中までは、祭日この窟へ神輿《みこし》渡幸ありけるをりに風波急に発《おこ》りて、神輿をいはやへ打込み漂没して、その後神幸は止《や》みぬ。ある書に云ふ、むかし高野明神の神輿、このところへ渡せしことありたるとなり。その由は、高野明神、玉津島姫を慕はせたまひ、御馬にてしのび通ひ給ひけるを、丹生明神安からぬことに思食《おぼしめ》しければ、彼の玉津島へ神馬を奉らるるときは、丹生明神の御前にて、轡《くつわ》の音を鳴らさぬことといふなり。高野大師の『行状記』にのせたり。

図版⑯　輿の窟（桑山玉洲筆・明光浦十覧冊より「輿窟浪華」）

と記されている「輿《こし》の窟《いわや》」「牛《うし》の窟《いわや》」である（図版⑯）。『名所図会』の記事からは、「輿《こし》の窟《いわや》」という呼称は、玉津島明神に高野の明神が通う「神《み》輿《こし》」をここに納《い》れたという伝承と関連するようだ（後の第六章第三節でくわしく触れる）。『公任集』に「うしの窟」とあることから、時代的には「輿の窟」より「牛の窟」が古いように思われるが、草仮名では「こ」と「う」は非常に紛れやすく、「こし」を「うし」と誤って書き写した可能性も否定できない。

ともあれ、江戸時代末期の『紀伊国名所図会』に出てくる「牛の窟」と

図版⑰　吹上浜を遊覧する公任たち　（『紀伊国名所図会』より）

いう名称が、八百年以上も前に記された『公任集』にそのまま登場することは驚くべきことといえよう。『名所図会』では玉津島明神の神輿が立ち寄る御旅所《おたびしょ》とされているが、公任が訪れた平安時代当時は、仏像を置いて地元の漁師たちが拝んでいたようだ。当時は本地垂迹《ほんじすいじゃく》思想（日本の神々は仏が姿を変えて日本の地に現れたものと考える思想）が盛んに行われていたので、この仏は玉津島の神の本地仏《ほんじぶつ》として信仰されていたのかもしれない。公任は、殺生を生業《なりわい》としなければならない海人《あま》（漁民）たちを救うために、この仏がここにおわすのだと和歌に詠んでいる。

⑥和歌浦からの帰途、吹上訪問

念願の玉津島参詣を果たした公任たちは、もう一つの目的地である吹上の浜を訪れる。『古今集』に菅原道真が、

秋風の吹上に立てる白菊は花かあらぬか波の寄するか

と詠み、『うつほ物語』吹上巻の舞台となった地を実際に踏みしめることができたのだ。

和歌の浦より帰るにおもしろささらなり。老いたる海人《あま》を見て、少将、

年を経て和歌の浦なる海人《あま》なれど
老の波には猶ぞ濡れける

吹上の浜に至りぬ。風の砂《いさご》を吹き上ぐれば霞のたなびくやうなり。げに名に違《たが》はぬ所なりけり。雑賀山《さいかやま》の坊の前、人々など見え渡りて、いとおもしろし。駒を引きとどめてやすらへば、海人《あま》の潮垂《しほた》るるもいと哀《あは》れなり。

物思ふに見れば忘るる浜風に
住む海人《あま》いかに潮垂《しほた》るるらむ

和歌の浦から帰るとき、景色のおもしろさはさらに増した。年老いた漁師を見て、少将が、

年月を経たので、「若い」という名を持つ「和歌の浦」に住んでいる漁師でも、さすがに老いの波には勝てず、その波に濡れて涙を流していることだ。

吹上の浜に着いた。風が白砂を吹き上げているので、まるで一面に霞がたなびいているようだ。なるほど、その名に違わぬ名所である。雑賀山の寺の坊の前からは、行き来する人々が見渡せてとてもおもしろい。馬を留めてひと休みすると、漁師が潮に濡れているのも哀れである

物思いをしていても、それさえ忘れてしまう絶景であるこの浜の浜風に吹かれて、ここに住む漁師はどんなに潮に濡れて涙を流していることだろう。

「和歌の浦より帰るに」とあるが、玉津島へ来る前に泊まっていた和歌山市北部の海岸を目指して帰る途中に吹上の浜を経由して帰ったのである。玉津島から現在の雑賀崎の方に道を取って、西の海岸に沿って北上していったと考えられる（地図②参照）。その途中で年老いた海人《あま》（漁師）を見て「若いという名を持つわかの浦の海人《あま》でも老

いの年波に濡れている」という和歌を詠んでいるが、これ以前の玉津島参詣の記事から、海人《あま》への注目が続いており、この後の吹上での詠歌も含めて、和歌にはすべて「海人《あま》」が詠まれている。都やその近郊で農民たちの姿や暮らしを見ることはあっても、海辺の漁民たちの暮らしを目《ま》の当たりにするのはこれが初めてであった公任は、魚を捕り殺生を生業《なりわい》としながら、海水に濡れて年老いていく彼らの姿に強く感じるものがあったようで、どの和歌にも彼らへの哀憐、同情が感じられる。

吹上の浜では海から吹きつける風に白砂が巻き上げられ、辺《あた》りが霞んで見える光景を見て、「なるほど吹上《ふきあげ》という名に違《たが》わぬ場所だ」と感歎している。「雑賀山《さいかやま》」は、底本の原文には「さたかやま」とある（「さいか」と書いた写本も一本ある）。玉津島の西にそそり立つ現在の雑賀崎《さいかざき》（地図③参照）を、古くから「雑賀山《さいかやま》」とも呼びならわしていた。『万葉集』の山部赤人の長歌には「雑賀野」、藤原卿の和歌に「雑賀の浦」の地名も詠まれている（第一部第一章、第四章参照）。公任はきちんと当時の現地の地名を書き記していたが、現地の事情を知らない後世の書写者が「さいか」の「い」の草体を「た」と誤ったのではないだろうか。

こうして念願の玉津島参詣を果たし、和歌や物語に登場する吹上を実際に訪ねた公任たちは、その後この旅の本来の目的地であったはずの粉河へ向かった。『公任集』の和歌の浦訪問記事の最後は、次のように閉じられる。

粉河《こかは》に詣《まう》で着きて風の森といふ所に
何処《いづこ》へも花のあたりはあだなれど
いかに散るらん吹く風の森

粉河に詣で着いて、風の森という所で、
（風は）どこへ吹いても花のあたりでは仇《かたき》となるが、どれほどの花が散ることだろうか、この吹く「風の森」では。

「風の森」は現紀ノ川市粉河町嶋にある風市森《かぜいちもり》神社に比定されている。ここは旧粉河寺領の西の端にあたり、和歌山市方面から行くと粉河寺の入り口に位置し、「粉河に詣で着きて」という記述とも符合する。もし粉河観音への参詣が本来の目的であったなら、ここからいよいよ粉河の記事がくわしく書かれていなければならないのであるが、粉河への入り口の「風の森」から後の記述が残されていないということは、粉河観音参詣が本来の目的ではなかったことの何よりの証《あかし》であろう。とはいえ、一応粉河にも参詣したということを示したうえで、『公任集』の紀州訪問の記事は閉じられているのである。

四　藤原公任の和歌の浦訪問の意義

以上、『公任集』に記された和歌の浦訪問の記事をくわしく読んでみた。奈良時代後期、聖武天皇、称徳天皇の二代にわたる行幸を迎え脚光を浴びた和歌の浦も、平安時代に入ると、文学作品にその名前が登場するだけで、実際に天皇や貴族たちが、その地を訪れることは長らくの間絶えていたが、そのような折に、冒頭に述べたように、平安時代を代表する文人貴族であり、都の文化の中枢をになった藤原公任が、わざわざ和歌の浦を訪れることを目的に紀州への旅を行ったことは、平安時代の貴顕の初めての和歌の浦訪問の例として、画期的なできごとであった。さらにその時に公任が書き遺《のこ》した『公任集』の文章や和歌からは、旅の道筋や途中の様子をかなり具体的に把握することができ、公任がどのような場所や景物に心を留《と》めながら旅を続けたのかも、ある程度知ることができる。そして何よりも玉津島社や吹上の浜といった和歌の浦の名勝が千年前にどのような状態であったかを、現地を訪れた人の目で、現代の私たちに教えてくれるのである。

『公任集』の記述からは、和歌の浦が想像したとおりの、あるいは想像した以上の美しい地であると公任が感じていたことが読み取れる。和歌の浦は奈良時代の聖武天皇や山部赤人たちを感動させただけでなく、平安時代きっての文化人藤原公任の心をも強く動かしたのである。和歌の浦の悠久の歴史の中で、藤原公任がこの地を訪れたことを、私たちは末永く忘れずにいたいと思う。

第三章　衣通姫とその神性

和歌の浦には玉津島神社が鎮座し、和歌浦天満宮、和歌浦東照宮等とともに、いわゆる「和歌の浦三社」として現在も和歌浦の地を守り続けている。

和歌の浦を語る上で、和歌の浦の中心的な役割を果たしている玉津島にお祀りされた「神」について考えることはどうしても避けては通れまい。

玉津島の神がお祀りされている『玉津島神社・塩竈神社公式サイト』には、祭神に稚日女尊《わかひるめのみこと》、息長足姫尊《おきながたらしひめのみこと》、衣通姫尊《そとおりひめのみこと》、明光浦霊《あかのうらのみたま》の四柱の神をお祀りされていることが明記されている。とりわけ衣通姫尊（以下、衣通姫とする）は本朝三大美人（日本三大美人）の一人として、また、「和歌三神（諸説あるが）」の一柱としてもよく知られており、玉津島神社を参拝する人が今も絶えない（図版⑱）。

このように衣通姫は昔から広く人々にもよく知られた存在ではあるものの、これまで「和歌の神」としての衣通姫については学術論文に取り上げられてはきたが、「玉津島の神」、あるいは「和歌の浦の神」といった和歌の浦に視点を中心に据えた形で特に論じられてきたことはこれまであまりなかったようにも思われる。

そこで今回「和歌の浦の神」という視点に立って衣通姫について考察していこうと思う。衣通姫は、『日本書

図版⑱　玉津島神社

紀』巻第十三「雄朝津間稚子宿禰天皇《をあさつまわくごのすくねのすめらみこと》　允恭天皇《いんぎょうてんわう》」や『古事記』下巻「允恭天皇」さらに『万葉集』巻二・九〇番歌等に登場することから、本来ならば第一部で取り上げるべきものであろうが、『古今和歌集』の仮名序の「小野小町《をののこまち》は、古《いにしへ》の衣通姫《そとほりひめ》の流《りう》なり」と、最初の勅撰和歌集でしかも平安期を代表する文学作品である『古今和歌集』に登場する点、六歌仙の一人で平安朝を代表する歌人小野小町との繋がり（ちなみに小町と玉津島は第六章で詳しく述べられる）、第二部第二章でも少し触れたが、「和歌の神」の性格を強く帯びてくるのは平安時代からであるというこれらの点を踏まえつつ、第二部第三章では「衣通姫――和歌の浦の神」の関係に重点を置いて述べることにする。

　衣通姫とは具体的にどういった形で『日本書紀』、『古事記』、『万葉集』それぞれの文学作品で描かれているのであろうか、まずはそこから始めて、それぞれの作品から「衣通姫の物語」を拾いだして改めてその内容を確認してみよう。

一　記紀万葉の衣通姫

『日本書紀』の衣通姫　『日本書紀』巻第十三「雄朝津間稚子宿禰天皇《をあさつまわくごのすくねのすめらみこと》　允恭天皇《いんぎょうてんわう》」での衣通姫は、

七年の冬十二月の壬戌《じんしゅつ》の朔に、新室《にひむろ》に讌《うたげ》したまふ。天皇、親《みづか》ら琴《みこと》を撫《ひ》きたまひ、皇后《きさき》、起《た》ちて儛《ま》ひたまふ。儛ふこと既《すで》に終《をは》りて、礼事言《ゐやのことまを》したまはず。当時《とき》の風俗《ひと》、宴会《うたげ》に儛《ま》ふ者《ひと》は、儛ひ終《をは》りて則《すなは》ち自《みづか》ら座長《くらかみ》に対《むか》ひて曰《まを》ししく、「娘子《をみな》奉《たてまつ》らむ」とまをししなり。時《とき》に天皇《すめらみこと》、皇后《きさき》に謂《かた》りて曰《のたま》はく、「何《なに》ぞ常礼《つねのゐや》を失《うしな》へる」とのたまふ。皇后、惶《かしこま》りたまひて、復起《またた》ちて儛ひたまふ。儛ひ竟《をは》りて言《まを》したまはく、「娘子奉らむ」とまをしたまふ。天皇、即《すなは》ち皇后に問《と》ひて曰く、「奉れる娘子は誰《たれ》ぞ。姓字《うぢな》を知《し》らむと欲《おも》ふ」とのたまふ。皇后、已《や》むこと獲《え》ずして奏言《まを》したまはく、「妾《やつこ》が弟《おと》、名《な》は弟姫《おとひめ》」とまをしたまふ。弟姫、容姿絶妙《ようしぜつべう》にして比無《たぐひな》し。其《そ》の艶色《えんしょく》、衣《ころも》を徹《とほ》して晃《て》れり。是《ここ》を以《も》ちて、時人《ときのひと》、号《なづ》けて衣通郎《そとほしのいらつめ》と曰《まを》す。天皇の志《みこころざし》、衣通郎姫に存《か》けたまへり。故《かれ》、皇后に強《し》ひて進《たてまつ》らしめたまふ。皇后、知《し》ろしめして、輙《たやす》くは礼事言《ゐやのことまを》したまはざりしなり。爰《ここ》に天皇、歓喜《よろこ》びたまひて、則ち明日《くるつひ》に、使者《つかひ》を遣《つかは》して弟姫を喚《め》す。

と述べられており、物語に登場する経緯はもちろんのこと、「容姿絶妙」で、しかも「美しい肌の色つやが衣を通して光輝くという表現（新編日本古典文学全集一一四頁・頭注四。以下新全集本とする）」から当時の人々は「衣通姫（衣通郎姫）」と呼んだということが前半部で記されている。

さてその後衣通姫は、母親と暮らしていた「近江の坂田（現在の長浜市辺り）」から中臣烏賊津使主《なかとみのいかつのおみ》の導きで「倭《やまと》の春日《かすが》に到りて櫟井《いちひゐ》（天理市櫟本《いちのもと》町辺り）」に到着し、允恭天皇が「別に殿屋を藤原」に造営し、姫はしばらくの間そこに住まわれた。

藤原で衣通姫は、

我が背子《せこ》が来べき夕《よひ》なりささがねの蜘蛛《くも》の行《おこな》ひ今夕《こよひ》著《しる》しも

と詠んで天皇を恋い慕っていたが、二人の仲をよく思っていなかった皇后は次第に嫉妬深くなり、事態を憂慮した

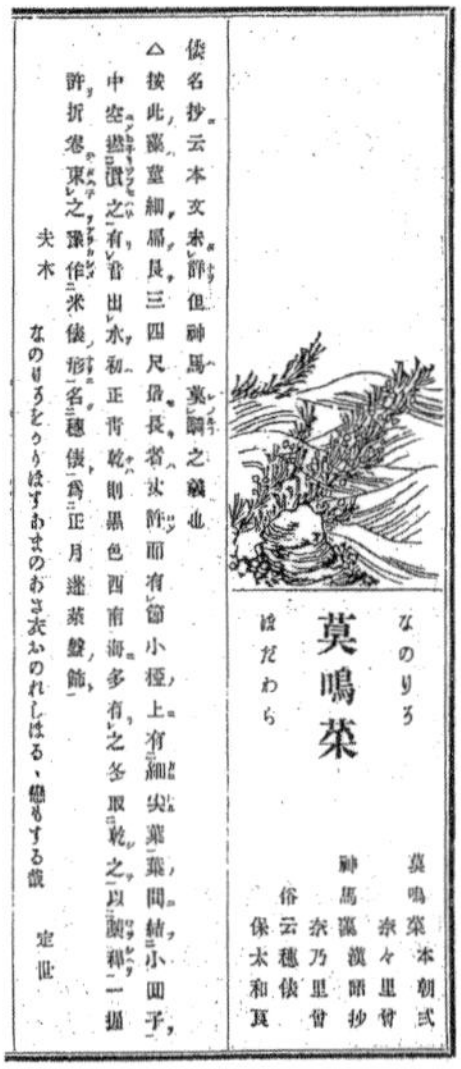

図版⑲　「なのりそも」
（『和漢三才図会』より）

天皇が、「宮室を河内の茅渟《ちぬ》（大阪府和泉地域）」に造り姫を住まわせ、狩りを口実にして「日根野（泉佐野市辺り）」へ出かけ、姫と楽しく過ごした。

その後も茅渟に住む衣通姫の元へ天皇は何度もお通いになったので、皇后は「是百姓《これおほみたから》の苦《くるしび》ならむ」と天皇を諌めたため、茅渟へはあまりお出掛けにはならなくなった。それでもたまに訪れてくれる天皇に衣通姫は、

　とこしへに君もあへやもいさなとり海の浜藻《はまも》の寄る時々《ときどき》を

と詠んだところ、衣通姫は天皇から「この和歌をほかの人に聞かせてはならない」とされた。

その理由は「皇后の聞《きこ》さば、必ず大きに恨みたまはむ」と皇后の嫉妬を恐れたからではあるが、天皇は衣通姫が和歌に詠んだ「浜藻」から「な告《の》りそ（人に告げるなの意）藻《も》」を連想し、「な聆《き》かせそ（聞かせてはならない）」と衣通姫に諭したことから、当時の人々は「浜藻」のことを「なのりそも（図版⑲）」と言うようになったというエピソードがおまけに付いている。

『日本書紀』の「衣通姫の物語」の締めくくりには天皇が、

　朕《われ》、頃《このころ》美麗《かほよ》き嬢子《をみな》を得《え》たり。是《これ》、皇后の母弟《いろど》なり。朕、心《こころ》に異《こと》に愛《めぐ》しとおもへり。冀《ねが》はくは、其《そ》の名《な》を後葉《のちのよ》に伝《つた》へむと欲《おも》ふ。奈何《いかに》ぞや

と、述べ「藤原部」が定められたと記されている。

特に玉津島と関連する記述はないのだが、「衣通姫の物語」に藤原部について語られていることには注意が必要

に思われる。そのことについては後でふれることにしよう。

ちなみに『日本書紀』によるものか、現在大阪府泉佐野市上之郷《かみのごう》には衣通姫の墓が建立されているが、玉津島との結びつきは見いだせない。


『古事記』の衣通姫　『古事記』の衣通姫は下巻「允恭天皇」に、

弟《おと》、男浅津間若子宿禰王《をあさつまわぐこのすくねのみこ》、遠飛鳥宮《とほつあすかのみや》に坐《いま》して、天《あめ》の下《した》を治《をさ》めき。

此《こ》の天皇《すめらみこと》、意富本杼王《おおほどのみこ》の妹《いも》、忍坂之大中津比売命《おしさかのおほなかつひめのみこと》を娶《めと》りて、生みし御子《みこ》は、木梨之軽王《きなしのかるのみこ》。次に長田大郎女《ながたのおほいらつめ》。次に境之黒日子王《さかひのくろひこのみこ》。次に穴穂命《あなほのみこと》。次に軽大郎女《かるのおほいらつめ》、亦《また》の名は衣通郎女《そとほりのいらつめ》〈御名《みな》に衣通王《そとほりのみこ》と負《お》ふ所以《ゆゑ》は、其《そ》の身《み》の光《ひかり》の衣《そ》より通《とほ》り出《い》づればぞ〉

と、『日本書紀』では允恭天皇妃と登場したのに対して、允恭天皇の皇女として紹介されるところが異なる。だが、本文割注「其の身の光の衣より通り出づればぞ」から、新全集本『古事記』頭注は「容姿の美しさを表す」とし、新全集本『日本書紀』の衣通姫についての頭注内容と同じになっている。

『古事記』の「衣通姫の物語」は、この後允恭天皇が崩御し、同母兄の軽太子が即位する予定であったが、穴穂皇子（安康天皇）によって阻まれる。そうした事態の中で軽太子は衣通姫（軽大郎女）と密通する。穴穂皇子との争いは、はげしさを増し軽太子は捕らえられ、「伊予湯《いよのゆ》（愛媛県道後温泉）」に流されてしまう。

この時、衣通姫は軽太子が伊予に流される直前に、

夏草の阿比泥《あひね》の浜の掻《か》き貝に足踏ますな明《あか》して通《とほ》れ

と詠み、さらに太子が伊予に流されてから、

君が往《ゆ》き日長《けなが》くなりぬ造木《やまたづ》の迎へを行《ゆ》かむ待つには待たじ

と詠んで太子の後を追って伊予に赴く。『古事記』の衣通姫の歌はこの二首である。

伊予で再会を果たした二人は、軽太子が、

隠《こも》り処《く》の　泊瀬《はつせ》の河《かは》の　上《かみ》つ瀬に　斎杙《いくひ》を打ち　下《しも》つ瀬に　真杙《まくひ》を打ち　斎杙には　鏡を懸《か》け　真杙には　真玉《またま》を懸け

真玉なす　吾《あ》が思《も》ふ妹《いも》　鏡なす　吾思ふ妻《つま》　有《あ》りと言はばこそよ　家《いへ》にも行《ゆ》かめ　国をも偲《しの》はめ

と歌い、二人で自害するところで、『古事記』の「衣通姫の物語」は閉じられる。

『古事記』の「衣通姫の物語」終焉の地、愛媛県松山市の軽之神社にも、衣通姫は祀られるものの、『日本書紀』と同様、玉津島との関わりは全くない。しかしながら、衣通姫が美人・美女であったとしている点では『日本書紀』の記述内容と共通しているので押さえておかなければなるまい。

『万葉集』の衣通姫

『日本書紀』で詠まれた「我が背子が……」の衣通姫の和歌は、後に藤原定家嘉禄二年自筆書写本『古今和歌集』に、

我が背子《せこ》が来《く》べき宵《よひ》なりささがにの蜘蛛《くも》のふるまひかねて著《しる》しも

と少し変えて、いわゆる墨滅歌一一一〇番歌として載ることになったが、『万葉集』では、『古事記』の「君が往き……」の和歌をそのまま巻第二に九〇番歌として引いている。

『日本書紀』でなく『古事記』を引く理由はわからないが、九〇番歌には左注があるので、ついでながら見ておくことにしよう。

右の一首は、古事記と類聚歌林《るいじうかりん》と説《い》ふ所同じくあらず、歌主《うたぬし》もまた異《こと》なり。因《よ》りて日本紀《にほんぎ》に検《ただ》すに、曰く、

「難波高津宮《なにはのたかつのみや》に天《あめ》の下治《したをさ》めたまひし大鷦鷯《おほさざぎ》天皇《てんわう》の二十二年の春正月、天皇《てんわう》、皇后《わうごう》に語りて、八田皇女《やたのひめみこ》を納《めしい》れて妃《きさき》とせむとしたまふ。時に皇后聴《ゆる》しまつらず。ここに、天皇、歌《みうた》よみして、皇后に乞《こ》ひたまふ云々《しかしか》。三十年の秋九月、乙卯《いつばう》の朔《つきたち》の乙丑《いつちう》に、皇后、紀伊国《きのくに》に遊《ゆ》行きて、熊野《くまの》の岬《みさき》に至り、その処《ところ》の御《み》綱《つながし》葉《は》を取りて還《かへ》る。ここに、天皇、皇后の在《あ》らぬを伺《うかが》ひて、八田皇女を娶《めと》りて宮《みや》の中《うち》に納《めしい》れたまふ。時に皇后、難波《なには》の済《わたり》に至りて、『天皇八田皇女を合《め》しつ』と聞きて大《いた》く恨む云々」といふ。

また曰《いは》く、「遠飛鳥宮《とほつあすかのみや》に天《あめ》の下治《したをさ》めたまひし雄朝嬬稚子宿禰《をあさづまわくごのすくね》天皇の二十三年の春三月、甲午《こふご》の朔《つひたち》の庚子《かうし》、木梨軽皇子《きなしのかるのみこ》を太子《ひつぎのみこ》となす。容姿佳麗《ようしかれい》にして、見る者《ひと》自《おのづから》に感《め》でつ。同母妹《いろも》軽太娘皇女《かるのおほいらつめのひめみこ》もまた艶妙《かほよ》し云々《うんぬん》。遂《つひ》に竊《ひそか》に通《たは》けぬ。乃《すなわ》ち悒懐《いふくわい》少し息《や》む。二十四年の夏六月に、御羹《みあつもの》の汁凝《しるこご》りて氷《ひ》となる。天皇異《あや》しびて、その所由《ゆゑ》を卜《うら》へしめたまふ。卜ふる者《ひとまうさ》曰く、『内乱《ないらん》あり。けだし親々《はらがらどち》、相奸《あひたは》けたるか云々』とまうす。よりて太娘皇女を伊予《いよ》に移したまふ」といふ。

とあり、左注には、「紀伊国」や「熊野」の文字を見いだせるが、玉津島とのつながりはない。

絶世の美人・美女の衣通姫　以上、『日本書紀』、『古事記』、『万葉集』それぞれに描かれた「衣通姫の物語」について目を通し、いずれの作品も衣通姫と玉津島と直接結び付けるものが無いことも十分に確認できたが、衣通姫が「容姿端麗」の絶世の美人・美女であったという共通点も改めて確認はできたと思う。当たり前のことかもしれないが、衣通姫が記紀万葉の世界では、「神」でなくまだ「人」であった点についてこの時点では押さえておきたいと思う。

衣通姫は最終的に「神」になるのだが、「人」から「神」へとなっていかにして衣通姫が玉津島神社に祀られるに至ったのか、その過程にやはりあらゆる角度から近づいていかねばなるまい。

続いて今に伝えられる「神」となった衣通姫の側面について考えてみることにしよう。

二　和歌の神・衣通姫

「和歌の神」のはじまり　衣通姫が「和歌の神」とされる資料の中では、第二部第二章でも触れられた津守国基の歌集『国基集』一五三番歌が最も重要とされる。

その『国基集』一五三番歌には、

歳《とし》ふれど老《お》いもせずしてわかのうらに幾代《いくよ》になりぬ玉津島姫《たまつしまひめ》

と、国基は衣通姫を「玉津島姫」と詠み込んでおり、この一五三番歌を遡って、「和歌の神」としての衣通姫は認められないと一応これまではされてきている（図版⑳）。

『国基集』一五三番歌以降は、後の歌論書等によって次のような展開をみる。まず源俊頼《としより》が『俊頼髄脳《としよりずいのう》』において、次の『古今和歌集』墨滅歌一一一〇番歌、

わぎもこが来《く》べきよひなりささがにの蜘蛛《くも》のふるまひかねてしるしも

について、『日本書紀』の衣通姫の話を引き、そのしめくくりに、

衣通姫と申す歌詠みはこれになんありける。住吉に別《べち》の神にておはしますとぞ承る。

と、衣通姫と和歌の浦（玉津島）あるいは和歌の神との関わりを説き、つづいて藤原清輔《きよすけ》の『袋草紙《ふくろそうし》』、橘成季《なりすえ》の『古今著聞集』と続き、そして顕昭《けんしょう》の『古今集註』に至っては、

a　神主国基が顕季《あきすゑ》卿に語るの住吉四社の中一社は、衣通姫なり。若の浦に玉津嶋明神と申すもこの姫なり。

b　又神主国基が顕李卿に語るの住吉四社の中一社は、衣通姫なり。若の浦に玉津嶋明神と申すもこの姫なり。昔かしこを愛《め》でて思《おぼ》しける故に跡《あと》垂《た》れ給ふとなむ申す。

c　又万葉の歌に云ふ、
　玉津島見れども飽かずいかにして包み持てらむ見ぬ人のため
かやうに詠まるる所なれば衣通姫も跡を垂れ給へるにこそ。

図版⑳　津守国基玉出嶋霊夢の所
（『紀伊国名所図会』より）

と、同書に三度も衣通姫について言及している。
　こうして、衣通姫は、「和歌の神」として広まり、やがて文治二年（一一八六）、既に『千載和歌集』を編纂する「和歌所」にもなっていた藤原俊成の自邸内に、俊成によって〝新玉津島神社〟が勧請され、都の人々から「和歌の神」としての信仰を集めていく。

『古今和歌集』古注釈の衣通姫　衣通姫が『国基集』に見られるような形（第二部第二章「藤原公任の和歌の浦訪問をめぐって」一〇三頁参照）

で、「和歌の神」として定着して行く一方で、『国基集』一五三番歌とは別に、その典拠を求めようとする動きもある。幾本かの古今和歌集注釈書で、「古今に三の流れあり。一には定家、二には家隆、三には行家なり」で始まる書き出しの共通性から片桐洋一によって『古今和歌集序聞書三流抄』（以下『三流抄』とする）と名付けられた『古今和歌集』の注釈書がある。

その『三流抄』は鎌倉末の成立とされるが、

小野小町はハ古ノ衣通姫流也、トハ、ソトヲリヒメガ哥ノ流ヲ受テヨム也。氏ノ末ニハ非ズ。小町ハ中納言良実ノ孫、出羽守小野常初《タカ》娘也。衣通姫ハ応神天皇ノ孫、稚渟二流皇子ノ娘。允恭帝之后也。仰、此人玉津嶋明神トイハ、レ玉フ事ニハ家々ニヨリテ様々有。ソレモ非レ無レ謂《キニイハレ》。当流ニ習所、光孝天皇御悩ノ時、諸々ノ御祈有ケル時、曙ニ赤キ袴ヲ着タル女房枕に立テ云、

立帰リ又モ此世ニ跡タレン其名ウレシキ和哥ノ浦浪

帝ノ御夢ニ如此見へ玉ヒケレバ、夢ノウチニ「誰ゾ」ト問玉フニ、「衣通姫」ト答へ玉フ。ソレニ依テ仁和三年九月十三日、右大弁源隆行ヲ勅使トシテ、和歌ノ浦玉津島ニ社ヲ造営シテ、信遍上人ヲ以テ勧請シ奉リ、崇《メ玉フ》二本地正観音《ト》一也。此姫、和歌之浦ニ跡垂玉フ事、波ノ立還ルノ哥ニ依テ也。是ヲ和歌ノ浦ト云名ノ殊ニ目出タケレバ、爰ニ跡ヲ垂ント思シメスト也。

とあり、江戸時代に、全長が和歌浦の案内書として著した『和歌浦物語』や『紀伊続風土記』などが「親房『古今集序註』、或抄を引きて云く」とするその「或抄」こそが実はこの『三流抄』であろう。

さてその内容は、光孝天皇の夢で、衣通姫が〝神〟となって和歌の浦に現れようとのお告げがあり、そこで天皇は社殿を整えて衣通姫を「神」としてお迎えしたというものである。衣通姫が「玉津島の神」となったエピソード

を『国基集』よりも遡り、さらに『古今和歌集』の歌人でもある光孝天皇を登場させ、具体的な日付「仁和三年九月十三日」を入れるなど、かなり手が込んでおり実によくできている。

『三流抄』の他、鎌倉時代から南北朝時代にかけてこのように『国基集』を拠りどころとしないものがいくつか散見される。

一九三五年に帝國教育會出版部から刊行された『未刊國文古註釋大系　第四冊』には、その解題から鎌倉後期の作とされる『毘沙門堂本古今集註』（以下『毘沙門堂本』とする）と『古今秘註抄』とが収められている。

その『毘沙門堂本』には『古今和歌集』九一二番歌「わたの原寄せくる波のしばしばも見まくのほしき玉津島かも」の注として、この歌を「大友皇子の歌」としさらに続けて、

玉津島は紀伊国にあり。衣通姫を祀り、住吉も四社の中一社南端は玉津島なり。しかして住吉にて玉津島とは云ふべからす。

と、『国基集』を踏襲した注釈を展開している。

他方、『古今秘註抄』も『古今和歌集』九一二番歌の注として、

玉津島は紀伊国わかのうらの内にあり。衣通姫のしに給へるを神にいはひたてまつれる所也。玉津島の明神これなり。よるなみのしきりにみたくおほゆるたまつしまとよめり。

とあり、玉津島で亡くなって衣通姫が「神」になったという記述には注目しておきたい。

最後に、「冷泉流的な注釈の方法をとるが、特徴的なのは、仏教教理に基づいた説明が顕著」な『為相註』（参考文献『古今集註』解説）を見てみよう。

『為相註』では衣通姫について、応神天皇の子、稚渟毛二派皇子の娘で、允恭天皇の皇后宮であるとされ、安康

天皇の「御母儀」であるとする。

わかせこかくへきよひ也《なり》さゝかにのくものふるまひ兼《かね》てしるしも

と、『日本書紀』や『古今和歌集』墨滅歌の「わがせこは」の和歌について述べた後、

小野小町は、玉津島明神の、歌をよにひろめん為に、仮に小町と化現し給へり。彼玉津嶋は本地弥勒の垂跡也。人のいみしきも必おとろへある事をしらしめん為也。されは女女縁尽本の都率天にかへり給時は、園城寺関寺のほとりにしてをはりをると云々。弘法大師も弥勒化身、小町も弥勒化身、されはあひ共同一菩薩也。かの弘法は仏法をひろめん為に出現し、是は盛者必衰をしめし、又、和歌をひろめん為に来応し給へりと、ある秘書にみえたり。

とあり、第六章とも関係があると思われるので、あえて引用する。

このように、平安末から鎌倉を経て南北朝時代にかけて「和歌の神」としての衣通姫の固定化が進むが、衣通姫が「和歌の神」になりえた理由の一つとして、その時代背景が大きな影響を及ぼしているとも思われる。

『古今和歌集』と衣通姫　平安時代後期くらいから、源経信《つねのぶ》―俊頼《としより》―俊恵《しゅんえ》の六条源家《ろくじょうげんけ》、藤原顕季《あきすえ》―顕輔《あきすけ》―清《きよ》輔《すけ》といった六条藤家《ろくじょうとうけ》や藤原俊成―定家―為家等の御子《みこ》左家《ひだりけ》といった「歌道の家」の面々が、和歌をたしなむ人々の指導をし、歌壇においても重要な地位を占めるようになる。鈴木日出男はその「歌道の家」について以下のように述べる（参考文献『歴史文学事典』「歌道」の項）。

和歌の家系や歌道がおこったのは、平安時代後期以後、宮廷社会で和歌が技芸として重んじられていたからである。すなわち、歌合などが盛行して、その批評が精細になされると、実作と理論にわたって、それをいかに

すべきかが強く意識されるようになる。そのため和歌の家々では和歌の学習体系を規範的なものにしようとした。それが歌道となる。

とされ、「歌道の家」を支える故事来歴、典拠も必要になり、それぞれの「歌道の家」で和歌の典拠が伝えられるようになる。

衣通姫と玉津島ならびに和歌の浦とを関連づけて本格的に『国基集』以降論じられるのは、歌道の家々による『古今和歌集』の注釈によるものがそのほとんどであるが、元はといえば、最初の勅撰和歌集である『古今和歌集』の仮名序「小野小町は衣通姫の流なり」の記述からきているもので、それが大いに影響していると考えてよかろう。

これまでは『古今和歌集』仮名序を基点にして論じてこられなかったと思われる。しかし衣通姫が最初の勅撰和歌集である『古今和歌集』の序文に登場している点は看過できない。今後これまでとは異なった視点で衣通姫像を見直す必要があるようにも思われる。

ともかくもこうして、衣通姫は次第に記紀万葉の「美人・美女」から「和歌の神」としての性格を人々に印象付け、平安時代後期以降「神」になってゆくのである。

三　和歌の浦の神となった衣通姫

各地の衣通姫　衣通姫は「和歌の浦」との結び付きでは、やはり「和歌の神」としての性格が強く作用していると思われるが、衣通姫は和歌山市の玉津島神社はもちろん、『古事記』の「衣通姫の物語」で紹介した愛媛県の軽之神社や、長崎県壱岐市の妻ヶ島には、「衣通姫が舞い降りた島として語り継がれていた神聖な島」（『市立一支国博物館公式サイト』）として衣通姫神社が鎮座し、「和歌の神」でない衣通姫も全国各地にお祀りされている。

神奈川県中郡二宮町の川匂《かわわ》神社では衣通姫は安産守護神として信仰されている。その理由は縁起に衣通姫が皇子誕生安穏のための奉幣祈願をしたとされる記述によるもので、伝承の域を出ないとされるものの（参考文献『日本の神々』）、衣通姫の「神性」が一義的なものでないことを物語っている。

『神道集』の衣通姫　かなり時代は下るが、南北朝後期の成立とされる『神道集』第七巻「三十九　玉津嶋明神事」に、

仰、玉津嶋明神と申すは、人王十二代の帝と申すは、垂仁天王の第四の太子なり。辛未《かのとひつじ》の年の御即位なり。位六十年なり。此の御時覚へて　后一人御在す、御名をば衣通姫と申す。此の后は大和山邊の郡の地頭、山邊右大臣高季の卿《きみ》の御娘なり。天王に後れ進せらせ給ひて後は、三十五日当りまで伏し沈みたまふ。其の日の暁に、天井に物の足音しける間、振り仰ぎて御覧すれば、帝の御面影の幽《かす》かに見えければ、取り付き思しめす処に、結べる文を御枕本《もと》に投げ落とす後に、舁《か》き消《け》す様にて失せたまひぬ。衣通姫は責めての御名残に、彼の御文を取られ、引き披げて御覧ずれば、帝の御手跡にて、「有為の宝財は、全く迷途《めいど》の正財に為さず。后妃釆女《うねめ》の和ごやかなりし昵《じつ》に、更に形を隔て、面影をだに見す。冥々《めいめい》として独り行く。誰か是非を訪ふ。前後に人無くして、只羅刹《らせつ》の声のみ喧《かまびす》し」と書きて、其の奥に、

わくらばに問《と》ふ人あらば死出《しで》の山なくなく一人越《こ》ゆと答《こた》へよ

と有りければ、此の御時より衣通姫は彌々《いよいよ》御嘆き深くして、しかれば帝には付き副《そ》ひ奉る人も無かりけるこ

そ、しかれば自ら迷途中有の御友に参らんとて、和歌の浦へ下り、御身を投じ、神と顕《あら》はる。今の世に玉津嶋明神と申すは即ち是なり。帝も同じく神と顕はれて、男体・女体と顕《あら》はれ御在すなり。

とあるが、衣通姫が自らの終焉の地として和歌の浦を選んだ理由は明らかにされてはいない。

ちなみに帝が手紙に託した「わくらばに」の和歌は、『古今和歌集』九六二番歌、

わくらばに問ふ人あらば須磨の浦に藻塩《もしほ》たれつつわぶとこたへよ

と、在原行平《ありわらのゆきひら》の和歌を踏まえたものと思われる。

神道大系「解題」は、「三十九　玉津島明神事」が収められた〝巻第七〟について、「都を中心とする文化圏で古代から伝承されてきた、和歌的な世界ともつながる説話による縁起である」としているが、衣通姫が直接「和歌の神」となる契機を『神道集』では述べていない。これはおそらく平安末から中世かけての『古今和歌集』の注釈書や歌論書といった「歌道」の影響を受けずに、あくまで「神道」という立場で衣通姫像を描こうとしたのであろう。

大化六年に「聖怨」として祀られた衣通姫

『神道集』から後の室町時代、明応年間の日記で、五摂家の一つである九条家の尚経《ひさつね》が記した、『後慈眼院殿御記《ごじがんいんでんぎょき》』（図版㉑）が伝わる。宮内庁書陵部で所蔵され、明治書院から『図書寮叢刊　九条家歴世記録』として翻刻刊行されている。

その『後慈眼院殿御記』明応三年（一四九四）九月九日の条に、吉田神社の神主である吉田兼致《かねむね》が、九条家の家司であり当時の大内記の役職に就いていた唐橋在数《からはしありかず》に宛てた手紙を、在数の主である九条尚経が日記に取り込んでいる。

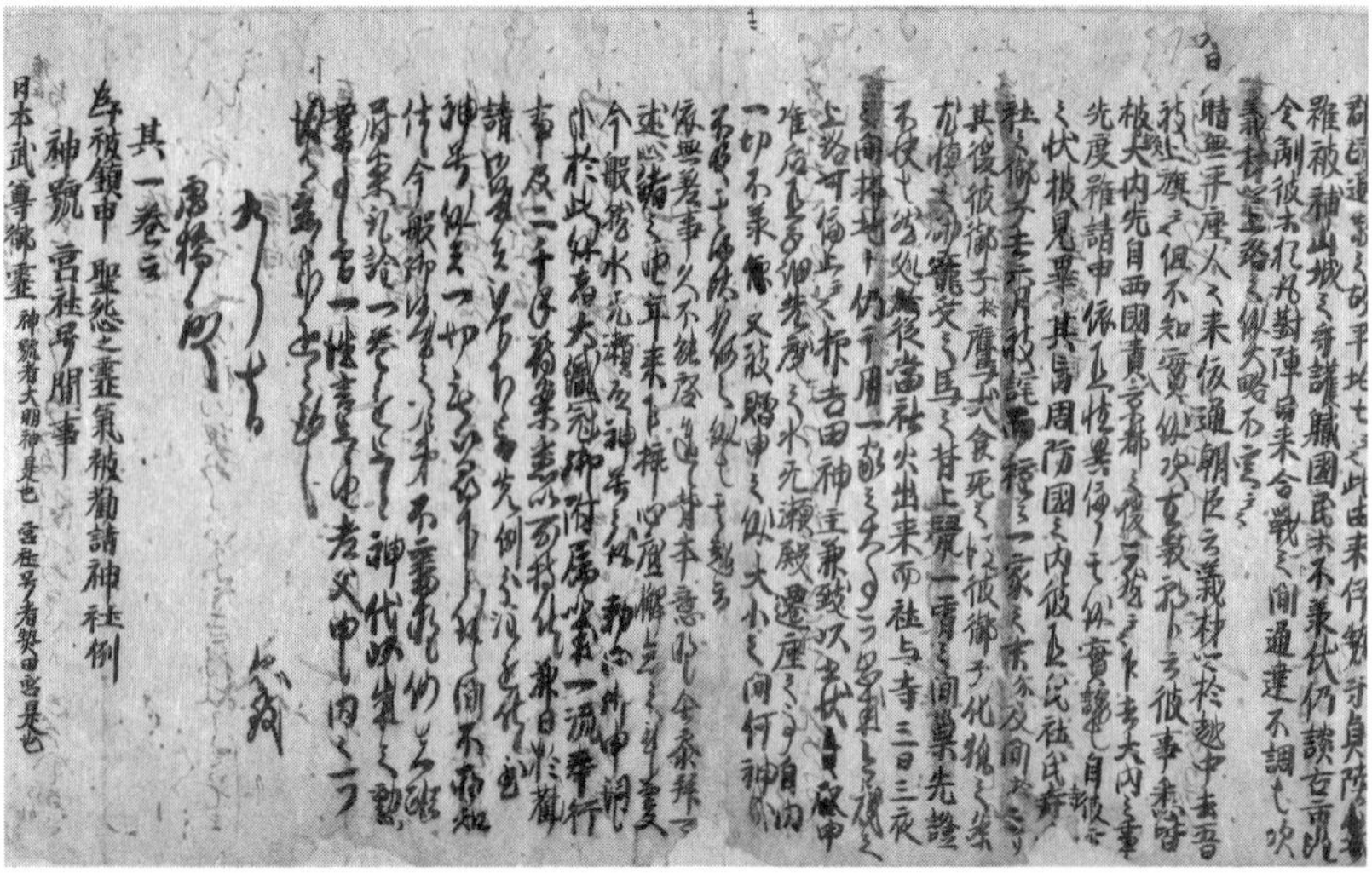

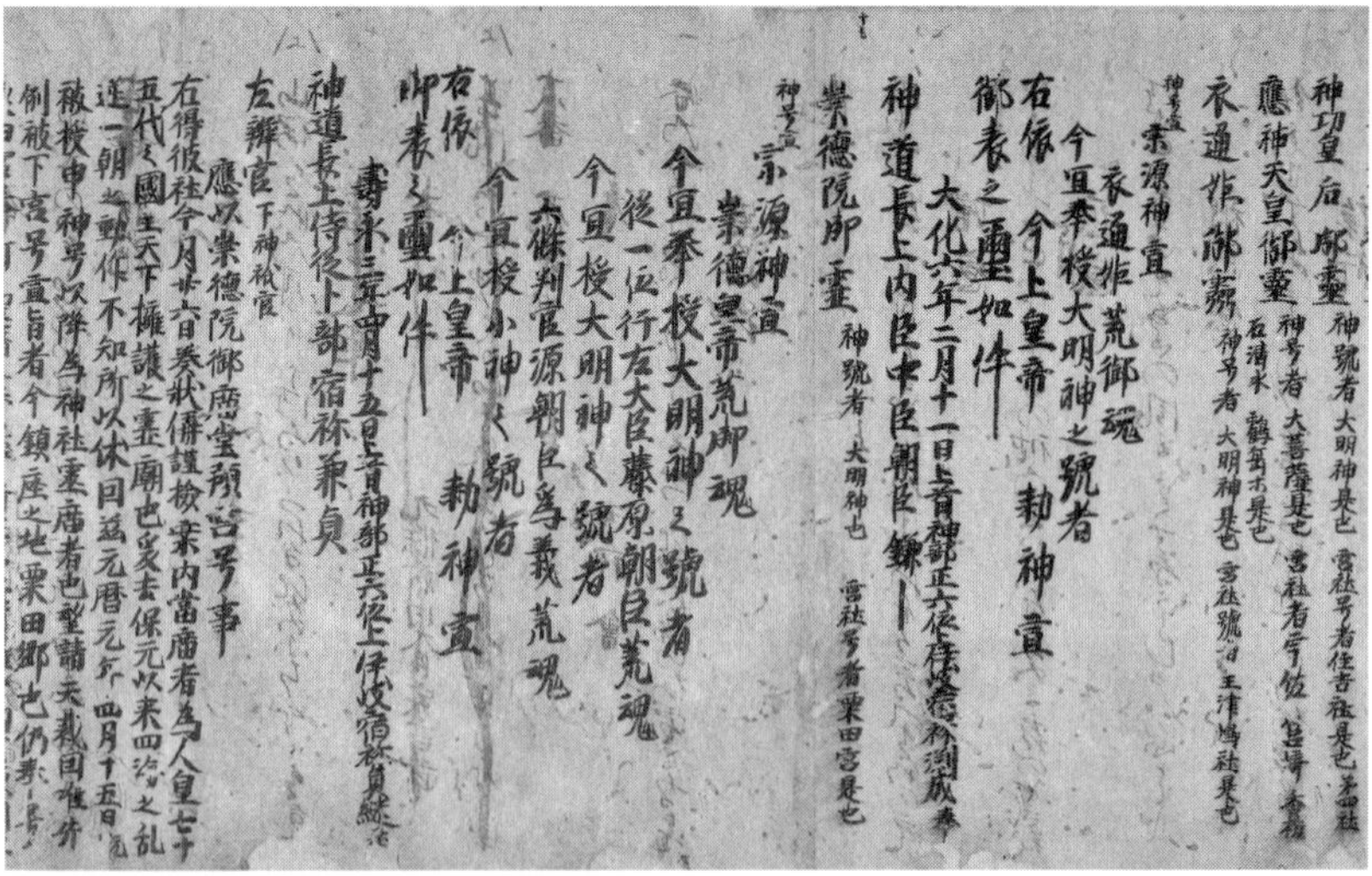

図版㉑　『後慈眼院殿御記』明応三年九月九日　（宮内庁書陵部蔵）

承久の乱で敗れ隠岐に流され、そこでお亡くなりになった後鳥羽上皇の遺勅により、仁治元年（一二四〇）、水《み》無瀬《なせ》信成《のぶしげ》・親成《ちかなり》の親子は水無瀬離宮の旧跡に上皇を祀る御影堂を建立した。その御影堂が明応（一四九一〜）になって、頻繁に鳴動《めいどう》を繰り返したため、後土御門天皇は隠岐から後鳥羽上皇の霊を勧請し、水無瀬宮の神号を奉じたのであるが、事前に水無瀬宮の神号の件で近衛・九条・一条家には勅問していた。

手紙の内容は明神号を扱う吉田神社に相談無く、水無瀬宮の神号が決定したことに対する抗議や不満で、藤原鎌足の代から吉田神社が関わった神号の事例も添付資料として提出している。その吉田神社から提出さた明神号の事例の中に「和歌の神」でない衣通姫のことが記されている。その部分を引くと、

其一巻云、

為被鎮申　聖怨之霊気、被勧請神社例

神号・宮社号間事

日本武尊御霊、神号者大明神是也、宮社号者熱田宮是也

神功皇后御霊、神号者大明神是也、宮社号者住吉社是也、第四社、

応神天皇御霊、神号者大菩薩是也、宮社者宇佐・筥崎・香椎・石清水・鶴岳等是也、

衣通姫御霊、神号者大明神是也、宮社号者玉津島社是也、

神号宣

宗源神宣

衣通姫荒御魂

今宜奉授大明神之号者。

右、依　今上皇帝（孝徳天皇）勅、神宣
御表之璽如件、
大化六年二月十一日　上首神部正六位上伊岐宿祢渕成奉
神道長上内臣中臣朝臣鎌—

とあり、注目すべきは、衣通姫が「聖怨の霊気を鎮めるための神社を勧請した例」の神としてあげられていることだ。衣通姫を「荒御魂」とする例は今のところ他に見ない。これまでの「和歌の神」として広く知られた「神性」とはかけ離れた全く想像すらできない〝衣通姫像〟が展開されている。

もう一点注目すべきは「大化六年」の年号であろう。第一部第一章で示された赤人の紀伊国行幸歌の「神代よりしかぞ尊き玉津島山」の「神代」とは真っ向から対立する資料であることは間違いあるまい。

この資料は、当時の吉田神社の神主から出されている点、吉田家が五摂家の一つである九条家に向けて送信した点からすると、決していい加減な資料でないことは間違いなかろう。言うまでもないが、出鱈目な内容であると送り主である吉田家、ひいては吉田神社の存亡にも関わってくる。

そこでもう少し資料を検討するために、まず手紙の送り主である兼致の日記『兼致朝臣記』を確認しようとしたが残念ながら文明年間までの条しかない。同じ頃に書かれた近衛政家《まさいえ》の『後法興院記《ごほうこういんき》』には水無瀬宮神号に関わる条はあるが、具体的な「聖怨」についての記事はみられなかった。

天理大学図書館は吉田神社の資料を館内の〝吉田文庫〟で保管し、『吉田文庫神道書目録』を出版している。天理大学図書館で玉津島神社の資料を実際に見てきたが、そのほとんどが江戸初期の玉津島神社復興に関わる資料であった。今後吉田文庫内の他の資料から、『後慈眼院殿御記』明応三年九月九日条に関わるものが見つかるかもしれないが、慎重な態度でこの資料に臨まなければなるまい。

衣通姫と「大化六年」の年号関係については、これから他に補う資料が出てくる可能性もあれば無い場合もあろう、とりあえず今後の課題とせざるをえまい。


新玉津島神社以降の衣通姫　さて、『国基集』一五三番歌からようやく百年の歳月を経ようとする、「文治二年」に新玉津嶋神社が勧請される。もちろん「和歌の神」として衣通姫が現在もお祀りされている。

『国基集』以降、こうして衣通姫が「和歌の神」として信仰を集めていく一方で、「和歌の神」ではない衣通姫と和歌の浦との結び付きを他に求めようとする態度も認められよう。『後慈眼院殿御記』明応三年（一四九四）九月九日条はもしかするとそれらの内の一つに過ぎないのかもしれない。

「歌道の家」による主な『古今和歌集』の注釈も『国基集』一五三番歌以外に、他に説を求めようとしたが、そうした動きがあったのは、衣通姫と和歌の浦が結び付いてゆく理由がやはり『国基集』一五三番歌では十分に満足できるものではなかったという点にあったからではなかろうか。でなければ、このように記紀万葉では「人」であった衣通姫が色々な神性で語られることはあるまい。むしろ、「人」から「神」になったからこそさまざま神性が付与されたのかもしれない。

とにもかくにも文献に『国基集』一五三番歌から始まり、長い年月を経て様々な歌論書や神道書を通じて現在に至り、衣通姫は「和歌の浦の神」となったことは確かである。

四　衣通姫と和歌の浦を結びつけるもの

石名取という遊び　ところで、平安時代中期になって歌合が盛んに行われるようになるが、その一つに、「一条大納言為光石名取歌合」と題する歌合がある。一条大納言為光《ためみつ》とは、藤原師輔《もろすけ》の九男、藤原為光のことで、恒徳《こうとく》公《こう》、後一条太政大臣・法住寺殿《ほうじゆうじどの》と号する花山天皇の時代の人である。

ちなみに「石名取《いしなどり》」とは、「石子《いしなご》」ともいい、小学館『日本国語大辞典』によると、

古くから女児の間に行われていた遊技の一種。いくつかの小石をまき、その中の一つを投げて落ちないうちに、まいた石とともに取り、早く拾いつくしたものを勝ちとするもの。現在のお手玉に似た遊び。

とあり、東京国立博物館HPで聖徳太子が使った水晶でできたものを閲覧できる。その歌合で、

白浪《しらなみ》のたちゐにいのるかひあれと玉津島江の神のしるらし

が詠まれたのであるが、赤人が「神代よりしかぞ尊き玉津島山」と詠んで以来の「玉津島」と「神」を和歌に詠み込んだ例であると思われるが、はっきりと玉津島に神の存在を歌った例としては今のところ最も古い例ではなかろうか。第二章の公任とほぼ同じ時代の和歌だが、公任の和歌の浦訪問よりさらに遡るかもしれない。藤原為光が主催した歌合であるから祈る神は「春日の神」であろうに、「玉津島江の神」に祈ったのだから『日本書紀』の「藤原部」と関係するのかもしれない。ただしすでに衣通姫が玉津島にお祀りされていたことが前提になるが、石名取が若い女性の遊技ならば、「若い」という点から衣通姫との関連性を連想してしまう。

再び国基の和歌から　衣通姫の「神性」について話題を戻すが、結局のところ、『古今和歌集』仮名序に登場するところから和歌と結びつき、平安時代後期から鎌倉時代にかけて、『古今和歌集』の注釈書等により、「和歌の神」の面を強めて「和歌の浦の神」になっていったのだと思われるが、ここで衣通姫の「若」くて「美しい」一面にも目を向けたい。

そこで最後にもう一度、衣通姫が「神」になったとされる『国基集』一五三番歌を振り返ってみることにしよう。

　歳《とし》ふれど老《お》いもせずしてわかのうらに幾代《いくよ》になりぬ玉津島姫《たまつしまひめ》

とあるが、上の句では衣通姫のいつまでも変わらない若さを歌い上げているが、上の句が「わかのうら」にかかることから、この「わかのうら」が地名の意を表しているだけでなく「若い浦」の意味の「若の浦」でもあることを意味している。地名の「わかのうら」は、万葉以来の「若の浦」を踏まえている可能性も高いが、第二章の『赤染門集』の例証、さらに衣通姫がこの和歌から「和歌の神」になることを踏まえると、むしろ「和歌の浦」とする地名の方が妥当であろう。少なくとも国基の和歌からは衣通姫が「和歌の神」としての側面だけでなく、「若」くて「美人・美女」である側面も意識されていることは確かだろう。

記紀万葉の世界では衣通姫は絶世の「美人・美女」ととらえたが、そもそも衣通姫の美しさは、衣を通す「光るような美しさ」と「若さ」にあった。

衣通姫と玉津島の美　玉津島の「玉」の意味は第一部でも確認されたが、「玉磨かざれば光なし」のことばがあるように、本来玉を見て美しいと感じるのは玉が放つ光によるものである。そう考えてみると、玉津島と衣通姫との間には「光り輝く美しさ」という共通点が存在する。しかも、ただの「光輝く美しさ」ではない。第一部第一章で述べられた「ある種の霊的な存在であり、そこには神が宿」り、「尊い」美しさでなければならず、なおかつ、永遠性と持続性を持った「光り輝く美しいもの」でなければならない。衣通姫と玉津島を結ぶ「美しさ」とは、集約し端的に言い表すと、第一部第二章のまさしく「明光」に依る美しさに他ならないのではないか。

「神」になった衣通姫　最終的に、衣通姫は若くて美しい「人」から、「和歌の浦の神」になったことは間違いあるまい。

「人」から「神」へという視点から再び『古今和歌集』仮名序の「小野小町は衣通姫の流なり」について見てみると、「永遠の若さと美しさ」を保ち続けた「神」として語り継がれる衣通姫と、

花の色は移りにけりないたづらにわが身世《みよ》にふるながめせしまに
（『古今和歌集一一三番歌』）

と自らの「老い」を詠んでしまった小町が、「人」として後に語り継がれていくのとは対照的である。

ちなみに、「人」として語り継がれた「小町の物語」は第六章へと続く。

第四章　紫の上と和歌の浦——衣通姫から紫の上へ、二人を結ぶ和歌の浦

平安王朝の時代を代表する文学作品といえば、『源氏物語』の名があがるのではなかろうか。日本の古典文学作品の最高峰といっても過言ではない『源氏物語』に先行する長編小説に、第二部第一章でも取り上げられた『うつほ物語』がある。

『うつほ物語』と『源氏物語』との関係は深く、『源氏物語』絵合巻では『うつほ物語』俊蔭巻の絵巻が取り上げられている。それだけでなく音楽や後宮の描写など様々な面で『うつほ物語』は『源氏物語』に影響を与えているとされる。その『うつほ物語』には玉津島が登場し、『源氏物語』には和歌の浦が登場する。もちろん『源氏物語』の「和歌の浦」を中心に話題を進めていこうと思うが、『うつほ物語』の「玉津島」もやはり見ておきたい。

『うつほ物語』で「玉津島」が語られるのは吹上巻上である。物語の舞台となった吹上の浜で玉津島がどのような役割を果たし、吹上の浜とどのように繋がっていたのか。

一　関戸遺跡と平安期文学作品との関連性

吹上の浜の実際の姿　吹上の浜は、第二部第一章で『古今和歌集』菅原道真の「白菊の和歌」が早い例としてあげられたがそれ以降、特に平安中期から後期にかけてその存在が広く知られるようになったと思われ、和歌はもちろん『枕草子』一九二段「はまは」(三巻本)などの散文にもその例が見られる。

平凡社『和歌山県の地名』によると、平安当時の実際の吹上の浜の姿は、

紀ノ川が現在の和歌川に流れ込んでいた平安時代、磯の浦辺りから雑賀山にかけて東南に延びる海岸一帯を吹上といい、現水軒川中流以南辺りの砂浜を吹上浜とよんだ。現在は紀ノ川河口の南岸から雑賀山にかけての一帯を吹上と通称、標高二〇メートルにも及ぶ地点もある。

とあり、相当巨大な砂丘、いや砂漠といってもよい砂浜であったのだ。和歌山市内には、吹上はもちろん、砂山《すなやま》や真砂丁《まさごちょう》や小松原《こまつばら》など、かつて砂浜であったことを彷彿させる地名や町名が今も各所に残っている。

さて、その巨大な砂丘であった吹上の浜に、種松《たねまつ》は涼《すずし》のために「吹上の宮」を造営するのだが、そのモデルの地をめぐっては、玉津島に近い所や大日山《だいにちさん》の麓の日前宮付近、あるいは紀の川河口域などが上げられ、その場所についてこれまで様々論じられてきた。

その一方で、人が暮らすには砂漠のような巨大な砂丘はあまりにも過酷な環境であり、とても「郷を形成するような地形環境」(『和歌山県の地名』)ではなく、ましてやそのような土地に広大な邸宅を造ることなど当時の技術ではとても不可能な話で、吹上の宮の記述を全くの架空の話題として捉える意見もみられた。

『うつほ物語』の吹上の浜　『うつほ物語』で肝心の吹上の浜自体が語られた場面は、仲忠《なかただ》等が二月末に都を出立し、種松の歓迎を受け涼との対面の後、三月三日の節句の場面、仲忠が涼に琴を贈る場面を経て、まず仲頼から浜辺の桜が風で舞い散る様子を見て、

風に競ひて散りかかひ、漕ぎ渡る小舟近く帰る、花一つに続きて見ゆれば、

行く舟の花にまがふは春風の吹き上の浜を漕げばなりけり

あるじの君（涼）、

春風の漕ぎ出づる舟に散り積めば、籬《まがき》の花をよそに見るかな

侍従《じじゆう》（仲忠）、

行く舟に花の残らず降り敷けばわれも手ごとにつまむとぞ思ふ

良佐《りようすけ》（行政《ゆきまさ》）、

風吹けばとまらぬ舟を見しほどに花も残らずなりにけるかな

と唱和し、ようやく吹上の浜そのもの自体の情景が和歌で記される。

新編日本古典文学全集『うつほ物語』は「吹上の浜の名は、風に浜の砂が吹き上げられる現象に由来するという。ここでは砂の代わりに花が吹き上げられた趣」と頭注に記している。道真が吹上の浜に「白菊」を合わせたのを意識して、訪問した季節もあって「白菊」を「桜」に詠み替えたのだろう。物寂しく風が浜辺に吹く様を感じ取れるものの、この場面からは吹上の浜が巨大な砂浜であったとは十分には読み取れない。

ちなみに吹上巻下では菊の宴が開かれており、兵部卿の親王、左大将正頼《まさより》がそれぞれ白菊を和歌に詠んで披露しているが、吹上の浜と関連付けて詠まれたものではない。さらに吹上巻下では種松は嵯峨院のために紀伊の国境か

ら吹上の宮まで、道を金銀瑠璃で装飾するが、巨大な砂丘の様子は描かれない。場面の記述からは吹上の浜が持つ本来のスケールの大きさが伝わらず、実感もわかないが、冨山房『大日本地名辞書』は、「吹上は宇津穂物語に吹上巻ありて、此地の雅興を筆麗しく物したり、是は小説なれど参考すべし。（中略）宇津保は小説なれど当時の風情景致を想ふに足る。」としている。また『うつほ物語』の作者に源順《みなもとのしたごう》の名をあげる石川徹は「吹上の浜をここで持ち出したのは、彼が和泉守在任中、隣国の紀伊国吹上浜を訪れて実際に見た経験から来ているのであろう。それは吹上海岸の詳細な描写によって窺い知ることができる。」（参考文献石川論文）と、実体験に基づくものだとしている。

近年の発掘調査等の結果から見た吹上の浜　さて、近年の旧和歌川河口域の発掘調査などから吹上の浜の実際の姿や様子が明らかになりつつある。

調査の結果、吹上には古代の条里制が敷かれ、平安時代には既に町が形成されていたことがわかった。さらに、吹上の浜を含む旧和歌川河口について、栄原永遠男は「和歌浦と古代紀伊」という論文で、

紀伊国の沿岸部から物資を都に海上輸送する場合、加太ノ瀬戸をとおって大阪湾岸にはいり、淀川を遡上する場合と、紀ノ川に入ってこれをさかのぼる場合とが考えられる。この場合でも、物資の集積、船の集結などの点で、紀ノ川旧河口付近が重要な位置を占めることになる。このことは、和歌浦から和歌川沿いの地域が、中央への物資貢納の基地としての性格を持っていたことをしめしている。和歌浦というと、一般には景勝地というイメージが強い。

と、その実態を明らかにした（参考文献栄原論文）。

和歌の浦に近い和歌山市関戸では、昭和二十五年に畑野和好が遺跡を発見し、宮田啓二が、その内容を整理し、昭和二十九年六月『紀伊・考古學資料調査報告　あさも　第4巻3号』に発表。続く昭和三十三年九月に県立星林高校の基礎工事に伴って行われた発掘調査結果を、宮田は「和歌山市関戸遺跡について」という論文に、「この遺跡は和歌山市の関戸にあって、この地方での代表的な海岸にある集落址である。」とまとめた。それ以降、関戸遺跡の資料はどういう経緯か、かえりみられることはなかったが、近年になって前田敬彦が再調査し、「吉備慶三郎氏採集考古資料について」という論文に

東西約200m、南北約580mの規模をもつが本格的な発掘調査歴はない。

律令期の和同開珎・神功開珎・唐草文軒瓦などの遺物の存在は、当該期の漁村という位置付けだけでは理解できず、海上交通に関与した物資流通の拠点であり、重要施設の存在も示唆する。

と、報告した。

第二部第二章の『公任集』に「雑賀山の坊の前、人々など見え渡りて、いとおもしろし。」とあったが、関戸遺跡からは国分寺と同じ模様の瓦も出土しており、門前町のような場所を行き交う人々を公任は目にし、記録したのだろう。

増基法師の吹上訪問　公任が和歌の浦を訪問したほぼ同頃、中古三十六歌仙の一人増基法師も、吹上の浜を訪れた。公任は吹上の浜の様子を「風の砂《いさご》を吹き上ぐれば、霞のたなびくやうなり。げに名に違《たが》はぬ所なりけり。」と表現したが、増基は『いほぬし』に、

紀の国の吹上の浜に宿れる。月いとおもしろし。この浜は、天人常に下りて遊ぶと言ひ伝へたる所なり。げに

所もいとおもしろし。今宵の空も心細そうあはれなり。夜の更けゆくままに、鴨の上羽の霜うち払ふ風もそら寂しうて、鶴はるかにて友を呼ぶ声も、さらにいふべき方も無うあはれなり。それならぬ様々の鳥ども、あまた洲崎に群がれて鳴くも、心なき身にもあはれなる事かぎりなし

と、記した。旅の目的が熊野にあったため和歌の浦へは立ち寄らず、夜更けの吹上の浜から舟で南へ向かった。増基の描写からは風光明媚な名所であることが十分に感じられる。それだけでなく、夜に船出したことからどことなく港町のような雰囲気も感じられる。少なくとも増基は事前に、吹上の浜が宿泊もでき舟で他所へと移動もできる所と知っていたに違いない。

増基や公任等が描いた吹上の浜の様子と近年の発掘調査等の結果とを照らし合わせてみると、平安時代の吹上の浜を含む旧和歌川河口域には、観光が目的の者、経済活動に携わる者等、多くの人が集まった。特に物流の拠点として機能していたのだから、もちろん情報のやりとりもあった。都の貴族で吹上の浜が持つ価値に気付いた者もいたことだろう。そこに集まる商人達と交流し、互いの利害が一致し、種松が娘を宮中に出仕させたようなことが実際にあった可能性は十分に高い。

稲員直子は種松について、「吹上の浜にまつわる説話は残っていないが、ある紀伊国富豪の話を説話化していたものが取り込まれたと見るのがよいであろう。」としている（参考文献稲員論文）。そう考え合わせると第二部第二章にあった「宮子伝説」も同じと考えてよいのではないか。

『うつほ物語』の玉津島　さて、仲忠等一行は豪勢な「吹上の旅」を満喫し、「吹上の宮」での滞在も終わりに近づこうとする頃、玉津島に逍遥し唱和する。まず、仲頼《なかより》が口火を切って、

あかず見てかくのみ帰る今日のみやたまつ島てふ名をばしらまし
年を経て波のよるてふ玉の緒に貫《ぬ》きとどめなむたま出づる島（涼）
おぼつかな立ち寄る波のなかりせば玉出づる島といかで知らまし（仲忠）
玉出づる島にしあらばわたつ海《み》の波立ち寄せよ見る人ある時（行政）

と、仲頼は『万葉集』一二二二番歌「玉津島見れども飽かず……」を彷彿とさせつつ、純粋に玉津島の美しさを讃え、続く涼は、『日本後紀』延暦二十三年（八〇四）十月十一日条、桓武天皇の紀伊行幸の記載にされた「玉出嶋」に従ったのか、玉津島を玉出づる島と詠んで、彼らとの友情を主題にし、さらに仲忠がそれを受けて涼を玉に喩え、最後に行政が再び変わらぬ友情を主題に詠んで結んでいる。

仲忠は玉津島を吹上の宮にも喩えているが、それぞれに共通する「美」に着目しそれをモチーフにしたのだろう。ただそれぞれが持つ美しさには、金・銀・瑠璃などよって飾られ造られた美と自然の美との違いがある。この場面で玉津島の風景やその美しさを詳しく描写する必要がなかったのは、万葉以来玉津島が美しいことは既に知れ渡っていたからで、簡潔に表現したことでかえってその玉津島の美しさを再認識させられる。対して吹上の宮の「美」は、何度もその豪華さ壮麗さを繰り返し、具体的な装飾を述べることで、人によって造られた「美」を強調しようとする意図を感じる。

室城秀之は吹上の宮について、「常世の国のイメージが重なっていると読んでもよいだろう。神南備種松の富は、常世の国とつながる。」とする（参考文献室城論文）。つまり種松は吹上の宮を、金・銀・瑠璃などをふんだんに使って「常世の国」の美しさを再現しようとしたのだ。「常世の国」の美しさという点では、第一部でも確認したが玉津島の「美」と吹上の宮の「美」とは共通する。

「吹上の浜の物語」の終わりに玉津島の場面を作者が用意したのは、玉津島が持つ本来の「美」の意味を読者に再認識させつつ吹上の宮の「美」と対比させ、吹上の宮の「美」がただの成金趣味的な「美」でないことを訴えようとしたのではないか。吹上の宮の「美」が単純な「美」で終わらなかった背景には、最後の場面での玉津島の存在が欠かせなかったと言える。少なくとも作者が玉津島の神聖な「美」を理解していないと「吹上の浜の物語」は完成しえなかった。その理解は『万葉集』だけでなく『続日本紀』からも玉津島の神聖さを学び、作品に反映させたのだと思われる。

二　源氏物語の和歌の浦

「あしわかの浦」ということば　『源氏物語』の「和歌の浦（わかの浦）」は、若紫巻で紫の上が光源氏と初めて対面する場面の中に登場する。紫の上の保護者である尼君が亡くなった後、世話をしていた少納言の乳母の元から彼女を引き取って面倒をみようと光源氏が、

あしわかの浦にみるめはかたくともこは立ちながらかへる波かな

と、それまで何度も紫の上との対面を断られていた状況を打破しようと粘り強く訴えかける。それに対し少納言の乳母は、

寄る波の心も知らでわかの浦に玉藻《たまも》なびかんほどぞ浮きたる

と紫の上を「玉藻」に喩え、光源氏の申し出をうまくはぐらかす。

光源氏が言った「あしわかの浦」を乳母が「わかの浦」と返したことで、「あしわかの浦」に地名である「わか

の浦」の意味が含まれていることが判明する。光源氏は「あしわかの浦」に初めから「わかの浦」の地名を含めたつもりなのであろうが、地名以外の「わかの浦」には単純に「若い浦」という意味もある。少し第一部の言葉を借りて具体的に説明すると、「成長途上にある若い土地で、若々しく美しい景観を持つ（第一部第二章）、水辺に沿って湾曲した地形の全体を指す（第一部第三章）」〝浦〟の意である。

室町時代に一条兼良が著した『源氏物語』の注釈書『花鳥余情』は「あしわかの浦」の語について、若い葦の葉が生えているわかの浦ということをふまえて「あしわかの浦」としたのだろうとしており、一般的な古語辞典にも「あしわか」を「葦の若芽」と説明している。つまり「あしわかの浦」とは、「わかの浦」の地名と「葦の若い芽（葉）が生えている若い浦」という意味とが掛け合わされた掛詞ということになる。現在の注釈書の多くも実際そのように解説している。

実は「あしわかの浦」の語はそのことば自体がめずらしい。『源氏物語』に先行する作品でもほとんど例を見ない。藤原定家は『源氏物語』の注釈書である『奥入《おくいり》』に、「あしわかの浦にきよする白浪のしらじな君は我思ふとも」を引いている。この和歌は平安中期頃から歌の便覧として用いられていたとされる『古今和歌六帖』第五「いいはじむ」に二五四三番歌として収められている。「いいはじむ」とは異性に愛の言葉を初めて伝えることであるから光源氏が『古今和歌六帖』二五四三番歌を踏まえて詠んだのはこの場面にはふさわしい。

『源氏物語』にはこのような少し特異な形で「わかの浦」が登場してくる。ちなみに「わかの浦」が、この時期既に「若の浦」から「和歌の浦」となっていたかどうかは第二部第一章の赤染衛門の歌の例からも不明だ。

紫の上の比喩　若紫巻の中でも、「日もいと長きに、つれづれなれば……」で始まる北山の庵《いおり》の小柴垣《こしばがき》から室

図版㉒　若紫　（『絵入源氏物語』より）

内を覗き、光源氏が紫の上を見出した場面は、高校の教材に用いられたりすることもあって、あまりにも有名で、主要なヒロインの登場とあって『源氏物語』の中でも特に多くの人々の印象に残るシーンである（図版㉒）。この場面で尼君は、

　　生ひ立たむありかも知らぬ若草をおくらす露ぞ消えむ
　　　空なき

と紫の上を「若草」と喩え、自らの命のはかなさを嘆く歌を紫の上に向かって詠みかけた。側にいた「居たる大人」が、

　　初草の生ひゆく末も知らぬ間にいかでか露の消えむとすらむ

と、紫の上を「初草」に喩え、尼君の憂慮を打ち消そうとする。

若紫巻は従来から『伊勢物語』の影響が大きいと指摘され、それぞれの和歌も、『伊勢物語』四十九段の、「うら若みねよげに見ゆる若草を人の結ばむことをしぞ思ふ」「初草のなどめづらしき言の葉ぞうらなくものを思ひけるかな」が投影されている。

彼女は「若草」や「初草」に喩えられて以降、桜が満開の北山で物語に登場してきたこともあって桜や花の他、葦若や玉藻など植物を中心とした喩えが用いられた。

紫の上と明石の御方　さてその紫の上が北山で光源氏に発見される重要な場面の直前に、

近き所には、播磨の明石の浦こそなほことにはべれ。何のいたり深き隈《くま》はなけれど、ただ海のおもてを見わたしたるほどなん、あやしく他所《ことどころ》に似ずゆほびかなる所にはべる。かの国の前《さき》の守《かみ》、新発意《しぼち》のむすめかしづきたる家いといたしかし。

と、光源氏の従者であり、播磨守の子どもでもある良清《よしきよ》が、明石の入道のことを話し出し、その入道には娘がいることをほのめかす場面が挿入されている。「そのむすめは」と興味を示した光源氏に良清は、

けしうはあらず、容貌《かたち》心ばせなどはべるなり。代々の国の司など、用意ことにして、さる心ばえ見すなれど、さらにうけひかず。「わが身のかくいたづらに沈めるだにあるを、この人ひとりにこそあれ、思ふさまことなり。もし我に後れて、その心ざし遂《と》げず、この思ひおきつる宿世《すくせ》違《たが》はば、海に入《い》りね」と常に遺言《ゆいごん》しおきてはべるなる。

と、具体的に明石の御方について語る。この明石の御方が登場する場面の後に、ようやく若紫巻の主人公であるはずの紫の上が物語に登場する。つまり明石の御方が紫の上よりも先に物語に登場してくるのである。

これは紫の上が「わかの浦」に喩えられていることと関係する。「あしわかの浦に……」の和歌を詠む前に光源氏は、

いはけなき鶴の一声聞きしより葦間になづむ舟ぞえならぬ

と、紫の上を「鶴」に喩える。この和歌には「鶴」の他、「葦」も含み、後の「あしわかの浦に……」の歌と合わせ、「わかの浦・鶴・葦」の要素から、『万葉集』九一九番歌、山部赤人の「わかの浦に……」の歌をイメージできるようにしている。と同時に、『万葉集』はもちろんのこと、さらに『古今和歌集』仮名序「人麿は赤人が上に立

たむことかたく、赤人は人麿が下に立たむことかたくなむありける」の古注が、

ほのぼのとあかしの浦の朝霧に島隠れゆく舟をしぞ思ふ

わかのうらに潮満ちくれば潟をなみ葦辺をさして鶴鳴きわたる

と「明石」、「わかの浦」の歌の順に記されていたことを思い起こさせる。結論から述べるとこの『古今和歌集』仮名序古注の順序にならい「わかの浦」に喩えられた紫の上より先に明石の御方が物語に登場したのだと当時の読者は理解した。

当時の人々は、『古今和歌集』仮名序古注によって、明石と聞くと人麿の「ほのぼのと……」の和歌を思い浮かべ、赤人の「わかの浦に……」和歌を思い、わかの浦への思いを馳せ、「明石」と「わかの浦」とが対となる理解をしていた。紫の上と明石の御方との二人の関係も、対比、対照、表裏一体などの言葉で表現されてきた。

明石巻でも若紫巻と同じ現象が見られ、光源氏が明石の御方と初めて対面する直前に、紫の上のことを思い出し、「思ふどちいざみにゆかん玉津島入り江の底にしづむ月かげ」の歌を引歌として用いている。

若紫巻の冒頭の近くで明石の御方を先に登場させ、紫の上を「わかの浦」に喩えたのは、『古今和歌集』仮名序古注の影響や当時の理解から、二人が物語の中で一対の存在であることを読者に印象付け、今後重要な位置に立つことを暗示させる意図があったのだろう。

和歌が詠めない紫の上　ところで、藤壺と縁があるのを知った光源氏は、尼君に紫の上への思いを、

初草の若葉のうへを見つるより旅寝の袖もつゆぞかわかぬ

と詠んで伝える。尼君と「居たる大人」等が「若草」、「初草」と喩えたのに対し、光源氏は紫の上をわざわざ「初

草の若葉」と喩える。また、光源氏は紫の上について「この若草の生ひ出でむほどのなほゆかしきを」とも語っており、「あしわか（葦若）」の語とあわせ、若紫巻中に何度も「若」が繰り返される。紫の上が「若」い少女であることを意識したものによると思われるが、少女であるから「若」の語が繰り返されるのは当たり前と言えば当たり前ではある。

光源氏の紫の上を引き取りたいという申し出に、尼君は彼女がまだ「難波津」の歌さえ上手に続けて書けない「若」い少女であることを理由に、その申し出をことわる。あきらめない光源氏は、

あさか山あさくも人を思はぬになど山の井のかけ離るらむ

と、紫の上がたとえ幼い少女であっても自身の気持ちに揺るぎがないことを伝えつつ、紫の上から自分を遠ざけようとする尼君を暗に非難する。

尼君が言う「難波津」の歌とは、「難波津に咲くや木の花冬こもり今は春べと咲くや木の花」の歌のことで、光源氏が言う「あさか山」とは、「安積山かげさへ見ゆる山の井の浅くは人を思ふものかは」の歌のことである。どちらも『古今和歌集』仮名序「難波津の歌は、帝の御初めなり。安積山の言葉は、采女《うねめ》の戯れよりよみて、この歌は歌の父母のやうにてぞ手習ふ人の初めにもしける。」による。ちなみに光源氏が引いた「安積山……」の歌は仮名序の「あさか山」の古注に記されている。

手習とは古い和歌や漢詩の詩句を手本に字を習うことを指すが、同時に和歌を学ぶ機会でもある。『古今和歌集』仮名序で言うように、特に「難波津」の歌や「あさか山」の歌は習字の最初の手本にすべきものであるのと同時に、学習すべき初めの和歌でもあった。紫の上はこのころ、和歌の学習の基本となる「難波津」の歌さえもまだ十分でないのだから、自らの力で光源氏へ和歌を詠んで贈ることも、まして光源氏から贈られた和歌に自分で返

歌すらできない「若」い少女ということになる。尼君は、まだまだ紫の上が幼いので到底光源氏の相手は務まらないと判断し、光源氏の申し出を断ったのである。

そういえば、光源氏が小柴垣のもとから覗いていた時も、尼君は紫の上に歌を詠んだが、返歌したのは「居たる大人」であった。「居たる大人」が、「げに（なるほど）」と応えたために、至極自然な流れで話が進むので気付きにくいが、本来歌を返すべきは紫の上である。本文では返事をしないで尼君をじっと見つめる紫の上のいとけなさが読者の心を惹きつけるが、彼女がこの時黙っていたのは返歌できなかったからとも考えられる。

和歌を詠む紫の上　尼君が亡くなった後、半ば強引に紫の上は光源氏に二条院へ連れ去られる。光源氏は彼女を西の対に住まわせ世話をする。「手習、絵など様々に」光源氏自ら書き、続けて、

ねは見ねどあはれとぞ思ふ武蔵野の露わけわぶる草のゆかりを

と詠んで和歌がまだ詠めない彼女に返歌を求める。紫の上は「まだようは書かず」と答えるものの、「下手でも書かないのはよくないから、私が教えよう」と言う言葉に応じて、

かこつべきゆゑを知らねばおぼつかないかなる草のゆかりなるらん

と、光源氏に返歌する。若紫巻が終わりに差しかかろうとする、ついに、ここで、ようやく当初和歌を詠まなかったあるいは詠めなかった「若」い少女が和歌を詠むに至る。

若紫巻の主題は光源氏が紫の上を見出すところにあると思うが、巻の最後に紫の上が初めて和歌を詠んだという点に着目すると、「若」い少女が紆余曲折を経て光源氏の手ほどきにより、和歌を詠える「若」い少女になる成長譚でもあったといえる。

『古今和歌集』仮名序及び古注の影響　紫の上や明石の御方の登場の仕方や尼君が言った「難波津」、光源氏が詠った「あさか山」は『古今和歌集』仮名序やその古注に基づいている。

北山で良清が明石の御方について光源氏に話す前、富士山や浅間山とされる「なにがしの嶽」や西国などの「人の国」などの各地を巡りながら「播磨の明石の浦」に辿り着き、彼女の話題になった。彼らが語り合った名所は、『古今和歌集』仮名序の名所と一致する。

「あしわかの浦……」の直前の和歌は、

手に摘みていつしかも見む紫のねにかよひける野辺の若草

であった。仮名序古注の赤人の「わかの浦に……」の歌の前には同じ赤人の、

春の野にすみれ摘みにしと来し我ぞ野をなつかしみ一夜寝にける

が置かれている。すみれの花の色と「紫」、光源氏はまだ彼女を「摘」んではいないものの「摘み」とが共通している。それぞれの歌意は、赤人の歌が、「春の野にすみれを摘みにきた私だったのだ。それが心をひかれてひと夜の宿りをしてしまった」で、光源氏の歌は「手に摘んで早く見たいものよ。紫草の根につながつているのであった、あの野辺の若草を」である。赤人が「ひと夜の宿り」をしたのに対し、光源氏は「いつしかも見む」とこの時まだ対面すらできていないので、そう詠むしかなかったのである。その後、ようやく紫の上を二条院に迎えともに暮らすことができるようにはなったが、彼女が成長もままならない、まだ「若」い少女であるから、

ねは見ねどあはれとぞ思ふ武蔵野の露わけわぶる草のゆかりを

と、赤人は「すみれ」を「摘」んで一夜寝たが、光源氏は「若草」を「摘」んだがまだ枕は交わせないのである。「ねは見ねど……」の歌と「手に摘みて……」の歌とは離れた場面に存在するが、赤人の「春の野に……」の歌を

介して繋がっており、赤人の「春の野に……」の歌はその時の光源氏と紫の上の状況を場面に応じた形に導いている。「ねは見ねど……」の歌の上句が「まだ枕は交わしていない」と始まるものの、唐突に感じないのは赤人の「春の野に……」の歌が「ねは見ねど……」の歌と「手に摘みて……」の歌とを繋いでいるからである。

若紫巻は従来『伊勢物語』の影響が大きいとされている。巻名も『伊勢物語』の初段の「春日野の若紫のすりごろもしのぶの乱れかぎり知られず」などからの「若紫」によるとする意見もある。これまで若紫巻への『古今和歌集』ならびに仮名序およびその古注の影響はあまり指摘されなかったが、こうして若紫巻全体を見渡すと、やはり『古今和歌集』の仮名序や古注に発想や着想を得、その影響が少なからずあったと言ってもよいのではないか。光源氏が紫の上に詠みかけた「ねは見ねど……」の和歌も『古今和歌集』八六七番「紫の一本ゆゑに武蔵野の草はみながらあはれとぞみる」踏まえたものとされている。

三　紫の上と和歌の浦を結びつけるもの

聖武天皇の詔と紫の上　そもそも『古今和歌集』仮名序古注で「明石」と「わかの浦」を一対とする発想は、『続日本紀』の聖武天皇の詔で「弱浜（わかの浦）」が「明光浦」とされ、それぞれの「明」が共通し、本来「わかの浦」は「明光浦」であることを知っていたからだと思われる。そのことを紫式部は理解した上で、紫の上を「わかの浦」に喩えたのではないかと思われる。

紫式部は「この人は日本紀をこそ読みたるべけれ。まことに才あるべし」（『紫式部日記』）と一条天皇に言わしめた。「日本紀」の注に、現在の主な注釈書は「ここでは『書紀』以下の六国史の総称」としている。少なくとも紫式部は聖武天皇の詔には目を通していたということだ。いや、それだけではない。紫式部の父藤原為時は紀伝道を菅原文時に師事し文章生に挙げられている。詔の内容を父に直接聞ける立場にいたということだ。したがって紫式部は聖武天皇の詔から「わかの浦」を十分に理解した上で、紫の上を「わかの浦」に喩えたということになる。

ただ紫の上を直接「わかの浦」に喩えたのではなく、「あしわかの浦」と喩えたことには注意が必要だ。中納言の乳母の返歌との関係の中で、「あしわかの浦」が「わかの浦」であることがはっきりと分かる仕組みになっていた。紫式部が直接「わかの浦」とせず、紫の上を「あしわかの浦」と喩えたのには特別な意味を込めていると考えられる。

「あしわかの浦」の意味をもう一度振り返っておくと「成長途上にある若い土地で、若々しく美しい景観を持つ水辺に沿って湾曲した地形の全体を指すわかの浦」であったが、紫式部が用いた「あしわかの浦」こそ聖武天皇の詔の内容と意向を知らされた赤人（第一部第三章）が『万葉集』九一九番歌で表した「わかの浦」のことではないのか。

第一部で「わかの浦」が神聖な場所であったことを確認したが、紫の上が発見された場所は「海」とは真逆の北山の地であった。紫の上発見のきっかけとなった光源氏の北山行きについて、林田孝和は「若紫の登場」という論文で「国見」の儀礼を読み取っている（ただし、氏は民俗学的な視点で論を展開されていることを付け加えておく）。光源氏の北山行きは第一部第二章で述べられた「望祀」とまではいかないが、その行為には通じるものがある。北山で見出された紫の上に国見儀礼に繋がるような神聖性を読み取ることは難しいが、「若」い少女で特別な人物であることは十分に読み取れる。

輝く日の宮の姪・紫の上　光源氏が紫の上を発見できたのは、「走り来る女子、あまた見えつる子どもに似べうもあらず、いみじく、おいさき見えて、美しげなるかたち」と他の子ども達と明らかに違った彼女の「美しさ」や特別な雰囲気に気付いたからである。その美しさとは後に「若草」等の語で繰り返される「若々しい美しさ」である。しかし彼女の美しさはそれだけではあるまい。

光源氏が紫の上にご執心であったのは、彼女が藤壺のゆかりで彼女の姪ということもあって藤壺によく似ていたからだ。その紫の上に光源氏は藤壺の「美しさ」を見て取った。では藤壺の「美しさ」とは何か。藤壺は桐壺巻では「輝く日（妃）の宮」と呼ばれていた。つまり藤壺の美しさとは、「光輝く美しさ」なのだ。姪の紫の上にもその「光り輝く美しさ」は引き継がれているだろうし、光源氏は藤壺と同質の美しさにも心が惹かれたのだろう。

紫の上が他の子どもたちと違い際だっていたのは、「光る美しさ」と「若々しい美しさ」とを兼ね備えていたからで、光源氏は彼女の特性にいちはやく気付いていたのだ。

紫の上と衣通姫　この紫の上の「光・若・美」の特性は第三章で見た衣通姫の要素にも通じる。紫の上が当初から特別な存在感を放っているのは、紫の上が同じ要素を持った衣通姫のイメージと重なるからだ。若紫巻の構想には『古今和歌集』仮名序及び古注の影響があるとしたが、紫式部は仮名序の「小野小町は衣通姫の流なり」から着想し、紫の上のイメージに衣通姫を重ね、紫の上の人物造型に役立てたのであろう。

衣通姫・紫の上・わかの浦の三者について共通して言えることは、「光（明）・若・美」の特性を共にそれぞれが有していることだ。さらにそこに『古今和歌集』仮名序及び古注からの「和歌」の要素を加え、その三者を線で結んでいきたいが、今のところはっきりとした線にはならず不鮮明なものだ。というのも、衣通姫が玉津島にお祀りされたのは津守国基以降であるし、わかの浦が「和歌の浦」となるのも第一章の赤染衛門《あかぞめえもん》の例が微妙なところであったからだ。

しかし、『源氏物語』が書かれた時代、この度の第一部第二章の聖武天皇の詔の詳細によっておぼろげながら「衣通姫・紫の上・和歌の浦」の三者を結ぶ線が少しは見えてきたのではなかろうか。

第五章 『源氏物語』以降の和歌の浦――藤原頼通と和歌の浦

摂関政治の実権が藤原道長から頼通に移る頃、王朝文化は文学・美術・建築等さまざまな分野に絢爛豪華な華を咲かせた。国宝で世界遺産にも認定された平等院鳳凰堂を建立した頼通は、極楽浄土をこの世に再現してみせた（図版㉓）。

頼通の時代は新しい文芸創造の機運に満ちていた。特に女流文学は黄金期を迎え、紫式部の『源氏物語』で完成した。頼通の庇護のもと、複数のサロンではその後も『栄花物語』、『浜松中納言物語』や『夜の寝覚め』といった完成度の高い物語が引き続き作成された。

頼通の孫、六条院禖子《ばいし》内親王のサロンでは女房の宣旨《せんじ》が『源氏物語』に影響を受けた『狭衣物語《さごろもものがたり》』を書き上げた。その内容は主人公狭衣大将の、従妹の源氏の宮に対する恋を中心に、さまざまな悲恋が描かれている。また「弘法大師の御姿常に見たてまつりて、なほ、この世をものがれなん」と、「弘法大師」の名が見え、高野山を話題にした物語では早い例と思われ、さらに粉河や妹背山など紀の川筋が舞台となるので、和歌山に関心のある方々には読んでいただきたい古典文学作品のうちの一つである。

さて、粉河や妹背山などが物語の舞台となった『狭衣物語』が書かれる一方で、「わかの浦」は『源氏物語』に

図版㉓　宇治平等院

取り上げられるようになり、和歌文学の世界から飛翔し物語文学の世界へとさらに活躍の場を広げようとする位置にあった。

一　散佚した物語に登場した和歌の浦

『風葉和歌集』のわかの浦　平安中期、文学の世界で飛躍を遂げようとしていた「わかの浦」は、頼通の積極的な文学活動の影響を受け、本格的な物語の舞台となる作品に描かれるようになる。しかし残念ながら「わかの浦」が物語の舞台となった物語は早くに散佚してしまう。その物語全体の内容を今となっては知ることはできないが、鎌倉時代に成立した『風《ふう》葉《よう》和《わ》歌《か》集《しゅう》』にかろうじてその痕跡が残っており、なんとか、どのような物語であったのか、その一部分を垣間見ることができる。わかの浦が舞台となったその物語とは『浦風《うらかぜ》にまがふ琴《きん》の声《こゑ》』という物語である。

岩波書店『日本古典文学大辞典』「散佚物語」によると、散佚した物語は名前だけを資料として残すものと、物語の内容を示す何らかの資料、例えば会話の一部や和歌といったものを残すものがあり、現在のところそれらを合わせて約二四〇種ほどの物語が知られている。それらについての最大の資料が文永三年（一二七一）に成立した『風葉和歌集』なのである。その当時存在した約二〇〇種の物語の和歌が取り上げられているが、そのうちの一八〇種近くの物語が既に散佚してしまっている。『浦風にまがふ琴の声』もそのうちの一つである。

まず『風葉和歌集』から、「わかの浦」が物語の舞台になっていたことがはっきりとわかるものを拾い上げてみよう。

A　わかの浦にて花のちるをよめる　　よみ人しらず　まよふきんのね
咲きにほふ岸の桜は浦風にちりても花の浪とこそなれ

B　わかの浦におはしける時右大将まゐりて「ふじ波の立ちかへるべき心地こそせね」と申し侍りければ　　まよふきんのねの春宮
日をへつつたちかへらずは藤波のまことにふかき色と知りなむ

C　わかの浦にてみな月はらへし給ふとて　　まよふきんのねの春宮
神もみなけふはなごしと聞くものをなほ荒磯《いそ》は浪さわぎけり

D　わかの浦におはしましける頃よませ給ひける　　まよふきんのねの春宮
みぎはなる葦《あし》のうら葉のおと聞けば一夜の程にぞ秋ぞきにける

E　わかの浦にすみ侍りけるがみやこへ出《いづ》とて　　まよふ琴のねの先帝姫君
いそなつむあまのみるめにしほなれていかでか浪の立ちはなるべき

と、それぞれの詞書から、『浦風にまがふ琴の声』の物語の場面が少なくともわかの浦で展開されたことがこれらの和歌からはっきりとわかる。それぞれの和歌の作者がそれぞれ「まよふきん（琴）のねの〜」となっているが、これは先行研究により『まよふきん（琴）のね』とは『浦風にまがふ琴の声』ということになっている。

『浦風にまがふ琴の声』という物語　わかの浦が主な舞台となっていたと思われる『浦風にまがふ琴の声』

は、天喜三年（一〇五五）五月三日、「六条斎院禖子内親王物語歌合」にあわせて提出された。作者は武蔵《むさし》と呼ばれた禖子内親王に仕えた女房である。『栄花物語』巻第三十七「けぶりの後」には、

先帝《せんだい》をば後朱雀院《ごすざくのゐん》とぞ申すめる。その院《ゐん》の高倉殿《たかくらどの》の女四の宮をこそは斎院《さいゐん》とは申すめれ。幼《をさな》くおはしませど、歌をめでたく詠ませたまふ。さぶらふ人々も、題を出《いだ》し歌合《うたあはせ》をし、朝夕《あさゆふ》に心をやりて過ぐさせたまふ。物語合《ものがたりあはせ》とて、今新しく作りて、右左方《みぎひだりかた》わきて、二十人合《あはせ》などせさせたまひて、いとをかしかりけり。

とあり、禖子内親王が幼くして歌が上手であったこと、歌合に出された物語が新作であったことが記されている。

禖子内親王は、長暦三年（一〇三九）後朱雀天皇の第四皇女として誕生。母后嫄子《げんし》が禖子内親王の誕生後わずか十日で崩御したため、姉の祐子《ゆうし》内親王と共に祖父頼通に引き取られ育てられた。八歳の時賀茂斎院に卜定《ぼくじょう》されたが、病弱のため康平元年（一〇五八）二十歳で斎院を退いた。斎院退下の後は、母方の曽祖父である具平《ともひら》親王の六条邸に住んだ。晩年に出家し、嘉保三年（一〇九六）に薨去した。

「物語歌合」は禖子内親王が十六歳のときに開かれ、『浦風にまがふ琴の声』はこの時の歌合に間に合うよう作成された。

物語の内容について樋口芳麻呂は詞書や和歌から分析し、その結果から『浦風にまがふ琴の声』と『源氏物語』に共通点を見出し、

Ⅰ　尊貴な身分の主人公が、都を離れた土地にかなり長期にわたって滞在する点
Ⅱ　物語の主人公の所へ、都から親しい貴族が訪れる点
Ⅲ　物語中に祓の場面が描かれる点
Ⅳ　「須磨」巻の、「須磨には、いとど心づくしの秋風に……」ではじまる場面に、

琴《きん》を少し掻《か》き鳴らしたまへるが、我ながらいとすごう聞こゆれば、弾きさしたまひて、恋ひわびてなく音《ね》にまがふ浦波は思ふかたより風や吹くらん

と、「琴」、「まがふ」、「浦」さらにその後の、

まして五節《ごせち》の君は、綱手《つなで》ひき過ぐるもくちをしきに琴《きん》のこゑ、風につけて遙《はる》かに聞こゆるに、

と、「琴の声」があり、書名と類似している点とまとめた。

樋口はさらに続けて「琴の声」の語に注目した。「琴の声」は『源氏物語』の中でも二例しかなく、その内の一例は「東屋」巻で源《みなもとのしたごう》順作の詩をそのまま引用している。従って「琴の声」ということばは「須磨」巻が殆ど唯一の例となり、しかも「琴の声」が「須磨」巻に見出されることは深い意味を持つとする。また樋口は『源氏物語』「須磨」・「明石」巻だけでなく、『うつほ物語』「吹上」巻も作品に影響を与えていると指摘する。

『浦風にまがふ琴の声』は散佚し、『風葉和歌集』による断片的な内容しか伝わらないため、詳しいことが解らないのは当然ではあるが、わかの浦が物語の舞台となっていたことに間違いはなく、『源氏物語』の「須磨」や「明石」巻にインスパイアされた物語で「貴種流離譚」に分類されるような物語であったのだろう。現在『浦風にまがふ琴の声』は大学等の機関で復元作業が行われており、今後を楽しみにしたい。

さてその『浦風にまがふ琴の声』の舞台に「わかの浦」が選ばれた理由については、『浦風にまがふ琴の声』の作者武蔵が「物語歌合」の実質的な主催者であった頼通の関心を引くため、頼通が実際にわかの浦を訪れその景観に感動したことを知り、わかの浦を舞台にした物語を作成することで、歌合での勝ちを狙おうと考えたのではないかとされる（参考文献樋口論文）。

二　頼通の和歌の浦訪問

「宇治関白高野山御参詣記」のわかの浦　頼通は永承三（一〇八四）年に和歌の浦を訪ねており、その時の様子は第二部第一章や第二章にも取り上げられた頼通の家司、平 範国《たいらののりくに》の日記『範国記』に「宇治関白高野山御参詣記」と題して記された（図版㉔）。

「宇治関白高野山御参詣記」は『和歌山県史』・『和歌山市史』はもちろん、『続々群書類従』や『歴代残闕日記』などにも収録されているので、比較的手軽に見られる資料である。範国の自筆本は伝わらないものの、京都府立総合資料館に所蔵されている「観智院本B」と称される写本の一本が、「現在所蔵が明らかな参詣記のなかで、もっとも重要な写本」（参考文献末松論文）とされている。従って、ここでは京都府立総合資料館所蔵の本を使うことにする。

「宇治関白高野山御参詣記」によると、頼通は永承三年十月十一日京を出発し、石清水八幡宮を参拝、十二日に住吉大社を参拝し日根野で泊まり、十三日、日根野を出発し雄ノ山《おのやま》を越え紀の川にほど近い市《いち》に立ち寄る。市に立ち寄ったのは頼通の異母兄弟長家《ながいえ》の所領がこの辺りだったからだとされる。ちなみに長家は御子左家《みこひだりけ》の祖で、新玉津島神社を勧請した俊成の曾祖父にあたる。市を出て高野政所《こうやまんどころ》、九度山の慈尊院とされている所に到着し、十四、十五日は奥の院で勤行に励む。十六日御影堂をまわり、再び高野政所に戻る。十七日に紀の川を船で下り妹背山を通過、粉河寺に参り、再び市に立ち寄りここで宿泊する。翌十八日、吹上の浜を観光、和歌の浦での時間を過ごし日根野へ移動し宿泊。十九日、天王寺に参り、二十日京に戻る。
頼通の旅はタイトルにある通り「高野山参詣」が主たる目的であるが、住吉の浜や妹背山、吹上・和歌の浦などにも立ち寄っていることから、実は「歌枕」を巡る旅でもあったとの指摘もあり、また、粉河寺にも立ち寄っていることなどから公任や『うつほ物語』の影響もあったともされる（参考文献小倉論文）。

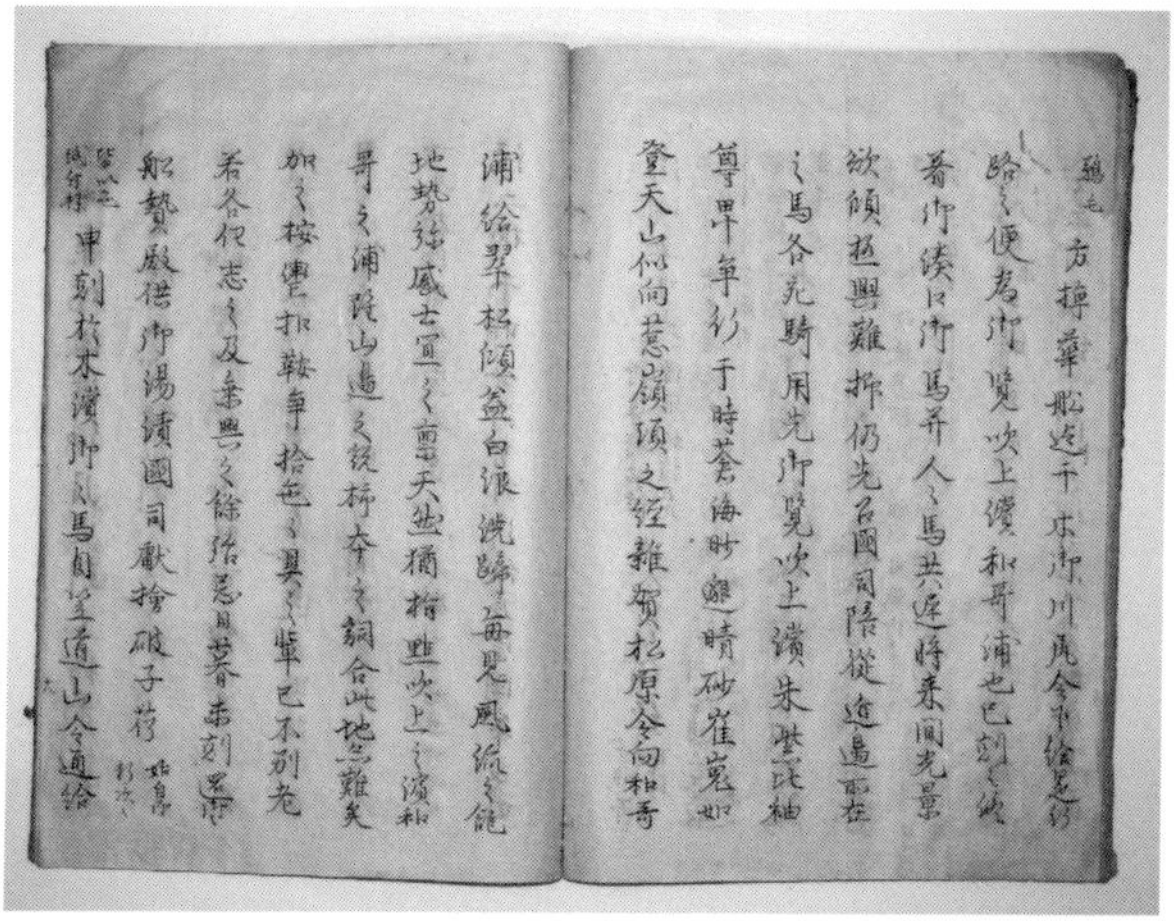

図版㉔　伴信友筆『永承三年高野御参詣記』
（和歌山市立博物館蔵）

天皇や京の貴族達等の「わかの浦」への訪問は、第一部で話題となった聖武天皇の紀伊行幸が最初である。続いて称徳天皇が天平神護元年（七六六）に後の光仁天皇となる白壁王を伴っておいでになった。さらに桓武天皇が都を平安京に遷都した十年後の延暦二十三年（八〇四）、「わかの浦」に行幸する。ちなみに桓武天皇の父が光仁天皇で、光仁天皇の祖父は天智天皇にあたる。桓武天皇は奈良時代最後の天皇と言えるだろうし、平安時代最初の天皇ともいえる。ともかく平安時代になってからの「わかの浦」を訪れたのは桓武天皇が最初とするのでよかろう。公任の訪問はそれからさらに約一八〇～一九〇年後のことになる。

頼通が高野山を参詣する直接的なきっかけとなったのは、頼通の父道長の高野山参詣に倣ったとされる。道長は南都の寺々を巡ってから高野山に入山し、紀の川を下って粉河寺に参拝することなく、「わかの浦」へも向かわず京に戻っている。頼通は父道長が紀伊国に来た奈良からの道をたどらず、淀川を下り日根野を経由し、いわゆる雄ノ山峠ルートから入国し、帰りは孝子ルートで出国している。

頼通の入国ルートは平安時代になって初めて紀伊国にやって来た桓武天皇の入国ルートと一致する。ちなみに聖武・称徳天皇らは平城京が奈良にあったため、来る時は吉野川を下って入国し孝子ルートで出国している。頼通が雄ノ山峠ルートをたどったのは、近辺に異母弟長家の所領があったとはいえ、平安時代になって初めて紀伊国にやってきた桓武天皇の入国を意識したのかもしれない。というのも紀伊国入国前に桓武天皇は日根野に立ち寄っており、頼通も同じく入国前に日根野で一泊してから紀伊国に入国している。また、頼通の文学好きの点からすると雄ノ山には「手束弓《たつかゆみ》」の伝承が残っており、興味があったのかもしれない。

頼通の文学センス　頼通は平範国に「宇治関白高野山御参詣記」を記させたとはいえ、頼通の意志や意図が反映されており、単なる旅の記録にはとどまらず文学作品としての様相を見せる。頼通等は吹上の浜を観光し、雑賀松原を過ぎて和歌の浦に着く。和歌の浦の様子は、

頃之《しばらく》に雑賀松原を経て、和歌浦に向はしめ給ふ。翠松盖を傾け、白浪蹄を洗ふ。毎《つね》に風流の地勢に飽くを見、彌《いよいよ》宜《ぎ》の天然を稟《う》くるを感ず。猶《な》ほ吹上浜・和哥之浦を指点するに、山辺の説・柿本の調べと雖《いへど》も、此の地に合へば則ち難《かた》し。加之《しかのみあらず》轡《くつわ》を按《あん》じ鞍《くら》を控《ひか》へ、色々の貝を争ひ拾ふの輩、已に老若を別《わか》たず、各《おのおの》志の及ぶに任せ、興に乗ずるの余り、殆《ほとん》ど日の暮るるを忘る。

とあり、一行は夕暮れまで海岸で貝を拾うなどして楽しんだ後、十五〜十六時ごろ再び船に乗り込んで帰途につく。桓武天皇の行幸ではわかの浦の風景を「礒《いそ》の嶋も綺麗《うるは》しく、海瀲《かいれん》（海岸）も清晏《せいあん》にして」とやや具体的に表し

たのに対し、範囲は風景のすばらしさを述べるにとどめる。

「傾盖（盖を傾け）」とあるのは、「はじめてあって、すぐに親しくなること」の意味で、孔子と程子《ていし》が道で出会い、互いに車の盖《おおい》（蓋）を傾けてあいさつをし、話しこんだとする『孔叢子《くぞうし》』の故事による。従って「翠松傾盖」とは「わかの浦のきれいな青々とした松が頼通一行を快く迎え入れてくれた」ということになるだろうか。故事を踏まえただけでなく、視覚にうったえた表現なので、イメージがわきやすい。『孔叢子』はいわゆる魏晋南北朝の時代（約西暦四〇〇年ごろ）に作られた偽書とされる。この当時彼らにとって『孔叢子』が偽書であったかどうかは問題なく、そういったことは知っておかなければならない知識や教養の一つであったのだろう。

「山辺之説・柿本之詞」は「山辺」が山辺赤人、「柿本」は柿本人麿のことを言うのであろう。頼通の時代の人々が二人の名を同時に記されて思い浮かぶのは『古今和歌集』仮名序やその古注であろう。

しかし、この二人が『古今和歌集』仮名序に登場する順序とは逆である。仮名序の「いにしへよりかく伝はるうちにもならの御時よりぞ広まりにける。」ではじまる第九節（参考文献『古今和歌集全評釈』）には、まず人麿のことが述べられ続いて赤人のことが綴られている。

古注にも赤人の「わかの浦に……」より先に人麿の和歌とされる「ほのぼのと……」の和歌が記されている。「ほのぼのと……」の和歌は公任による『和歌九品《わかくほん》』の中でも最上位の「上品上《じょうぼんじょう》」と格付けされ、「ことばたへにしてあまりの心さへある也」、つまり「余情」の最高の和歌として人麿の「ほのぼのと……」の和歌は頼通の時代に認識されていた。赤人の「わかの浦に……」の和歌は公任の『和漢朗詠集』、『金玉集《きんぎょくしゅう》』、『深窓秘抄《しんそうひしょう》』などに採られており、さらに公任による『前十五番歌合』にも人麿の「ほのぼのと……」と赤人の「わかの浦に……」の和歌とは番《つが》わされている。公任は赤人の「わかの浦に……」の和歌を自身の私撰集等に積極的に採用し、平安中期に再び赤人の「わかの浦……」の和歌を当時の人々に広く知らしめたが、「上品上」にはじまって「下々」の九段階に和歌をランク付けした『和歌九品』には採用しなかった。仮名序の古注は公任によるとされているが、『宇治関白高野山御参詣記』で二人の名が出たことに、仮名序古注そのものはあまり影響していないのではないか。

赤人・人麿の名が出てきたのは、古注よりむしろ『古今和歌集』仮名序の「柿本の人麿なむ歌のひじりなりける。」「人麿は赤人が上に立たむ事かたく、赤人は人麿が下に立たむことかくたなむありける。」が影響し、人麿・赤人が「歌のひじり」と認識されていたことと関係すると思われる。範囲は頼通の意向をふまえ、これまで「わかの浦」を詠んだ多くの歌人達の中でも、特に「歌のひじり」とされた二人の名を『宇治関白高野山御参詣記』にあげたのであろう。ただ、直接「わかの浦」を詠んではいないものの、大地名である「わかの浦（若の浦）」に大きく含みこまれた「玉津島（山）」（第一部第一章）を『万葉集』一七九九番歌で詠んだ人麿を先に掲げず、つまり仮名序に記された順ではなく、赤人を先に掲げたのは、赤人が「わかの浦」を最初に『万葉集』九一九番歌で詠んだからであろう。

「山辺之説・柿本之詞」の「説」「詞」も「和歌」や「和歌の表現」などの意味を表すものと思われる。大修館書店『大漢和辞典』の「説」「詞」ともにほぼ同じ内容の意味が記されているのだが、「説」には「かんがへ。意見」の意味が載せられており、「山辺之詞」とせず「山辺之説」としたことには、何か理由があるのではないかと考えられる。というのも、「わか（和歌）の浦」は第一部で見てきた通り、聖武天皇の詔により「弱浜」であった「わか（和歌）の浦」が「明光浦」となった。ところが、赤人は「明光浦に……」と歌わず「若の浦に……」と歌った。その理由は主に第一部第三章を振り返ってもらいたいが、「山辺之説」とは『万葉集』九一九番歌だけをいうのではなく、九一七〜九一九番歌全体を指し、さらに第一部全体でも述べられてきたが、特に赤人は聖武天皇の意

（考え）を汲んで「そがひに見ゆる」と詠み、「明光浦」を「若の浦」と詠み「赤人の考え」を示した。つまり赤人は「わかの浦の誕生」そのものを和歌で表現したということになる。『万葉集』九一七～九一九番歌に反映された「赤人の考え（説）」を十分理解した上で頼通や範国等は「山辺之説」としたのであろう。

当時政治のトップにいた頼通は聖武天皇の詔の内容がどのようなものであるか分かっていたであろうし、文学にも精通していたことから、「説」を選んだのではないか。

「宇治関白高野山御参詣記」は「記」が示す通り、今で言う「日記（記録）」の性格が強いが、このように所々故事や歌学を踏まえたり、詩的な美しい表現に富んで文学作品としての一面を持つ。

頼通の文学に対する姿勢は近年、平安時代最も文学を活発にしたことで高い評価を得つつある。「宇治関白高野山御参詣記」も単なる「日記」に終わらず、立派な文学作品としての評価に堪えうる。家司の範国に書かせ、頼通自身が筆を執らなかったとはいえ、頼通の文学に対する並々ならぬ思いが伝わってくる。

頼通の和歌の浦訪問の目的　ではなぜ頼通はこれほどまでして「宇治関白高野山御参詣記」を文学的要素の強い「日記」に仕上げさせたのであろうか。その一つの理由にやはり頼通の積極的な文学活動と深い関わりがあると考えられる。頼通は先述した通り、文学活動に積極的に関与したことは多くの事績から知られている。頼通の時代は、平安時代最も多く歌合が開催され、大半が散逸したとはいえ多くの物語が作られた。また漢詩文でも藤原明衡《あきひら》等が輩出し、『本朝麗藻《ほんちようれいそう》』・『本朝文粋《ほんちようもんずい》』なども出て、和漢を問わず、平安時代の中でも最も文学活動が盛んな時期といっても過言ではない。だがそのように、文学が最盛期を迎えようとしていた時期であったにもかかわらず、この時代にあってもよさそうなものがない。それは勅撰和歌集である。

勅撰和歌集を編纂するためには、勅撰和歌集を編纂できる優秀なスタッフはもちろんのこと、勅撰和歌集を編纂すべき多くの和歌が必要になる。

スタッフとなって十分にその能力を発揮できる人材には源頼実《よりざね》・頼家《よりいえ》等、いわゆる和歌六人党《わかろくにんとう》や能因《のういん》なども控えており、定頼《さだより》もいたし、すでに隠居の身ではあったが公任もいた。

頼通は和歌資料の収集も行い、赤染衛門《あかぞめえもん》をはじめとする当時の著名な歌人達に「家の集」を提出させた。私撰集も多く作られ、特に能因は永承元年（一〇四六）ごろ私撰集『玄々集《げんげんしゅう》』を編集し、その序文に勅撰和歌集の編者である紀貫之に倣って、一条天皇から後朱雀天皇の御代の和歌を集めたとある。ただ能因は続けて、この時代の和歌が「消没」するのを心配し、「歌道」の「中興」を意図し編集したとも記している。もしかすると能因は勅撰和歌集が編纂されないかもしれないことを察知し、せめて私撰集の形にして後世に残しておこうとしたのかもしれない。能因の意図は慎重に解釈せねばならない。ただこうした歌壇の動きから、頼通が「わかの浦」を訪れるまでに、勅撰和歌集編纂の気運が高まっていたことはまちがいなかろう。

能因の『玄々集』から少し遡るが、長元八年（一〇三五）五月十六日には賀陽院《かやのいん》で「関白左大臣頼通歌合」が行われた。歌合に勝った左方のメンバー達はお礼参りに石清水八幡宮、住吉大社へと向かう。住吉大社では和歌が詠まれ、「於二住吉社一述懐和歌一首并序」として、

すみの江の波にひたれるまつよりも神のしるしぞあらはれにける

の和歌と序文、彼らの和歌が「関白左大臣頼通歌合」に含まれた。そのうちのいくつかを紹介すると、

心ざし祈る験《しるし》のかひありてうれしくあへる住吉の松　源実基《さねもと》
みやこにし祈りし事は住吉の浜にかひある心地こそすれ　藤原行経《ゆきつね》

よそながら祈る事だにかひあるをいとどぞ頼む住吉の松　　平範国

と、当時はまだ住吉の神は「和歌の神」とははっきりとされていないものの、彼らの和歌からはまるで「和歌の神」である住吉の神に祈った「効果」があったからこそ歌合に勝つことができたと言わんばかりである。住吉の神に対し、歌合で勝ったメンバー達に和歌を詠ませ、頼通が紀伊国に入る前、再び住吉大社に立ち寄ったことには大きな意味があろう。

第二部第二章でも、公任が和歌の浦を訪問した際に立ち寄った住吉大社のことが述べられており、「住吉の神」と「和歌の神」の関係、さらに「玉津島の神」と「和歌の神」について、今後再度議論が必要になるのかもしれない。

このような状況の中、頼通は高野山参詣を実行する。「関白左大臣頼通歌合」で勝ち組となり、住吉の神への感謝の意を詠んだ範国を日記の著述者として従え、「和歌の浦」にやって来る。当時の文学の偉大な支援者であり、理解者であるはずの頼通が、既に『万葉集』以来よく知られていた「玉津島」について、何も知らないことは無いはずであるにもかかわらず、「玉津島」のことは範国に何も触れさせてはいない。第二部第三章で見た、公任が玉津島神社を参拝しながら、「和歌」のことには触れずにいた態度とまるで同じだ。もっとも、頼通の場合、公任が「わかの浦」を訪れた時とは違った状況であったのかもしれない。

頼通は、自身が文学を積極的に支援している立場から当時の歌壇の状況を見て、勅撰和歌集編纂の必要性を誰よりも痛切に感じていたであろう。しかし、勅撰和歌集が世に出ることなく、『後拾遺和歌』の登場まで長い時間を待たねばならなかった。三代集が出された頃と違って頼通の時代、和歌が「政治」と強く結びつきはじめ、そう簡単に「勅撰和歌集」の撰集を公にすることはできなかったのだろう。結局、白河天皇の御代になって政治色が濃い

『後拾遺和歌集』が出されることになる。ただ、頼通の時代「勅撰和歌集」がいつ出されてもおかしくはない状況にあったのは確かだろう。

頼通は、もう少しのところで勅撰和歌集が出せる状態にいたからこそ「和歌の浦」を訪れたと考えられるし、逆に勅撰和歌集を出せない状況を打破しようとして「和歌の浦」を訪れたとも考えられる。ただしいずれの場合も和歌の浦、玉津島に「和歌の神」が祀られていたということが前提になる。

道長の功績や評価と比べ、やや影が薄く感じられる頼通だが、摂関政治の最頂点に立ったのは頼通であり、平安王朝文化を満開にさせたのは頼通であろう。その頼通は先述した通り、最近になって特に文学の面で評価を受け、彼の功績が見直されつつある。そんな頼通が、平安時代の最初に「わかの浦」にやって来た桓武天皇の道を辿って、平安時代の半ばを過ぎるころに和歌山を訪れたことはあまり知られていない。

平安時代になって、我々の目からははっきりと見えなくなり、一旦途絶えてしまったかのようになった聖武天皇が結んだ紀の川上流（吉野）から紀の川河口に位置する「わかの浦」のラインを再び結んだのは、藤原頼通に他ならない。そして、それからしばらくしてそのラインを一時期高野山に住んでいた西行がつき進む。頼通が紀の川上流と河口を結んだ「物語」は第六章へと続く。

図版㉕　住吉大社

第六章

小野小町と玉津島――中世玉津島信仰と小町

一　玉津島神社の「小町袖掛《こまちそでか》けの塀《へい》」の由来――能「鸚鵡《おうむ》小町《こまち》」と玉津島

図版㉖　玉津島神社　鳥居と小町袖掛けの塀（大正末頃）
（「和歌浦名勝絵葉書」）

玉津島神社に参詣するため鳥居をくぐろうとすると、その傍《かたわ》らに低い土塀が有り、その前に立札《たてふだ》が立っている。読んでみると「小町袖掛けの塀」とあり、美女で歌人としても名高い小野小町が玉津島に参詣した時に着ていた着物の袖を掛けた塀だとされている。小町が活躍したのは九世紀の後半清和天皇の時代、西暦八五〇年から八七〇年頃にかけてであり、その頃からこの土塀が千二百年近くも存在し続けてきたとは思えないし――第二部第二章で触れたように、中世には玉津島社の社殿そのものが存在しない時期もあった――、小町が玉津島に詣でたとか紀州を訪れたとかいう当時の記録も実際には存在しない。もともと小野小町自体、その伝記がほとんどわかっていない人であり、絶対に玉津島に来ていないと断定することはできないが、事実としてはその可能性は低いと考えて良いだろう。

では「小町袖掛けの塀」は、まったく何の根拠も無く、小町の名を使って適当に作り出されたものかというとそうではなく、そこには和歌の神として都の人々から信仰を集めた中世の玉津島神社の威徳というものが、強く反映しているのである。たとえば、室町時代を代表する芸能である「能」には「小町物《こまちもの》」と呼ばれる小野小町を主人公（シテ）にした作品がたくさん残されているが、その一つに「鸚鵡《おうむ》小町《こまち》」がある。そのあらすじをごく簡単に示せば、次のようである。

逢坂《おうさか》の関《せき》の近くの関寺に余生を送る小野小町を、陽成院《ようぜいいん》の使いの大納言行家《ゆきいえ》が訪ねる。陽成院からの哀れみの歌に対して、小町はただ一文字だけを変えて返歌を作り、〈鸚鵡返し〉の手法だという。使いの行家は、過去の小町の歌人としての栄華を懐かしみ、最後に「玉津島で在原業平《ありはらのなりひら》が舞った法楽の舞を真似て再現せよ」と命ずる。

能の終盤、小町が玉津島に参詣した折を思い出しながら、社殿で舞った法楽の舞を、行家の前で再現して披露するのがこの能の最大の見せ場であるが、その場面は原文では次のように記されている（引用は新潮日本古典集成『謡曲集』に拠る）。

（ワキ〈行家〉）いかに小町、業平玉津島にての法楽の舞をまなび候へ。

（シテ〈小町〉）さても業平、玉津島に参り給ふと聞こえしかば、われも同じく参らんと、都をばまだ夜《よ》をこめていなり山、葛葉《くずは》の里もうら近く、和歌吹上《わかふきあげ》にさしかかり、（歌〈地〉）玉津島に参りつつ、玉津島に参りつつ、業平の舞の袖、思ひめぐらすしのぶ摺《ず》り、木賊色《とくさいろ》の狩衣《かりぎぬ》に、大紋《だいもん》の袴《はかま》の稜《そば》を取り、風烏帽子《かぜえぼし》召されつつ、和光の光《ひかり》玉津島、めぐらす袖や波返り、和歌の浦に潮満《しほみ》ち来《く》れば片男波《かたをなみ》の、蘆辺《あしべ》をさして田鶴《たづ》鳴き渡る鳴き渡る……　（波線部筆者。以下同様）

中世では在原業平と小野小町は夫婦であったという伝承が一般化しており、業平が玉津島に参詣したという伝承

（たとえば狂言「業平餅《なりひらもち》」に見える）を踏まえて、妻の小町も夫を慕《した》って参詣したとする。そこで小町は、業平の跡を追って玉津島にやってきて、夫と同じように舞を舞い、その時に衣裳の袖を掛けたのが、この「小町袖掛けの塀」ということになるのである。業平についても、小町と同様に、玉津島はもとより紀州を訪れた記録自体が無く、彼の玉津島参詣が後世に発生した伝承であることは明らかであるが、このような伝承が作られてきた背景には、玉津島が中世に和歌の神としての性格を持つようになり、和歌に関心を持つ都の人士の信仰を集めるようになってきたことが強く影響している。

たとえば能「蟻通《ありどおし》」は、紀貫之が「和歌の心を道として玉津島に参らん」と玉津島参詣の途中に和泉国の蟻通神社の神前を乗馬したまま通りかかったところ、神の怒りに触れ馬が病んで動けなくなり、和歌を詠んでみごとに神の怒りを鎮《しず》める話であるが、この原話を載せる平安後期の歌人の源俊頼が編纂した歌学書『俊頼髄脳』では、「貫之が和泉国の蟻通明神の神前を馬に乗り通りかかった」というだけで、玉津島に参詣する途上とはどこにも書かれていない。これを玉津島参詣の途上のこととしたのは、中世になり玉津島が和歌の神の性格を持つようになったため、『古今集』撰者で代表的な歌人である貫之を玉津島と結び付けて、『俊頼髄脳』に載せられた説話を、玉津島参詣途上のできごととして、能の作者が脚色したものであろう（ちなみにこの「蟻通」は世阿弥作とされる――新潮日本古典集成『謡曲集 上』の各曲解題「蟻通」の項）。これと同様に、能や狂言で業平や小町が玉津島に参詣するのも、彼らが『古今集』の序に「六歌仙」として登場する有名な歌人だからであり、それだからこそ、彼らは和歌の神である玉津島に当然参詣したはずだと考えられたのである。

この章では、「鸚鵡小町」のように玉津島を訪れるだけではなく、小町がもっと複雑な形で玉津島と関わる能「卒都婆小町《そとばこまち》」を取り上げ、現代では忘れられかけている高野・丹生明神と玉津島を結ぶ信仰や、中世の人々にとって玉津島が持っていた聖地としての位置づけなどを考えてみたい。

二　能「卒都婆小町」と玉津島

能「卒都婆小町」とその基盤　「鸚鵡小町」と並んで、中世における玉津島と小町との結びつきを示すもう一つの能が「卒都婆小町」である。そのあらすじをごく簡単に紹介しよう。

高野山の僧が、伴《とも》の僧とともに山を下りて都に向かう。一方、年老いて都で暮らす小野小町は、盛時を回顧し、現在の老醜の身を恥じて、都を逃れて高野山へ行こうとするが、疲れて苦しくなり、倒れた卒塔婆を朽ち木と思い腰掛けて休息する。老女が卒塔婆に腰掛けているのを見つけた僧は、不謹慎な老女を教化しようと、卒塔婆について老女と問答するが、老女に言い負かされてしまう。僧を論破した小町は、自らが小町の成れの果てであることを僧に告白し、華やかだった時代の自らの美しさや宮中での華麗な交際を回想するとともに、現在の老衰と物乞いの日々のつらさを語って聞かせる。すると、かつて小町に翫《もてあそ》ばれた深草の少将の霊が小町に憑依し、小町は俄《にわか》に狂乱状態となる。狂乱のままに小町は、深草の少将が小町の元に通い続けた時の百夜通《ももよ》いの様子を再現し、最後に後生安穏を願うための供養を勧める。

この「卒都婆小町」という能の基盤となっているのが、平安朝中期から後期（一〇〇〇～一一〇〇年頃）にかけて成立したとされる『玉造小町壮衰書《たまつくりこまちそうすいしょ》』という、長文の序と長編詩から成る漢文作品である。その内容は、作者（作品中で「余」と自分自身を記す）が路傍で老い衰えて町を徘徊する一人の女と出会う。女は往時の栄華と贅沢《ぜいたく》の限りを尽くした暮らしぶりを誇り、その後で、親兄弟の死によって零落し、悲惨をきわめている現在の境遇を綿々と語る。作者（余）は彼女が語る華やかな過去と惨《みじ》めな現在を対比し、驕慢《きょうまん》を誡《いまし》め現世の無常を説き、仏道への帰依を勧める。

というものであるが、この作品は、『玉造小町壮衰書』と題名に記されているものの、作品中ではこの老女は「小町」とは記されておらず、成立当初の段階では、書名に「小町」という名が使われていたかどうかも疑わしい。ところが平安末期になると、作品中に登場する作者（余）は空海、老い衰えた女人は小野小町という解釈が定着し、

図版㉗　能　卒都婆小町

※卒塔婆に腰掛けて休む小町とそれを非難する僧。

（写真提供　NPO 法人奈良能）

図版㉘　小町老衰像

（京都・鞍馬山麓の補陀洛寺蔵）

『玉造小町壮衰書』という書名で世に広まるようになり、老衰・落魄の小町像の形成に多大な影響を与えてきた。たとえば鎌倉時代初期の説話集『宝物集』に、

小野小町が老い衰へて貧窮になりしありさま、弘法大師の「玉造」といふ文《ふみ》に書き給へるこそ、あはれにかなしく侍るめれ。

と記されるなど、高野山から出てきた空海と京を離れてさすらう老残の小町の邂逅《かいこう》という、能「卒都婆小町」の原型とも言えるテーマが、十二世紀末には確立していくのである。

「小町の能」の存在と玉津島　さらに鎌倉時代後期から室町時代の初期、西暦十三世紀後半から十四世紀初頭には、この『玉造小町壮衰書』の世界を下敷きに、空海をモデルにした高野山の僧と老残の小町との邂逅を、高野山麓を舞台にして能に仕組んだ「小町の能」ができあがっていたらしい。この「小町の能」は現存しないが、世阿弥の『申楽談義《さるがくだんぎ》』の記事から、現行の「卒都婆小町」の原形に当たることがわかり、その内容もある程度推測することができる。これまで見てきた現行の能「卒都婆小町」には、高野山は登場するものの玉津島は現れていなかったが、実は、今は失われたこの「小町の能」には、小町と空海の邂逅に絡んで玉津島が登場するのである。

まずは既にあらすじを簡単に紹介した現行の「卒都婆小町」の内容をもう一度検討してみよう。「卒都婆小町」は、次にあげるように、七つの部分から構成されている。

1高野山の僧が従僧とともに登場、仏法に帰依した出家の心情を述懐。

2老残の百歳の姥《うば》（実は小町）が盛時を懐古し、現在の老醜を恥じて都をのがれ、高野山へ至る途中で、卒塔婆を朽ち木と思い、腰掛けて休息する。

3姥が卒塔婆に腰掛けるのを見つけた僧は、不信心な姥を教化せんとして卒塔婆問答となり、姥に論破される。

4姥は実は自分は小町の成れの果てであると名乗り、往事の自らの艶麗な様や華麗な殿上での交わり、現在の老衰と物乞いの日々を語る。

5小町に深草の少将の霊が憑依《ひょうい》し、俄に狂乱する。

6深草の少将の百夜通いの様を謡《うた》う。

7後世安息を願う供養の勧め。


問題は、この中の2の小町が都落ちして僧と出会う場面である。現行「卒都婆小町」は、この場面を次のように描いている（以下「卒都婆小町」の引用は新潮日本古典集成『謡曲集 中』による）。


（シテ〈小町〉）あはれや、げに古《いにしへ》は、驕慢《けうまん》最も甚《はなは》だしう、翡翠《ひすい》の髪《かん》ざしは婀娜《あだ》と嫋《たを》やかにして、楊柳《ようりう》の春の風に靡《なび》くが如《ごと》し（以下、『玉造小町壮衰書』からかつての女の美しさを述べた漢文の引用が続く）今は民間賤《しづ》の女《め》にさへ汚《きたな》まれ、諸人に恥をさらし、嬉しからぬ月日身に積もって、百歳《ももとせ》の姥《うば》となりて候《さふらふ》。

都は人目《ひとめ》慎《つつ》ましや、もしそれとかいふまぐれ（いふ＝「言ふ」と「夕」を掛ける）、月もろともに出《い》て行《ゆ》く、月もろともに出て行く、雲居《くもゐ》百敷《ももしき》や、大内山《おほうちやま》の山守《やまもり》も、かかる憂《う》き身《み》はよも咎《とが》めじ……鳥羽《とば》の恋塚《こひづか》秋の山、
月の桂の川瀬舟《かわぜぶね》、漕《こ》ぎ行《ゆ》く人は誰《たれ》やらん、漕ぎ行く人は誰やらん。

（着キゼリフ〈小町〉）あまりに苦しう候ふほどに、これなる朽木《くちき》に腰をかけて休まばやと思ひ候。

（ワキ〈高野山の僧〉）のうはや日の暮れて候。道を急がうずるにて候。や、これなる乞食《こつじき》の腰かけたるは、まさしく卒都婆にて候。教化《けうげ》して退《の》けうずるにて候。
（ワキ）いかにこれなる乞丐人《こつがいにん》、おことの腰かけたるは、かたじけなくも仏体色性《ぶつたいしきしやう》の卒都婆にてはなきか。そ

こ立ち退きて余《の》の所《よ》に休み候へ。

（シテ）仏体色性のかたじけなしとは宣《のたま》へども、これほどに文字も見えず刻《きざ》める形もなし。ただ朽木《くちき》とこそ見えたれ。

この現行「卒都婆小町」では、「都は人目慎ましや」と人目を厭《いと》う小町が、都を「月もろともに出て行く」ところから道行《みちゆき》が始まり、桂川から船に乗って波線部の「漕ぎ行く人は誰やらん」と謡《うた》うところで道行が終わり、旅に疲れた小町は朽木と思って卒塔婆に腰を掛け、それを旅の僧に見咎《みとが》められるのである。この小町と僧の出会いの場所がどこかは、ここには記されていないが、1の場面で僧の着きゼリフ（旅の目的地、あるいは中継地点に到着したことを表すセリフ）が、現行の演出では「鳥羽」（福王流）または「阿倍野」（宝生流・高安流）となっている。しかし、僧と小町の出会いの場所は、本来は鳥羽や阿倍野ではなく、高野山へ上る参詣道であったはずだということが、伊藤正義「作品研究《卒都婆小町》」に指摘されている（以下「伊藤論文」と称する）。それだけではなく、伊藤論文は世阿弥の能楽書『申楽談儀《さるがくだんぎ》』の記事から、今は残っていない「小町の能」の内容を注意深く推定し、この能が中世における高野山・天野社《あまの》（丹生都比売《にうつひめ》神社）と玉津島との深い関係を踏まえた上で作られていたことをも明らかにしているのである。

伊藤論文が注目したのは世阿弥の『申楽談儀』に記された次の記事である。

小町、昔は長き能なり。過ぎ行く人は誰やらん、と云ひて、なをなを謡《うた》ひしなり。後は、その辺《あた》りに玉津島の御座ありとて、幣帛《へいはく》を捧《ささ》げければ、みさきとなって出現ある体《てい》なり。これを良くせしとて、日吉《ひえ》の烏太夫《からすだゆう》といはれしなり。当世《とうせい》、これを略す。

伊藤論文では、まず、この記事の「過ぎ行く人は誰やらん、と云ひて、なをなを謡《うた》ひしなり」という記述から、元の「小町の能」は「過ぎ行く人は誰やらん」の後にさらに謡が続いて聞かせ所となっており、それがおそらく小町の旅の目的地の高野山まで続く道行だったと仮定する。そして、

いま、ワキ（僧）が高野山に帰り（筆者注、「われこのたび都に上り、只今わが山に帰り候」と僧が高野山に帰るところとする古写本があり、伊藤氏はこの形を古形と推定する）、シテ（小町）が高野山へ上ってゆくと仮定したが、それは単なる推測だけではない。シテが朽ち木と思って腰をかけた卒都婆とは、高野山における重要な景物であった。現在多くの人が思い浮かべる卒都婆とは、あるいは墳墓に立てられた薄く細い板状の卒都婆であるかもしれぬ。しかしそれは、朽ち木と誤認して腰をかけるほどの卒都婆とは大きな距たりがあろう。高野山から直ちに想到される卒都婆とは、和歌山県九度山町の慈尊院から山上伽藍まで百八十町、それより奥の院までの三十六町に、伽藍を起点とする一町ごとの里程を刻んで建てられた町卒都婆（町石卒都婆とも）である。（中略）いま《卒都婆小町》の背景を考えるとき、このような町卒都婆があるからこそ、小町時代の木造―朽木にとりなした説話的修飾の中で、それに腰を掛けるという発想もあり得たのであろう。

と述べ、卒都婆をめぐって小町と僧が問答を繰り広げるこの能の舞台としては、町卒都婆が立てられていた高野へ登る参詣道がもっともふさわしく、当初の「小町の能」の小町の道行も当然、高野まで続いていたであろうことを説く（町卒都婆については、寛治二年（一〇八八）白河上皇の『高野御幸記』に「路頭に卒都婆札等を立て、町数を注す」と見えるのが早く、天治元年（一一二四）の鳥羽天皇『高野御幸記』に奥の院までの三十六本に一本を加えて金剛界の三十七尊に当てると記されている）。

さらにそれを踏まえて、伊藤論文は、

《卒都婆小町》の原型については、本稿冒頭にも引用した通り、「後は、その辺《あた》りに玉津島の御座ありとて幣帛《へいはく》

を捧《ささ》げければ、みさきとなって出現ある体《てい》なり。これを良くせしとて、日吉《ひえ》の烏太夫《からすだゆう》といはれしなり。当世《とうせい》、これを略す」（『申楽談義』）と言うのが、具体的、かつ唯一の手がかりである。まず小町の奉幣については、「小町は衣通姫の流なり」（『古今集』仮名序）とされ、和歌の浦に鎮座の玉津島神社がその衣通姫を祀ると信じられて和歌三神の一となっていることを前提として、小町と玉津島とが結び付けられているのであろう。しかし、小町が僧と出会うのが阿部野や鳥羽とする現行の形では、玉津島との関わりは求め得ない。その地に玉津島明神が勧請されていたとする推測もあるが、そのような事実はあるまい。また小町が高野山への途中に玉津島に立ち寄ったとする推測もあるが、それでは「後は」という『談義』の文章に矛盾するだけではなく、みさきの烏の出現を説明し得ない。卒都婆に休む小町と空海の邂逅が高野山であろうことについては前述の通りであるが、とすれば、玉津島への奉幣もまた高野山においてでなければならないであろう。

とも述べている。小町はなぜ高野山から玉津島に奉幣する必要があるのか、奉幣の際になぜ「みさきの烏」が出現するのか、現行「卒都婆小町」には見られない「小町の能」の筋立てを理解するために、伊藤論文は中世における高野山・丹生都比売《にうつひめ》神社（天野社《あまのしゃ》）と玉津島との関係を理解しておく必要があると説く。以下、伊藤論文に導かれながら、高野山・丹生都比売神社と玉津島との信仰上の結びつきを見ていき、その結びつきが「小町の能」とどのように関わっているかを説明していきたい。

三　丹生・高野明神と玉津島

高野・丹生明神と高野山　高野山・丹生都比売神社と玉津島との関係を述べる前に、まず高野山と丹生都比売神社との関係を押さえておきたい（両者の位置関係については地図①参照）。伊藤論文は、弘法大師空海が高野山入りするにあたり、もともと高野山一帯の神であった丹生・高野明神の大きな働きがあったことに触れ、

空海が高野山霊場草創にあたり、大師を山に導き、その地を献じたのが高野山神（丹生・高野神）であったことは縁起を語る諸書に見える。

と述べる。このことに関しては、空海の直弟子《じきでし》である真済が記したとされる『空海僧都伝』（九世紀後半成立、『弘法大師全集』首巻所収）や空海が承和元年（八三四）に記したとされる『遺告諸弟子等』（『御遺告』とも呼ばれる。実際は後人の手になるものと推測され、十世紀後半までに成立。『弘法大師全集』巻七所収）に次のような記事が見える。

去る弘仁七年、紀伊国南山（高野山）に表請し、殊《ことさら》に入定の処と為《な》し、一両草庵を作る……其の峯絶遠にして遥かに人煙を隔つ。和上住む時に頻りに明神有りて衛護す……（淳和天皇が召したため都で公の務めにやむなく奉仕したが）春秋の間、必ず一《ひと》たびは往《ゆ》きて看る。其の山中の路辺に女神有り、名づけて丹生津媛《にうつひめ》と曰《い》ふ。

これは『空海僧都伝』の記述で、それより少し遅れる『遺告諸弟子等』では、引用の最後の波線部が「彼の山裏の路辺に神有り、名づけて丹生・高野と曰《い》ふ」となっており、空海の前に現れるのが、丹生津媛一人であるか、丹生と高野の両明神であるかという違いがある。しかしその違いを除けば語られる内容はほぼ同じであり、引用部の後に、丹生津媛あるいは丹生・高野の両明神が、空海の法力の威徳に感じ入り、自分の神域（土地）を空海に譲ると告げるのである。この二書から、空海の入定からさほど経《た》たない平安時代の前期から、高野入りした空海と丹生・高野明神の結びつきが広く信じられていたことがうかがえる。

この空海の高野入りに関しては、丹生・高野の明神が神域を空海に譲る話とともに、犬を連れた狩人の姿で空海の前に現れた狩場明神の伝承も名高い。この話を記す最も古い資料『金剛峯寺修行縁起』（康保五年〈九六八〉の年

図版㉙　丹生都比売神社本殿（写真提供　丹生都比売神社）

紀を有する。『弘法大師全集』巻一所収）には、弘仁七年四月のころ、悟りにふさわしい地を求めて平安京を出た空海が大和国宇智郡で犬を連れた異形の狩人に遭遇した。狩人は「自分は南山（高野山）に住んでいるが、山中は霊瑞が多く、人里離れているが平原がある。和尚が来て住むことを助けよう」と言うと犬を走らせて姿を消した。犬が走った方角を見て空海は高野に向かい、その後、紀伊国との境界で丹生明神に出会い高野山に導かれる。という話が記されており、これも古くから知られていた伝承であったことが知られる。

丹生明神と玉津島　さらに中世以降には丹生・高野の両明神が、もともとどのような神であるかについても関心が高まった。伊藤論文は「丹生明神は伊勢同体説など異説種々の中にも、稚日女尊《わかひるめのみこと》・天照太神妹なりとし、高野明神をその子とする説が最も普遍的である（大山公淳氏『神仏交渉史』〈高野山大学、一九四四年〉）」と述べ、それに関連して『紀伊続風土記』巻四十八の次のような注目すべき記事を引用する。

丹生津比咩《にうつひめ》は伊弉諾《いざなぎ》伊弉冉《いざなみ》二尊の御児天照大神の御妹にて稚日女尊《わかひるめのみこと》と申し、神世より本国和歌浦玉津島に鎮《しづ》まり坐《いま》せり。神功皇后新羅を征伐し給ひし時、此神赤土をもって功勲を顕《あら》はし給ひし故、皇后凱還の後、伊都郡丹生の川上、管川《つつがわ》藤代峰に鎮《しづ》め奉れる。〈略〉

又紀伊国造《くにのみやつこ》と天野祝部《いわいべ》とは共に天名草彦《あまなぐさひこ》の子孫にして、玉津島神は国造の斎《いは》ひ祀《まつ》れる所、丹生神社は天野祝部の斎《いつ》き祀《まつ》る所、神輿遷幸の事も日前宮の神職と共に同く事を執行《とりおこな》ひし事、皆異神ならざる証《あかし》とすべし。

この記事によると、丹生明神（丹生都比売）は天照大神の妹の稚日女尊《わかひるめのみこと》であり、もともとは玉津島に鎮座していたのを、神功皇后の新羅遠征の折に赤土（＝丹生）をもって勲功を立てたので、今の丹生の神域の地に移して鎮座させたとされ、玉津島と丹生の両明神が本来同一の神であったとされている。さらに後半では、玉津島社の祭祀を行う紀伊国造と丹生都比売神社の祭祀を行う天野祝部がともに天名草彦から出ていることを述べ、両社の祭祀を行う氏族にも近縁関係があるとする。そしてこうした丹生と玉津島両社の強い関係を具体的に物語るものとして紹介されるのが、波線部の「神輿遷幸」である。これは丹生都比売神社において「浜降《はまくだり》の神事」と呼ばれ、毎年の九月十六日に行われていた儀式で、丹生都比売神社の明神を載せた神輿を担ぎ、筏《いかだ》に乗せて紀ノ川を下り、はるばるその河口にあった玉津島社まで渡御するという、雄大な神事であった。この神事については、『続弘法大師年譜』巻七（「真言宗全書」38）に、

天野にては浜降《はまくだり》の神事と称す……其の後……（神輿）渡御の式止《や》みけるが、文保二年（一三一八）……復古すれども、又応仁の比《ころ》に至り廃弛せり。然るに今も毎歳九月十六日……遺式をなす。此等の縁に就《つき》て天野・玉津島は共に稚日女《わかひるめ》におはします。

とその歴史が記されるが、浜降りの神事に関わる伝承としては、『高野大師行状記』巻七「丹生託宣ノ事」に、高野明神が玉津島の衣通姫に懸想し、妻である丹生明神の目を盗んで彼女のもとに通うという話が記されている。

高野・天野トテ山上・山下ニ是ヲイハヒ奉リテ、財施・法施絶ユル事ナシ。威福ヲ増シ給ハン事、推シテハカルベシ。此ノ二神ハ即チ母子ニテマシマスト申シ伝ヘタリ。或ハ夫婦トモ申シ伝ヘタリ。高野ノ大明神ハ大神

宮ノ御弟也。玉津嶋ノ衣通姫ヲ思《オモ》ヒ人《ビト》ニテ、御馬ニテ忍ビ通ヒ給ヒケルヲ、丹生明神ヤスカラヌ事ニ思《おぼ》シ召《メ》サレケリ。彼《カノ》玉津嶋へ神馬《シンメ》ヲ奉ラレシ時ハ、明神ノ御前ニテ、轡《クツバミ》ノ音ヲ鳴ラサヌ事ニテ侍ル也。

またこの話は、玉津島社の側でも、神社の傍《かたわ》らにある洞窟「輿《こし》の窟《いわや》」（現塩竈神社《しおがまじんじゃ》、第二章「藤原公任の和歌浦訪問をめぐって」で、平安時代から既に存在し、藤原公任が実際に訪れていたことを述べた）についての『紀伊国名所図会』の記事に、

窟《いはや》の祠《ほこら》（玉津島神社南東の浜にあり。土人輿《こし》の窟《いはや》とも牛《うし》の窟《いはや》ともいふ）　こは上古玉津島の神祭礼に、神幸ありし御旅所の旧跡なり。永禄年中までは、祭日この窟へ神輿渡幸ありけるをりに風波急に発りて、神輿をいはやへ打込み漂没して、その後神幸は止みぬ。ある書に云ふ、むかし高野明神の神輿、このところへ渡せしことありたるとなり。その由は、高野明神、玉津島姫を慕はせたまひ、御馬にてしのび通ひ給ひけるを、丹生明神安からぬことに思食《おぼしめ》しければ、彼《か》の玉津島へ神馬を奉らるるときは、丹生明神の御前にて、轡《くつわ》の音を鳴らさぬことといふなり。高野大師の『行状記』にのせたり。

と見え、波線部のように、高野明神の神輿が玉津島の輿の窟まで渡御する神事の理由として、『高野大師行状記』の書名をあげて記されている。そして同じ『紀伊国名所図会』の天野社（丹生都比売神社）の新嘗祭の儀式を説明する中に、

新嘗祭　昔は当社の神輿、玉津島のこしの窟《いはや》に渡御ありて、日前宮の草の宮にも渡らせ給ひしに、故ありてその式廃《すた》れしかば、今は祝詞棚《のりとだな》といふを作りて、惣神主《そうかんぬし》かの方にむかひて祝詞《のりと》を申すなり（図版㉚参照）。

と、天野社の神輿が玉津島の輿の窟まで渡御していたことと、その神輿が玉津島だけでなく紀伊国の一宮である日前宮にも立ち寄ったことが記されている。天野社の神輿が日前宮にも立ち寄ったことについては、前に引用した

『紀伊続風土記』にも「神輿遷幸の事も日前宮の神職と共に同く事を執行《とりおこな》ひし事、皆異神ならざる証《あかし》とすべし」とあったように、紀伊の国造が日前宮の祭祀を行っており、同時に玉津島も管理していたことと大きく関わっていよう（以上の「浜降り」の神事の背景や変遷については、『丹生都比売神社史』のⅠ「丹生都比売神社の創建」の6「丹生都比売大神と玉津島社・紀伊国造」、Ⅲ「丹生氏と高野山」の2「丹生神人と紀伊湊」、11「浜降りの復活」などを参照）。

失われた「小町の能」で、小町が高野への参道の途中「その辺りに玉津島の御座有り」と言って奉幣するのも、玉津島の祭神衣通姫が女性の歌詠みの始祖であるということに加えて、中世に存在した高野・丹生明神から玉津島へと向かう〈神事のルート〉の存在を強く意識した行為だと推測されるのである。

図版㉚　新嘗祭で玉津島の方に向かって祝詞を読む神主（下部）　（『紀伊国名所図会』より）

「みさきの烏」と玉津島　さて「小町の能」では小町の玉津島への奉幣の後に、「みさきとなって出現ある体《てい》なり。これを良くせしとて、日吉《ひえ》の烏太夫《からすだゆう》といはれしなり」という記述が続く。言葉足らずでわかりにくい文章であるが、「（烏が）神の「みさき（＝使い）」として出現する演出があった。（その烏に扮した役者は）烏の演技がとてもうまいと評価され、日吉の烏太夫と異名をとった」という意味であろう。神の使いの烏（に扮した役者）が現れて神託を述べ、小町が捧げた幣帛を口にくわえるか足でつかむかして（作り物の口でくわえたか）、玉津島へと運んでいく場面が演じられたのであろう。その烏の演技で「烏太夫」という評判を取った役者（伊藤論文は「狂言役者であろう」と述べる）までいたのだから、面白おかしく烏の所作を真似たり小町と絡んでみせたりする、能の見せ場の一つであったのだろう。

この「みさきの烏」についても伊藤論文がくわしく考察している。論文ではまず、

高野の地主神たる丹生明神が玉津島と同体であるからこそ、『申楽談義』に言うごとく、小町はゆかりの明神（同じ流の衣通姫が祀られている玉津島明神）への奉幣となるのだと思われるが、それを嘉納した明神（玉津島明神）がみさきの烏を使わしたのも、それが高野山なればこそであろう。紀伊・熊野の山中はもとより、高野山にあっても烏は霊鳥であった。

と述べ、その根拠として次のような文献資料を挙げる。

・『高野山秘記』（天理図書館本）（平安以来の切紙を整理編集して鎌倉初期には成立していた）

大江道綱外記云、

高野奥院之一双烏鳥事　眼金色、足爪青色、天鳥ト云也。

内道云、御入定今三日トテ、納涼房之辺ニ飛ビ来リ、烏鳥鳴ヲ聞テ、真然師ノ言ク、若《も》シ諸衆生ノ、此ノ法教ヲ知ル者有ラバ、世人応ニ供養シテ、猶如敬制底文。

高祖、真然師ニ仰曰、御返事ニ云（漢文句省略）御返答成了、烏之《これ》ヲ聞キ、飛ビ去テ三ケ日ヲ経。其後、還テ入定ノ砌《みぎり》ノ木ニ居リ云々。件ノ烏音、後僧正真然一人之ヲ聞キ、余人聞カザル処《ところ》也。伊勢大神宮ノ御使者トシテ、守護ノ為ニ補ヒ奉ル。中院無空律師御房ニササヤキケリト習ヒ来ル也。二ツノ烏ト云ハ、不動・愛染。人

鳥理ヲ通ズ云々。

・『遍明院大師明神御託宣記』（建長三年〈一二五一〉成立）

奥院ニ於ケル種々ノ事

一、二鳥ハ天照大神ノ御使、又両所（天野・高野）ノ権現。又、大師・恵果、又不動・愛染王也。

その上で、

高野天野明神が玉津島と同体であることは前述の通りであるが、天照大神の御使たる烏がまた（丹生明神と）伊勢同体説をふまえ、あるいは「両所権現」に結びついているわけで、『申楽談義』に言うごとく、玉津島のみさきとして烏が出現することは決して故なきことではなかったのである。古《卒都婆小町》は「その辺りに玉津島の御座あり」とて、小町が幣帛を捧げると、みさきの烏が出現し、その幣帛を取り上げて神託を告げるかたちであったに違いあるまい。

と論じるのである。

以上のように、「卒都婆小町」の原形であった「小町の能」は、「鸚鵡小町」のように和歌の神としての玉津島に小町が直接参詣するのではなく、高野山の参道から小町が玉津島に奉幣し、みさきの烏がそれを受け取る、という少し複雑な形で小町と玉津島とが関係する能であったと推定される。高野の山中から五十キロ以上も離れた紀ノ川河口の和歌浦の浜辺に鎮座する玉津島明神へ奉幣するという、現代では唐突とも思われるような小町の行動も、高野・丹生社の神輿が玉津島社の輿《こし》の窟《いわや》へと渡御する「浜降り」の神事に象徴される、中世の高野・丹生と玉津島との強い結びつきからすると、当時はそれなりの現実性《リアリティー》を持って人々に受け止められていたのであろう。

四　中世の玉津島をめぐる信仰のあり方――結びにかえて

この章では小町を主人公とした能を題材にして、中世の玉津島の信仰について考えてみた。第二章「藤原公任の和歌の浦訪問をめぐって」でも触れたように、玉津島は室町時代の一時期（十四世紀から十五世紀）、社殿もない時があった。しかし、それでも著名な武家歌人の東常縁が飛鳥井雅縁や細川満元らと連れだってその社殿のない玉津島を訪ねて来ており、和歌の神としての玉津島の権威は社殿の有無など問題ともせず、京の都をはじめ日本各地に広まっていた。

能や狂言の世界でも、この章の冒頭で見てきたように在原業平や小野小町、紀貫之ら有名な歌人たちが玉津島に参詣するために和歌の浦を訪れる話がさかんに演じられていたが、それは、こうした有名歌人たちが参詣して当然だと思わせるだけの和歌の神としての知名度が、中世の玉津島にあったということに他《ほか》ならない。

一方で、能「卒都婆小町」の原形にあたる、今は失われた「小町の能」に焦点を当て、伊藤論文に導かれながら、「小町の能」の背後にある中世の玉津島と高野山・丹生都比売神社との強い結びつきについて見てきた。高野・丹生から玉津島へ神輿が渡御していたことや、高野明神が玉津島明神に思いを寄せひそかに通っていたという伝承の存在など、現代では思いもよらない、遠く離れた二つの神域の密接な結びつきを、改めて思い起こす必要があることを述べたつもりである。

丹生都比売神社から出た神輿は、筏に載せられて紀ノ川を下り、はるか離れた和歌の浦の玉津島にたどり着くのであるが、玉津島ではその神輿を「輿《こし》の窟《いわや》」に入れて安置した。その「輿の窟」は、『公任集』の藤原公任の和歌の浦訪問記に「うしのいはや」として登場し、平安朝当時、そこには観音菩薩が祀られ、地元の漁民たちの篤い信仰を集めており、公任はその様子に強い感銘を受けて和歌を詠んだのであった。そして二十一世紀の現在、その「輿の窟」は「塩竈神社」と名を変えてはいるが、安産の神として今も玉津島神社とともに地域の人々の信仰を集めている。せいぜい七、八人が入るだけでいっぱいになるこの小さな窟《いわや》は、その時々の人々の信仰の形の変化を柔軟に受け入れながら、千年もの間——もしかするとそれ以前からも——途切れることなく人々の願いを受け入れ続けてきた。その姿は和歌の浦が歩んできた道のりを象徴している。白波寄せる海辺の変化に富んだ景勝と、天皇から庶民まで様々な人々の信仰とが創り上げてきた和歌の浦、その姿を次の千年に伝えていくことができるかどうかは、今を生きる私たちの肩にかかっているのである。

【参考文献一覧】

○本書全体に関わるもの

『和歌浦物語』（全長著、元文四年、柏原卓編『和歌浦物語』和泉書院、一九九六年）

『紀伊国名所図会』（高市志友・加納諸平編、文化八年〜嘉永四年）

『紀伊続風土記』（仁井田好古編、天保十年）

『南紀徳川史』（堀内信編、一八八八年）

『万葉の旅』〔中〕（犬養孝著、社会思想社、一九六四年）

『和歌山市史』（和歌山市史編纂委員会編、一九七五〜一九九二年）

『和歌山県史』（和歌山県史編纂委員会編、一九七五〜一九九四年）

『和歌山市の万葉』（犬養孝著、和歌山市経済部観光課、一九七七年）

『和歌山の研究』〔第一〜六巻〕（安藤精一編、清文堂出版、一九七八〜九年）

『万葉 和歌の浦　若の浦に潮満ちて』（村瀬憲夫著、求龍堂、一九九二年）

『和歌の浦　歴史と文学』（薗田香融監修、藤本清二郎・村瀬憲夫編、和泉書院、一九九三年）

『和歌祭　風流《ふりゅう》の祭典の社会誌』（米田頼司著、帯伊書店、二〇一〇年）

『和歌の浦　その原像を求めて』（和歌山大学紀州経済史文化史研究所編、清文堂出版、二〇一一年）

『歴史的景観としての和歌の浦』〔増補版〕（薗田香融・藤本清二郎著、ウイング出版部、二〇一三年、初版〔私家版〕は一九九一年）

『日本史の中の和歌浦』（寺西貞弘著、塙書房、二〇一五年）

○各章に関わるもの

〔第一部第一章〕

犬養孝「玉津島・わかの浦」（『万葉の旅』〔中〕社会思想社、一九六四年七月）
緒方惟章「人麻呂とことば―伊勢国幸時留京作歌の周辺―」（『万葉のことば』〔シリーズ・古代の文学2〕武蔵野書院、一九七六年九月）
岡田精司「即位儀礼としての八十嶋祭」（『古代王権の祭祀と神話』塙書房、一九七〇年四月）
梶川信行「赤人の玉津嶋讃歌の論」（『高岡市万葉歴史館紀要』第七号、一九九七年三月、『万葉史の論　山部赤人』翰林書房、所収）」
北山茂夫「神亀年代における宮廷詩人のあり方について―山部赤人、その玉津島讃歌の場合―」（『文学』第四五巻第四号、一九七七年四月）
日下雅義「紀伊湊と吹上浜」（『和歌山の研究』〔地質・考古篇〕清文堂出版、一九七九年三月）
高松寿夫「聖武天皇の行幸と和歌」（『道の万葉集』〔高岡市万葉歴史館論集9〕二〇〇六年三月、笠間書院、『上代和歌史の研究』新典社、所収）
高松寿夫「山部赤人「吉野讃歌」」（『上代和歌史の研究』新典社、二〇〇七年三月）
直木孝次郎「万葉貴族と玉津嶋・和歌の浦」（『東アジアの古代文化』第六四号、一九九〇年七月）
中川ゆかり「ミナトと「潮」―河口の景観から―」（『風土記研究』第三四号、二〇一〇年十二月）
村瀬憲夫「神代よりしかぞ貴き玉津島山―山部赤人の玉津島讃歌―」（『美夫君志』第四三号、一九九一年十月、『紀伊万葉の研究』和泉書院、所収）
村瀬憲夫「山部赤人の紀伊国行幸歌考―神代よりしかぞ尊き玉津島山―」（『美夫君志』第八三号、二〇一二年一月）
村田右富実「柿本人麻呂吉野讃歌論」（『北海道大学国語国文研究』第八五号、一九九〇年三月、改稿して『柿本人

麻呂と和歌史』和泉書院、所収）
吉井巖「萬葉集巻六について―題詞を中心とした考察―」（『萬葉集研究』〈第十集〉、塙書房、一九八一年十一月、『萬葉集への視角』和泉書院、所収）
〔第一部第二章〕
村瀬憲夫「赤人の玉津島讃歌と望祀」（『万葉集と漢文学』〈和漢比較文学叢書、第九巻〉汲古書院、一九九三年一月、『紀伊万葉の研究』和泉書院、所収）
『翰林学士集注釈』（大東文化大学東洋学研究所、二〇〇六年）
〔第一部第三章〕
梶川信行「神亀元年の紀伊国行幸について―赤人の〈玉津島讃歌〉論序説―」（『奈良平安時代史の諸相』高科書店、一九九七年二月、『万葉史の論　山部赤人』所収）
寺西貞弘「和歌浦をめぐる行幸とその景観美」（薗田香融監修、藤本・村瀬編『和歌の浦　歴史と文学』和泉書院、一九九三年、『日本史の中の和歌浦』塙書房、所収）
廣岡義隆「赤人の若の浦讃歌」（薗田香融監修、藤本・村瀬編『和歌の浦　歴史と文学』和泉書院、一九九三年）
村瀬憲夫「巻別概説巻第七」（『万葉集歌人事典』一九八二年三月、『萬葉集編纂の研究』塙書房、所収）
村瀬憲夫「万葉集巻十二羈旅歌考」（『名古屋大学国語国文学』第五九号、一九八六年十二月、『萬葉集編纂の研究』塙書房、所収）
村瀬憲夫「赤人の紀伊行幸歌」（『セミナー　万葉の歌人と作品』〈第七巻〉、和泉書院、二〇〇一年九月）
村山出「笠金村の従駕相聞歌」（『日本文学』一九八〇年七月、『奈良前期万葉歌人の研究』翰林書房、所収）
村山出「山部赤人の玉津島讃歌―基礎的考察―」（『北海道大学国語国文研究』第七二号、一九八四年八月、『奈良前期万葉歌人の研究』翰林書房、所収）
〔第一部第四章〕

村瀬憲夫「和歌の浦の景観」（『萬葉の風土・文学』〔犬養孝博士米寿記念論集〕、塙書房、一九九五年六月）
村瀬憲夫「和歌に詠まれた風景―その現代における意味、和歌の浦の場合―」（『近畿大学　日本語・日本文学』創刊号、一九九九年三月）
村瀬憲夫「万葉集和歌の浦玉津島の歌―その「開放性」について―」（『文学・芸術・文化』〔近畿大学文芸学部論集〕第二一巻一号、二〇〇九年九月）

〔第二部第一章〕
梅原猛著『海人と天皇　日本とは何か』〔中巻〕（朝日文庫、二〇一一年八月）の、第九章「藤原宮子＝「海人の娘」の伝承」、および第十章「道成寺の考古学的調査」、および第十二章「藤原宮子―史実と伝承―」、第十三章「魂を鎮める寺」
村瀬憲夫「平安文学の和歌の浦」（薗田香融監修、藤本・村瀬編『和歌の浦　歴史と文学』和泉書院、一九九三年五月、『紀伊万葉の研究』和泉書院、所収）

〔第二部第二章〕
伊井春樹他編『公任集全釈』〔私家集全釈叢書〕風間書房、一九九〇年）
片桐洋一「和歌神としての住吉の神―その成り立ちと展開―」（『すみのえ』一七五号、一九八四年十二月）
北山円正「和歌と住吉の神（特別講座　場所の力：聖地・名所をめぐる伝承と芸能）」（『神戸女子大学古典芸能研究センター紀要』9号、二〇一五年六月）
久保田淳「『公任家集』粉河旅行詠歌群について」（犬養廉篇『古典和歌論叢』明治書院、一九八八年八月）
後藤祥子『公任集』（新日本古典文学大系「平安私家集」所収、岩波書店、一九九四年）
竹下豊「住吉の神の歌神化をめぐって」（大阪女子大学『上方文化研究センター研究年報』創刊号、二〇〇〇年三月）
西村加代子「古今集仮名序『古注』の成立」（『平安後期歌学の研究』和泉書院、一九九七年）。

山陰加春夫「貴顕の高野参詣と地域」（藤本清二郎・山陰加春夫『街道の日本史35　和歌山・高野山と紀ノ川』の「Ⅱ　紀北の歴史」「一　木の国の古代・中世」の2、吉川弘文館、二〇〇三年十二月）

〔第二部第三章〕

飯倉晴武『日本史小百科　古記録』（東京堂出版、一九九八年）
岡見正雄／高橋喜一『神道大系　文学編一　神道集』（精興社、一九八八年）
片桐洋一『中世古今和歌集注釈書解題』（赤尾照文堂、一九七三年）
片桐洋一『古今和歌集全評釈』（講談社、一九九八年）
谷川健一編『日本の神々　神社と聖地11関東』（白水社、一九八四年）
『京都大学国語国文資料叢書48　古今集註　京都大学蔵』（臨川書店、一九八四年）
『図書寮叢刊　九条家歴世記録1～4』（明治書院、一九八九～一九九九年）
『続史料大成　第5巻～第8巻　後法興院記　1～4』（臨川書店、一九六七年）
『平安朝歌合大成　1～5』（同朋社、一九九五～一九九六年）
『未刊国文古註釈大系　4巻　復刻版』（清文堂出版、一九六九年）
『歴史学事典11　宗教と学問』（弘文堂、二〇〇四年）

〔第二部第四章〕

秋山虔編『別冊国文学　源氏物語必携』（学燈社、一九八一年三月）
石川徹「物語作者としての源順の作家的成長と蜻蛉日記との関係」（『国語と国文学』〔東京大学国語国文学会〕三五巻一一号、一九五八年十一月）
稲員直子「吹上の宮の世界―『うつほ物語』の「花紅葉」表現との関わりから―」（『日本女子大学大学院の会会誌』一八号、一九九九年三月）
江戸英雄「邸宅の記述―具象化される社会と人間―」（『うつほ物語の表現形成と享受』勉誠社、二〇〇八年）

金田圭弘「『源氏物語』若紫巻「あしわかの浦」について―紫の上の登場とその背景―」（『百舌鳥国文』第一九号、二〇〇八年三月）
栄原永遠男「和歌の浦と古代紀伊―木簡を手がかりとして―」（薗田香融監修、藤本・村瀬編『和歌の浦 歴史と文学』和泉書院、一九九三年五月、『紀伊古代史研究』思文閣出版、所収）
鈴木一雄監修『国文学解釈と鑑賞別冊 源氏物語の鑑賞と基礎知識5 若紫』（至文堂、一九九九年四月）
林田孝和「若紫の登場―光源氏「北山行き」の精神史―」（『野州国文』〈国学院大学栃木短期大学国文学会〉四〇号、一九八七年十二月、『源氏物語の精神史研究』桜楓社、所収）
前田敬彦「吉備慶三郎氏採集考古資料について（その3）―和歌山市関戸遺跡―」（『和歌山市立博物館研究紀要』第二三号、二〇〇九年一月）
三苫浩輔『宇津保物語の古代相』（桜楓社、一九七六年）
宮田啓二「関戸遺跡」（『〈紀伊・考古學資料調査報告〉あさも』第四巻三号、一九五四年六月）
宮田啓二「和歌山市関戸遺跡について」（『古代学研究』第五〇号、一九六八年一月）
室城秀之「『うつほ物語』の空間―吹上の時空をめぐって―」（『国語と国文学』第六四巻五号、一九八七年五月、『うつほ物語の表現と論理』若草書房、所収）
森蘊『日本庭園史』（日本放送出版協会、一九八一年）
〔第二部第五章〕
上野理「納和歌集等於平等院経蔵記」（『国文学研究』〈早稲田大学国文学会〉三三号、一九六六年三月）
小倉久美子「『宇治関白高野山参詣記』にみる風景」（『鳳翔学叢』六号、二〇一〇年三月）
神野藤昭夫「六条斎院家物語合考―物語史の動向を考える―」（『国文学研究』〈早稲田大学国文学会〉五四号、一九七四年十月）
神野藤昭夫「散佚物語『露へだつる中務宮』の復元―六条物語歌合考断章―」（『跡見学園女子大学国文科報』第二

一号、一九九三年三月）
久保田淳・平田嘉信「解説」（『後拾遺和歌集』〔新日本古典文学大系8〕岩波書店、一九九四年四月）
倉田道子「平安朝散佚物語の研究」（『日本文學』〔東京女子大学〕創刊号、一九五三年七月）
末松剛「『宇治関白高野山参詣記』（京都府立総合資料館本）の紹介と諸本について」（『鳳翔学叢』五号、二〇〇九年三月）
西本寮子「頼通の時代と物語文学—『とりかへばや』から考える—」（久下裕利編『源氏物語以後の物語を考える継承の構図』武蔵野書院、二〇一二年五月）
樋口芳麻呂『平安・鎌倉時代散佚物語の研究』（ひたく書房、一九八二年二月）
松尾聰『増補改訂版　平安時代物語の研究—散佚物語四十六篇の形態復元に関する試論—』（武蔵野書院、一九六三年）
和田律子『藤原頼通の文化世界と更級日記』（新典社、二〇〇八年十二月）
〔第二部第六章〕
伊藤正義「作品研究《卒都婆小町》」（『伊藤正義　中世文華論集』一、和泉書院、二〇一二年）
『丹生都比売神社史』（丹生都比売神社史編纂委員会編、宗教法人丹生都比売神社発行、二〇〇九年）

あとがき

長年万葉の若の浦について書き継いできましたことを整理してこの書にまとめました。その意味で私の若の浦研究の総括をなすものと思っています。そして共著者のお二人と共同で執筆できましたのは何よりも貴重有益でした。お二人が平安時代（一部は中世にも及んで）の和歌の浦について、具体的多角的に説いてくださいましたことにより、万葉の「若の浦」から平安以降の「和歌の浦」へという、和歌の浦の原点とその成長発展のさまを広々と見わたすことができました。物事を共同ですることの素晴らしさを実感させていただきました。

それにつけましても、玉津島講座の立ち上げからこの書の出版まで、主導的に進めてくださいました米田頼司さんがこの世にいらっしゃらないことは最大の心残りです。きっとあの世で、あの人なつこい笑顔で、この書をご覧くださっていることと確信しています。米田さんが精魂を傾けられました「和歌の浦の景観保全と活性」を、私も万葉の立場から今後も押し進めてまいります。

（村瀬憲夫）

昭和二十九（一九五四）年に和歌山市で生まれた私は、吹上の名残を伝える白砂青松の水軒浜《すいけんはま》で泳ぎ、観光地として賑《にぎわ》っていた和歌の浦を知る最後の世代に属します。私が中・高生だった昭和四十年代、「地域経済振興」の名の下《もと》に水軒浜は埋め立てられ、それと歩調を合わせるかのように観光地としての和歌の浦は衰退していきました。

ずっと地元に居たにもかかわらず、若い頃の私は、和歌の浦の荒廃は「仕方のないこと」という感覚で受け止めていました。市民の大半がそうだったと思います。村瀬さんからお声をかけていただき、雑賀崎の埋め立て問題や和歌の浦の景観保存に関心を持ち始めたのは、四十代半ばのことでした。その縁で米田頼司さんと知り合い、後には金田圭弘さんともご一緒させてもらい、玉津島講座では様々なテーマに取り組みました。その背後には、荒廃の傍観者の一人としての自責の念もあったのですが、今、講座の内容を本書にまとめることができ、少しだけ責めを果たせた気がします。本書を企画して下さった米田さんの願い通り、本書が和歌の浦の持つ豊かな歴史や文化を知る道標《みちしるべ》となり、その景観の保全、回復に貢献してくれることを祈ってやみません。

（三木雅博）

これまでの拙い私共の和歌の浦の文学研究について、共著者のお二方のご助言をいただきながら、なんとかこのような形にまとめることができました。お二方に感謝申し上げます。

さて「和歌の浦文学」といえば、これまで『万葉集』が中心的な役割を果たしリードしてきましたが、この度奈良時代から平安、さらに室町時代初めにかけて「和歌の浦文学」を俯瞰できる本書が出版されましたことは、今後近世や近現代といった他の時代の「和歌の浦文学」研究へも大きな影響を与えるものだと思っております。

最後に、本書はもちろんのこと、玉津島講座はじめ、さまざまな場所で、私共に発表の機会を与えていただいた米田頼司先生、本当にありがとうございました。もう、直接感謝の気持ちを先生にはお伝えできなくなってしまいましたが、和歌浦で育ち、今も和歌浦に住む者として、米田先生が和歌浦のためにたくさんのお遺しになった物のほんの一部でもよいから確実に受け継ぎ、しっかりと次の世代へと渡していき、和歌浦のためにできることを続けてまいります。

（金田圭弘）

村《むら》瀬《せ》 憲《のり》夫《お》　1946年愛知県生まれ　（第一部第一章、第三章、第四章）
近畿大学名誉教授　主要著書に『万葉 和歌の浦』（求龍堂、1992年）、『紀伊万葉の研究』（和泉書院、1995年）、『萬葉集編纂の研究』（塙書房、2002年）、『万葉びとのまなざし―万葉歌に景観をよむ―』（塙書房、2002年）ほか

三《み》木《き》 雅《まさ》博《ひろ》　1954年和歌山市生まれ　（第一部第二章、第二部第一章、第二章、第六章）
梅花女子大学文化表現学部教授　主要著書に『和漢朗詠集とその享受』（勉誠社、1995年）、『平安詩歌の展開と中国文学』（和泉書院、1999年）ほか

金《かね》田《だ》 圭《よし》弘《ひろ》　1967年和歌山市生まれ　（第二部第三章、第四章、第五章）
近畿大学附属和歌山高等学校教諭　主要著作に「『源氏物語』明石巻の「大炊殿」について」（『京都語文』2006年）、『和歌の浦―その原像をもとめて―』（共著・清文堂出版、2011年）ほか

和歌の浦の誕生　古典文学と玉津島社

2016年4月20日　初版発行

著　者　村瀬憲夫・三木雅博・金田圭弘
発行者　前 田 博 雄
発行所　清文堂出版株式会社
〒542-0082 大阪市中央区島之内2－8－5
電話06-6211-6265　FAX06-6211-6492
http://www.seibundo-pb.co.jp
印刷：亜細亜印刷株式会社　製本：株式会社渋谷文泉閣
ISBN978-4-7924-1048-3　C0091